Karl Malss

Volkstheater im Frankfurter Mundart

Karl Malss

Volkstheater im Frankfurter Mundart

ISBN/EAN: 9783743404762

Hergestellt in Europa, USA, Kanada, Australien, Japan

Cover: Foto ©Andreas Hilbeck / pixelio.de

Manufactured and distributed by brebook publishing software (www.brebook.com)

Karl Malss

Volkstheater im Frankfurter Mundart

Carl Malß

Volkstheater

in

Frankfurter Mundart.

Dritte Auflage.

Frankfurt am Main.

J. D. Sauerländer's Verlag.

1884.

Inhalt.

*) Die ersten Aufführungen in Frankfurt a. M.

Carl Malß.

Wenn wir einem Bedürfniß des Publikums begegnen, indem wir „Malß gesammelte Volkstheater" bringen, glauben wir eine nicht minder alte Schuld abzutragen, indem wir diesen Werken eine kurze Biographie und Charakteristik des Verfassers voranstellen.

Während die Hessen Frankfurt bombardirten, am 2. December 1792, erblickte Carl Malß das Licht der Welt. Der Sohn eines angesehenen Kaufmanns, wuchs er in der ihm lästigen Behütung alter Tanten und Dienstboten auf, oder blieb sich selbst überlassen und seinem Hange, auf eigene Faust die Wälle und Bastionen der alten Reichsstadt zu durchstreifen, und frühzeitig auf diesem an geschichtlichen Erinnerungen reichen Felde seine Phantasie zu erweitern. Das waren wohl die ersten Vorstudien, die er zu seinem Bürgercapitain machte. Jedenfalls mochte sich in diesen seinen ersten Streifzügen bereits ein genialer Humor bekundet haben, der um so mehr Berücksichtigung verdiente, als Malß daneben an Schulkenntnissen keineswegs hinter seinen Altersgenossen zurückblieb. Er war ein offner Kopf, dem Alles zuflog, der sich zur Noth einen klaren Begriff bilden konnte, ohne daß er zuvor die Definition mechanisch memorirt hatte. Aus der Pension des H. Kemmeter entlassen, in der er sich die nöthigen kaufmännischen Vorkenntnisse erworben hatte, trat er als Volontair in ein Lyoner Handlungshaus. Aber das trockene Geschäftsleben bot ihm zu wenig geistige Nahrung; es widerte ihn an. Ob er wie sein Landsmann Brentano die Geschäftsbriefe versifizirte, statt sie zu copiren, und den Fuhrleuten die Frachtbriefe in deutschen Jamben schrieb? — jedenfalls war's ihm in Lyon schon klar geworden, daß es ihm zum

Kaufmanne zwar nicht an Kenntnissen, wohl aber an der Natur
mangele. Hätte Malß den leichten Sinn eines Champfort
gehabt, der den Menschen als Springer betrachtete und die
Gesellschaft als das Brett, auf dem er seine Sprünge macht, er
würde mit demselben Gleichmuth einen neuen Beruf erwählt
haben, der ihm mehr zusagte; — aber Malß war eine ernste
tiefe Natur, und bis in ihm dieser Entschluß zur Reise kam,
verging eine geraume Zeit. Im Jahr 1812 nach seiner Vater=
stadt zurückgekehrt, trat er in das Frankfurter Freicorps, und
machte als Offizier die Feldzüge von 1813 und 1815 mit. Vor
den Wällen von Straßburg, wo er mit seinen Landsleuten
bivouakirte, die meist den niederen Ständen angehörten, scheint
ihm die erste Idee zum Frankfurter Local=Lustspiel erwachsen
zu sein. Die Unterhaltung, die dort am Wachtfeuer geführt
wurde, mag häufig ebenso originell, wie die der Schoppengäste
im Bürgercapitain gewesen sein, die man bereits mit Shakspeare'=
schen Kneipscenen verglichen hat.

Nach beendigtem Feldzuge kam Malß wieder nach Frankfurt,
wo er bei seinem älteren Bruder ein gastliches Dach fand. Es
ist paradox, aber doch nicht anders: es war ein „lachender Philo=
soph," und — theils aus Kränklichkeit, theils als Mensch mit ver=
fehlten Lebenszwecken — ein Hypochonder. Er kam nur mit der
Familie seines Bruders in Berührung, sonst aber lebte er wie
ein Misanthrop völlig abgeschlossen von der Welt, ging selten
aus, verpappte alle Fenster seines Zimmers, hackte sich selbst
das Holz mit seinem Säbel, und studirte mit aller ihm eigenen
Energie Mathematik und Latein, um sich für die Universität
Gießen vorzubereiten, die er kurze Zeit darauf als angehender
Architekt bezog. In Mainz fand er unter der Leitung Moller's
die erste Beschäftigung bei öffentlichen Bauten, und später wurde
er als Ingenieur beim Koblenzer Festungsbau dauernd angestellt.
In diese Zeit fällt hauptsächlich seine wissenschaftliche Ausbildung.
Er fühlte, wie er Manches nachzuholen hatte, und da er nichts
weniger als ein einseitiger Mensch war, beschränkte er sich nicht
auf sein Fachstudium, wohl aber gab ihm dasselbe Veranlassung,
in die verwandten Fächer überzugreifen. So warf er sich auf

das Studium der Kunst, der Naturwissenschaften und der Geschichte. Auch beschäftigte er sich mit Spezialien, die besonders
Interesse für ihn hatten, mit den Militärwissenschaften, der
Costüm=Kunde 2c. Er bereicherte sich niemals aus Sammel=
werken, er liebte das Quellenstudium nur zu sehr. An alten
Chroniken, schweinsledernen Scharteken hatte er eine kindische
Freude. In diesen Studien ging er völlig planlos zu Werk,
sprang vom Hundertsten ins Tausendste, besaß aber ein Classi=
ficationstalent, das Alles zu sichten wußte. So ist er ein
lebendiges Conversationslexicon geworden, das keine Frage
schuldig blieb, ein geistreicher, witziger Gesellschafter, dem der
Stoff nie ausging, der sich jedem Alter, jedem Stand, jedem
Erkenntnißvermögen seiner Zuhörer zu bequemen wußte. Groß=
artig war seine Kenntniß der Dialekte. Er unterschied genau
zwischen einem Altgässer und einem Breitengässer, — so fein
war sein Gehör. Es waren ihm außer sämmtlichen deutschen
auch einige französische Dialecte geläufig. Von einem Dialect
in den andern wußte er die schnurrigsten Ableitungen zu machen.

Das Unerklärlichste bleibt, wie und wo Malß den Frank=
furter Mittelschlag, den er so charakteristisch zeichnete, studirt
haben mag, da er an öffentlichen Orten wenig zu sehen war,
niemals Wirthshäuser besuchte, auch nicht als literarischer Anek=
dotenjäger mit der Schreibtafel über den Gemüsemarkt ging und
Bonmots notirte, die er provozirt hatte. Er war eben Menschen=
kenner von Haus aus. Ebenso gut wie die Mittelschichten kannte
er die höhern Stände und bedauerte häufig, daß es ihm durch
die Verhältnisse nicht gestattet sei, die Frankfurter haute-volée,
auch auf die Bühne zu bringen.

Indem ihm die Frankfurter Theater=Actien=Gesellschaft die
Direction des Theaters anbot, wurde Malß, nachdem er zuvor
eine Reise nach Wien unternommen hatte, angeregt, seine im
Feld schon begonnene Posse „der alte Bürgercapitain" zu vol=
lenden. Dieselbe ging am 13. August 1821 mit ungeheurem
Beifall über die Bühne. Es war eine durchaus originelle Er=
scheinung. Der Bürgercapitain ist nicht der bekannte Maulheld,
der in den Lustspielen fast aller Nationen eine stehende Figur

geworden ist; er hat durchaus nichts mit dem „miles gloriosus" des Plautus, nichts mit dem „major of Garat" Foote's gemein; daß er aber diesen classischen Werken würdig zur Seite stehe, beweisen die gleichlautenden Urtheile zweier berühmter Frank= furter, die, ob sie sich gleich in den schroffsten Gegensätzen fort= während begegneten, doch in dem Einen Punkt übereinstimmten: in der kritischen Anerkennung unsers lachenden Philosophen. Wir meinen Goethe und Börne.

Malß fühlte sich durch diese Würdigung ermuntert, und schrieb in der Folge die Hampelmanniaden, die im Frankfurter Bühnenrepertoir unentbehrlich geworden 'sind, und durch die Kunstreisen des Komikers Hassel aller Orten mit Beifall über die Bretter gingen.

Die Stellung eines Theaterdirectors ist nicht beneidenswerth. Wer die ewigen Plackereien kennt, denen er ausgesetzt ist, weiß, daß diese Carriere die unseligste ist, die ein Humorist ergreifen kann. Bei Malß trat der mißliche Umstand hinzu, daß er neben dem Directorium auch genöthigt ward, selbst Unternehmer zu werden, wodurch seine Lage immer schwieriger wurde. Seine Hypochondrie wuchs zusehends. Eine langsame Krankheit zehrte an seinen Lebenskräften. Fortwährende Beklemmung verursachte ihm die schrecklichsten Qualen. Er starb tief betrauert von Allen, die ihn kannten, am 3. Juni 1848.

Der

alte Bürger=Capitain

oder

die Entführung.

Luſtſpiel in zwei Aufzügen.

Vorrede.

———

Es werd in der Weld viel Spas jetzt gemacht,
Drum war ich, Ihr Leut, uf aach ähn bedacht,
Er kimmt net von Minche, net von Berlin,
Aach net von Leipzig, net emol von Wien;
Bei uns in Frankfort, do is er gehockt,
Drum glab ich, Ihr Borjer, daß er Eich schmeckt.
Spas versteht er, des wähs ich recht gut;
Lacht iwer mein, er mecht kän behs Blut.
Es sagt schond e Remer vor Dausend Jahr,
— ridendo castigat mores
Des häßt uf Deitsch ganz sonneklar:
Lacht net blos, denkt ach iwer den Jores.
Drum hoff ich net, daß äner iwel nimmt,
Wann im Komedi zum Vorschein er kimmt:
Offezier, Ferschte, Kaiser un Jubbe,
Derke, Heide, Rabbezinerkutte —
Korzum des ganze menschliche Lewe,
Muß Stoff un Nahrung dem Lustspiel ja gewe.
Seegt äner er hätt sein Sach net doher,
Se sagt em, daß er e Lijener mehr;

1*

Des Wahre ſcheppt jeder aus der Natur,
Er gibt em dann noch e anner Muntur,
Seegt er dann er hets ſelberſch erbacht,
Glabts net, er hot wos weiß Eich gemacht,
Kän Dichter dicht ſo aus dem Kopp eraus,
Wann was Lewendiges er will ſchaffe,
Unner die Menſche muß er enaus,
Dann ſchafft er aach Menſche — kän Affe.
Derft mer net mehr die Menſche kopire,
Was blieb dann noch iwrig uffzefihre?
Langweilig mißts ums Theater ſtehn; —
Mer mißt dann ins Hundskomedi gehn.
Des is mein Anſicht von bere Sach,
Es gibt noch e feiner, bes wähs ich aach.
Es werb aach e mancher Dummkopp ſage,
Der het kenne was Geſcheiderſch mache.
E Geſcheider werb's halte vor Boſſe,
Die Fräb will ich em herzlich gerne loſſe.
Mir thut er den greßte Gefalle bermit,
Duht er aach lache, ſo lach ich noch mit.
Em annern werb die Sproch net gefalle,
Des kennt awer nor e Auswärtiger ſein;
Dann ze Frankfort rebbe So mer alle;
Gros, klän — ähner wie der anner ſo fein.
's Hochbeitſch is net be Frankforter ihr Sach,
Es rebbes manche, es is aach bernach,
Un ſelbſt im Kaſino kimmt die Moor net vor,
Liewer Franzeeſch — net wohr?
Fregt dann e Mann, der uff Welb ſich verſteht,
Wie hot er, obber was hot er gerebb?

Es rebb jo e jeder nach seinem Schnawwel,
Der Preiß seegt die Jabel — mir die Gawwel,
Der Franzos seegt Serviett — un mir Salvet.
Es rebb jo läner wie's geschriwe steht.
Wann ich mein Lustspiel het hochbeitsch gemacht,
Gewiß, es het Niemand driwer gelacht.
Hot dann des Hochbeitsch e Privilegium,
Dumm Gezeug ze mache un ze schreiwe?
Beinah selt mer mehne es wehr so drum,
Von Spas wehr nix Guts mehr uffzetreiwe.
For Bosse un Speß baßt unser Sproch aach,
So gut wie e anner, des is län Frag.
E Prebge dervon wehr uffzeweise;
Net genug kann ichs lowe un preise, —
Es is der Prorekter*) grad wie er war;
Des Ding bleibt noch scheen in hunnert Jahr.
Der Bub, dersch gemacht hot, was gilt die Wett,
Des war, Ihr kennts glawe, län Dummkopp net,
In unsern Buwe stickt e brechtig Blut,
Zieht ersche besser, se wern se aach gut.
Drum Vätter un Mitter, baßt allezeit
Uff, uff der Kinner Spiel un Lustbarkeit,
Dann wer die Sach vor änerlä helt,
Kennt net die Mensche, noch die Weld.
In de Spiele der Kinner bo blinkt ihr Schenie,
Se sein ihr prophetisch Bijegraphie;

*) Ein Schulgespräch in Frankfurter Mundart, das vor ohngefähr 26 Jahren von einem Primaner geschrieben worden: es ist voller Originalität und in seiner Art klassisch. Der Verfasser gesteht gerne, daß diese Kleinigkeit ihm die erste Idee zu gegenwärtiger Komödie gab.

Es hot gewiß meistens der Bunebart
In friher Jugend Salbatges gespielt,
Un sein Kamerade in ihrer Art,
Hawenen als Terann recht gefihlt.
Der Mozart hot als Kind von neun Johr,
Mer sellt beinah mehne, es wer net wohr,
Konzerte kombenirt, aus ägenem Plesir,
Se sein besser, als manche Alte ihr.
Der Schiller war aach noch so halbwechsig,
Wie die Räuwer er hot zum Vorschein gebracht;
Es is manches brinn imwerrechsig,
Doch wie gros wie erhawe is es gebacht!
Noch en Dichter nenn' ich Eich gern:
Es is der Geethé*) mit Orde und Stern.
Der zehlt wähs Gott for mehr als for Sechs,
Un is doch aach nor e hiesig Gewechs.
Uff'm Herschgrawe sieht mer noch des Haus,
Wo er gebohrn is, — es sieht wie e annersch aus.
Es geht im Dag e mancher verbei,
Guckt enuff — und denkt nix berbei;
Dem war als Bub des Boppespiel sein Spas.
Er hots selbst gespielt. — Wer wisse will, was?
Der lese die Lehrjahrn un sein Lewe,
Die kenne am Beste Auskunft gewe.
Doch wie als Dichter der schonb war gekreext,
Wer hette vor Zeite des wohl gemeent,
Mecht er aus dem Faust, dem Boppespiel,
E Dragebie voller Krafft un Gefihl.

---

*) Göthe.

Es duht aach in dem scheene Gedicht,
Manch scheen und trefflich Bildge vorkomme,
Dem mer ganz klar und deitlich ansicht,
Er hot's aus'm Frankforter Lewe genomme.
Es wärn noch der Jahre viele vergehn,
Eh e Frankforter widder so wos mecht.
Ach! die Verscht — wos sein die so scheen!
O Weh! wos sein Mein dergegen so schlecht.
Verscht wärn bei uns ziemlich viel jetzt gemacht
Un mit Reime sich Tag und Nacht geplagt,
Es deht arwer Noth mer steckt an die Lichter,
Ze suche in dene Verscht die Dichter.
Ich muß mich jetzt gehorschamst empfehle,
Kann mich mit Verscht net länger mehr quele.
Es is emohl so e Brebge geweßt,
Drum hoff' ich, daß er mit Nachsicht se leßt;
Ich bin jo kän Dichter von Profession,
Im Verschtmache hatte ich nie Lection;
Es is nor so e Newegescheft,
Dervon mer sich wenig obber gar nix leßt.
Mein Name brauch ich Eich net ze nenne,
Ich wähs, es duht mich doch e jeder kenne,
Doch soviel sag ich Eich noch ganz geschwind
Daß ich bin und bleib e F r a n k f o r t e r   K i n d.

F r a n k f u r t   im Februar 1820.

Bei späteren Aufführungen des Bürgercapitains auf hiesiger
Bühne fand man es angemessen, vorstehende Vorrede als Pro=
log von dem Leibschützen Miller sprechen zu lassen, zu welchem
Zwecke durchweg für ich und mich man (Frankfurtisch m e r)
und statt der letzten vier Verse nachstehender Schluß gesetzt wurde:

Es braucht sich aach Niemand ze scheeme,
Wär er studirt, odder gar von be Vornehme,
Wann er gelacht hot aus Herzensgrund
Irwer des Stick — denn lache is gesund.
Zu dem hot mer aus sichern Quelle,
Daß aach der alt Herr Geethé brimmer gelacht,
Wer hett' nor noch denke selle,
Daß uff so en Mann, des Ding en Eindruck macht.
Hierborch arwer sieht mer, daß wann er schonb lebt drauß,
Der Frankforter noch net is aus em eraus,
Es verlägent ja käner so leicht sein Geschlecht,
Selbst wann er im Stich läßt sein Borgerrecht.*)
Jetzt hoffe mer arwer, daß aach in Eich
Noch die alt Frankforter Lustigkeit stickt,
Halt er Eich aach net zum dreißigste mal**) die Baich,
So wern mer doch heint mit Ihne Ihrem Beifall beglickt,
Dann des Lisi, der Miller, des Gretche, der Kabbebehn',
Wern buhn ihr Schuldigkeit — — Ich meen!

---

*) Göthe gab sein Bürgerrecht auf.
**) In der dreißigsten Vorstellung.

Personen.

Rimmelmeier, Gastwirth und bürgerlicher Capitain.

Lieschen, seine Tochter.

Gretchen, seine Nichte.

Weigenand, Doctor in spe, Lieschens Liebhaber.

Von Daxowitz, Cornet bei einem Freicorps.

Miller, Leibschütz des 15. Quartiers.

Eppelmeier,
Dappelius,
Knorzheimer, } Bürger.
Schmuttler,
Leimpfann,

Ein Buchdruckergesell.

Drei Mägde.

Drei Knechte.

Zwei Tambours.

Zwei Pompiers.

(Die Zeit der Handlung d. J. 1814.)

Erster Aufzug.

Erster Auftritt.

(Die Bühne stellt die Wirthsstube des Capitains vor; vorn links ein Fenster auf
die Straße, rechts eine Seitenthüre in des Capitains Zimmer, auf derselben
Seite ganz im Vordergrunde ein langer Tisch und Stühle für die Schoppengäste;
gegenüber nahe am Fenster sitzen Lieschen und Gretchen mit weiblichen
Arbeiten beschäftigt.)

Lieschen. Wo nor der Vatter bleiwe duht?

Gretchen. Was fregst be mich? Mir seegt ersch net, wo
er hin geht.

Lieschen. Mer werd doch froge derfe; es kennt ja sein
be wißt's. No — loß nor jetz gut sein. — Der Mann is be
liewe lange Dag uff be Bähn, wo ersch gar net braicht, un wo
ersch noch owebrein net vertrage kann mit seim Gicht. Awer sag
emohl selbst Gretche, des Lahfe, des is sein änzig Frähb, un die
muß mer'm gunne. — Sein Kabbedehnschaft hot borch be Primas
aach e Enb gemacht kriebt, so daß er jetzt nix mehr hot, als wie
die Spritze im Kwatier.

Gretchen. Un is Kwatier=Vorstand — un Brunnemähster.

Lieschen. Ja un Bennergeschworner. — Geb emohl ber
Schawell en Stumper. (Gretchen schiebt Lieschen mit dem Fuße den
Schemel zu.) — Sag emohl, wie warsch bann gestern uff bem
Bahl hinner ber Roos, schehn obber aach net?

Gretchen. Ach so scheen! awer e bißi je voll un aach je gemähn; 's is gar kän Uffsicht bei be Billietter; so nach jehe witscht allerlä Gezeig errein.

Lieschen. Guck, ich bin blos bem Weigenand je Gefalle behäme gebliwe, dann guck ber arm Schelm greemt sich gar je sehr, wann ich banje gehn un er is net berbei; er hot awer aach recht, dann so wie's jehe Uhr vorbei is, bo lafe schon unser vor=nehme junge Herrn im Saal erum, rebbe Franzeesch, lache iwer unser ähn, gucke e jeb Mebge ins Gesicht, baß es e Schann is, un halte sich iwer Esse und Drinke un bie Musik uff; bo kann gar kein hanett Mebge mehr bo bleiwe. — 'Sis e Schann for so scheene Herrn, sich so uffjefihrn, wo boch so viel Gelb an ihr Erziehung verschwend werb. (Eifrig.) Awer mer selts net mehr leibe; es is ja e geschloffe Gesellschaft. Ich wolt e mohl sehe wann unser ähns uff ihrn Kasinobahl keem was es bo geeb. — Ei nor ber Weigenand sellt emohl hin gehn, un wann mersch recht beim Licht betracht, so hot mein Aaguft breimohl mehr Condewitte, als so e stolzer Kaafmanns=Sohn. Ach! es is gar e gut Kerlche, mein Aaguft, guck un so gescheib, un guck un hat mich so lieb, guck bes Lewe leßt er for mich, un baß er boch nor e fremb Mebge angucke beht. Gestert noch hawich en Freiwillige gefrogt, ber mittem im Feld war, ber hat gesagt, mit Mebgern het er sich gar net abgewe.

Gretchen. Des glab ber Deiwel, awer ich net. Do mißt mer bie Mannsleit net kenne! Verspreche buhn se viel, awer halte wenig; unb berju bie Frankforter. — Ja wanns noch e Frember wehr.

Lieschen. Netwohr weil bir e Frember bie Kur mecht. Apripo! hot ber Vatter noch nix gemerkt?

Gretchen. Ach geh ewed! du meenst, bes Husärche? wo wern ich mich mit em Offezier abgewe, ber hetrath ähm boch net. Spas mach ich gern mittem, bann er is gar je luftig, un er rebb' so aartlich, so fremb. Un wann mer aach so eme Mensche

e freinblich Wort gibt, was is dann des? des muß mer jo schond
der Kundschaft halwer duhn.

Lieschen. Ach Gretche, was bist du for e Medge! mer
sieht recht, was be for gute Freindinne host. Laß dich um Gotteswille von der Kurmacherei eweck unb bleib ähm getrei, der dich
aach heirathe duht. Du kannst e mal dein ganze gute Ruf verliere; un was hat e Medge bessersch als ben?

Gretchen. A loß! des is mei Lewe, wann ich recht lustig
unner vornehme junge Leit bin, unb kann mich recht sein unner-
halte unb so e Paar in mich verliebt mache, des is mein ähnzig
Frähb; mer erfehrt doch bo aach, wie sich e Frauenzimmer compertire muß.

Lieschen. Ach, Gretche wie dauerscht be mich, daß be so
benkst! des is net der Weeg zum Glick. Aehn gern hawwe, un
immer an den benke, alle Tag neue gute Aegenschafte an
em entdecke, en alle Tag liewer hawwe, unb enblich gar net
mehr von em losse, deß is e Frähb, die mer gar net beschreiwe
kann, wanns ähm net selbst emal so war.

Gretchen. Ich verstehn dich! — Geh mer nor mit beim
Aaguft, der mehr nix for mich. Galant is er gar net; ich hab
noch net gesehn, daß er der Ebbes kaaft hot, en Kamm, e Schälche
obber sonst so was Kläues. Do is zum Beispiel der Herr Leibenamt ganz annerschter, der hot immer Confect bei sich, waart mit
allerlä uff, un is des net, so brengt er mer Bicher aus der Les-
biblebeek for die Bilbung.

Lieschen. Mein Aaguft hot mer schond oft so Presenter
mache wolle, awer bes leib e ornblich Medge net von eme Mensche,
ben se lieb hot. Ich hab' sein Herz, un bin zufribbe. Unb e
Mensch wie mein Aaguft, der werd schond e Versorjung finne;
un so wie er bie hot, so hot der Vatter nix mehr einzewenne.

Gretchen. A bapperlabab, wer werd so frih heirathe! des
häßt sich jo bie schenst Zeit von seim Lewe verberwe. Es kann
sich e Medge in ihrm lebbige Stand noch viel Plesir mache, bie

se sich als Fra vergehn losse muß. — Die Stub ze reiwe, die
Fenster ze buzze, Kinner ze wesche un schlofe ze lege, un en be=
soffene Mann ins Bett ze braklezire, boderzu is noch immer Zeit.
Hat mer aach iwer mich resennirt, ich het mich mit vornehme
junge Herrn abgewe, so nemmt mich doch noch e Handwerksmann
un kann Borjer uff mich wärn.

Lieschen. Hehr uff mit beim Geschwetz, es werd mer
iwel! Ich wähs doch, daß es dein Ernst net is. Awer ähns
gremt mich doch Gretche, du gehst in gar kän Kerch mehr; du
bist am Sunndag erscht wibber bernewe geloffe.

Gretchen. Es is net wohr, ich war behäm, un hab anere
Garnirung geneht. Gearweit is aach Kerch gehalte.

Lieschen. Des is nu net wohr Mamsell. Der Wärt=
dag is for die Arweit, un der Sunndag for die Kerch.

Gretchen. Wie kannst be nor so schwetze in unsere uff=
geklehrte Zeite?

Lieschen. Schwei still, es is nix mit der Uffklehrung! der
Weigenand hot mersch lang un brät aus ennanner gesetzt; er
hot gesagt, mer mißte wibber fromm wärn, wie unser Alte warn,
sonst megte mer uns stelle wie mer wollte, mer brechte's zu nix.
Ach! er hot so scheen gesproche wie e Kandidat, noch scheener,
dann guck, er is ganz hitzig worn un hot so en rothe Kopp kricht.

Gretchen. Ja des is aach so e Scheinheiliger; un bu, bu
lähsst doch nor be junge Parrer ze gefalle enein. Bei be alte
Parrer is es mit Mebergern gar net besetzt.

Lieschen. Geh eweck mit beim Lästern, bu bist schon halb
verlohrn. Ich gehn Sonntags in mein Kerch, mach bu was be
willst. Ach Gretche geh doch nor ähmol wibber mit. Guck am
Sonntag hawich e Prebbig in ber Spitalskerch geheert, so hab
ich noch niemals ähn geheert, es war der Parrer Kraft der se
gehalte hot; lang hat se net gedauert, es is kän Wunner, dann
er soll se von der Kanzel erunner aus dem Kopp gehalte hawwe;
es hot se e jedes verstanne, un alles hot geflennt, sogar der

englisch Gummi der mit seine vier Zwerreck an der Diehr ge=
stanne hot, ich bin dem Mensche seitdem lang net mehr so bees.
Guck, alles wor veränigt, ich glab die greßte Feind hette sich ver=
ziehe. Er hot grad von der Feindschaft geprebbigt, wie sich die
Mensche ennanner lieb hawwe mißte, un wie mer uff die schwache
Sinder net an ähmfort druff los resonnirn sellt, sonnern, wie
mersche suche sellt zu bessern.

Gretchen (bekommen). Ach loß gut sein! Ich ging gern emohl
wibber mit, awer, ich bin so lang net drin gewese, ich ferchte
mich ornblich.

Lieschen. Ja so gehts! Umsonst hots unser Herrgott net
so gemacht, daß mer den siwete Dag Gottes Wort heern soll;
dann der Mensch is net bo druff eingericht, daß er ohne Schabbe
viel bese Gedanke lang in sich behalte kann; deswege is es gut,
wann sem wechentlich ausgetrime wern. Ich wähs es, es is ähm
noch der Kerch immer so leicht. —

Gretchen. Nemmst de mich mit bis Sonnbag?

Lieschen (voller Freude ihr die Hände fassend). Ja gewiß! Bleib
mer awer nor bei dem gute Vorsatz, un währ mer net wankel=
mithig, wie gewenelich.

Gretchen. Nä! — (Läuft ans Fenster.) Guck emohl geschwind
Liesi, bo reit der Werthssohn von Nidder=Linkenem der bei Ge=
briber Hampelmann Gummi wor, der is jetzt e Ruß; was er en
Schnorrbart hot, — er is Kriescummesähr.

Lieschen. Wann mer uff all die Schnorrbärt gucke wollt,
die mer jetzt sieht, bo het mer viel ze buhn.

Gretchen. Awer guck nor, ich bitte dich, was der sein
Gaul springe leßt — un die Schildwacht bresentirts Gewehr. —
Was es doch e Mensch in der Welt weit brenge kann! — Wer
het sich von dem so was vor zwä Jahr träme losse! (Sehr ver=
gnügt.) Er mecht mer e Komblement, guck nor Liesi! (sie nickt wieder)
des is scheen, wann mer sein alte Freinbinne nicht vergeßt.

Es is e scheener Mensch, — die Ahneform steht em recht gut, guck nor!

Lieschen. Ich hawe kän Gedanke bo druff.

Gretchen. Wos kimmt bo vor e Menschespiel die Gass' erunner?

Lieschen (geht ans Fenster). Es werd die Barzenelle sein.

Gretchen. Nä, es rumpelt mer doch so viel berbei. —

Lieschen. Es sein gewiß räsende Engelenner mit Postwäge wo die Frauenzimmer uff dem Bock sitze un lese, un die Herrn hinne druff stehn.

Gretchen. Es sein die Kwatiersprize, die wärn wibber ins Sprizehaus gefahrn; es is grad vier Uhr, bo lahse so viel Bube mit.

Lieschen. Do kimmt ja aach der Vatter mit dem Leibschiz.

Gretchen. Wo dann?

Lieschen. Do; siehst' en net?

Gretchen. Ach ja, bo steht er. Alleweil mache die Herrn Sprizemäster ihr Comblement. —

Lieschen. Un der Herr Stadtbaumäster.

Gretchen. Alleweil geht er dem Haus erein.

Lieschen. Des Buzi mecht schonb sein Spring der Trepp eruff.

Zweiter Auftritt.

Die Vorigen, der Capitän, der Leibschütz Miller.

(Letzterer öffnet die Thüre, der Capitain tritt gravitätisch herein.)

Lieschen. Gun Dach Vatter!

Gretchex. Gun Dach Herr Unkel! ⎫ zugleich.

Capitain. Guten Dach, ihr Webergern! — Des war wibber e stermischer Morjend heint Morjend — kähn Ageblick Ruh.

Miller. Ja Herr Kabbedehn, des is net annerschter! Die Spritz will aach browirt sein, so gut wie e Kumedi, awer e Kunzert.

Capitain. Er hot recht Millerche. Es war aach e recht Schauspiel. Wie majestätisch das Wasser net gen Himmel gespritzt is! Bis iwern englische Hof enaus, Gott solls wisse! Warum warn dann der Herr Ariedant Rosestengel nicht derbei?

Miller. Se warn zu Haus, se hatte ewens bringende Geschäfte.

Capitain. Ja zu Hause werd er gewest sein, bo werd er aach brinkende Geschäfte gehatt hawe.

Lieschen. Vatter Sie sin ja uff dem Buckel ganz naß.

Capitain. Halts Maul, Hahlgans, un unnerbrech mich net, wann ich von Stadtangelegenheite rebbe duh. Awer Millerche heint hot mer widder recht gesehn, wie's in der Welt zugeht: die zwä Schläuch hawe gerennt, die Pump war eingerost — korz nix war in seiner Verfassung.

Miller. Ja Herr Kabbedehn ich wäß net, es is heint ze Dag gar kän Uffsicht in dene Sache mehr; e jeder mecht norbst was er will, vorablich die Hahnzeler. — Awer Gott verbamm mich, Herr Kabbedehn, des Wasser läft dem Ihne Ihrige Buckel in Streme erunner.

Capitain. Ich kann mersch schonb denke — des wor der ohsig Atzelberjer, der hot mer e mohl den Schlauch uff den Buckel gehalte. Wann norbst bei dene Bumpich morliteerisch Ordnung wehr, wie beim Landsturm, Gott selts wisse, er mißt mer uff die Mehlwaag.

Gretche heng e mohl mein Hut an die Wand (reicht ihr den Hut). Liesi, do is mein Barick und bo mein Rock (er gibt Lieschen Perücke und Rock mit feierlichem Anstand). Millerche mein Schlofrock! (der Leibschütz bringt mit vieler Ceremonie einen Schlafrock und zieht ihn dem Capitain an). So — (er setzt sich in den Lehnstuhl; kleine Pause).

Liesche n. 'S is mer alle mohl Angst, wann die Spritz browirt werd, gewehneglich brennts balb druff.

Capitain. Do bervor wolle uns Gott bewahrn; awer wanns boch den Winter noch der Fall sein sellt, se wünscht ich es beht Morje brenne, weil grab jetzt die Anstalte so scheen derzu getroffe sein. Do kennt mer sich wibber recht auszächene. — No wie is, ihr Mebergern, is noch Niemand bo gewese?

Liesche n. Nä.

Capitain. Kän Mensch?

Gretche n. Nä kän Mensch.

Capitain. Aach net der Weigenand?

Liesche n. Nä liwer Vatter.

Capitain. Ich sage dersch Liesi, bes Ding mit dem Weigenand wird mer ze arg. Der Mensch läft den Dag zwanzig mohl am Haus vorbei, un kimmt zehe mohl eruff. Wann be mer kän End braus mechst, se derf er mer net mehr ins Haus.

Liesche n (etwas naseweis). Die Werthsstub kenne se'm doch net verwehrn!

Capitain. Awer Dir kann ich se verwehrn; korz der Weigenand, bes is kän Mann vor dich, der kann kän Fra er= nehre.

Liesche n. Wann er awer e Amt krieht, derf ich en bo heirathe?

Capitain. Ja, baß uff, sie wern dern butzwitt zum Senguater mache.

Liesche n. No, wer wähs; mer hot schonb ganz annern Sache erlebt. Ich wartenem, und selt ich waarte so lang bis ersch zum Stabtschultes gebracht het; ich nemme kän annern.

Capitain. Des werd sich seiner Zeit ausweise. Jetzt awer leib ich so kän Liebhabersch=Commersch in meim Haus.

Dritter Auftritt.

Die Vorigen. Ein Buchdruckergesell.

Buchdrucker. Herr Kwatiervorstand. —

Capitain. Was? hier is net von vorstehn die Nebb! Kabbedehn bin ich, wann er sch wisse will.

Buchdrucker. Nor nix vor ungut, Herr Kabbedehn, do sein Dausend Verordnungen aus der Druckerei, be selle heint noch im Kwatier erum gewe wern.

Capitain. 'Sis gut! (bei Seite) hot aach Zeit bis Morje.

Buchdrucker (geht ab).

Capitain. Miller! guck er emohl was es is.

Miller (besieht eine Verordnung). Es is von wege der Inkwatirung. Wer en Offezier im Kwatir hot, der soll en uff dem Kwatir-Amt erbeigewe. Der Stadtkummedant hots befohle; es gewe sich so viel for Offeziern aus, die gar kän nicht sein, un duhn sich bei den Borjer lege.

Capitain. Gut! Laaf emohl gleich enuff uffs Kwatir-Amt, un sag mer hätte so ähn, mer wißt gar net recht, zu welchem Rohr er geheern deht, es wer e halwer Ruß un e halwer Preiß. Schon vier Woche leg er bei uns.

Gretchen. Gleich Herr Unkel! (Bei Seite.) Mein Husärche? des wern ich scheen bleiwe losse, des derf mer net auskwatirt wern. (Ab.)

Capitain. Do werd mer doch aach emohl die ewig Unruh los, die klän Krott mecht en Spektakel im Haus — —

_____

2*

Vierter Auftritt.

Die Vorigen. Der Cornet.

Cornet (Säbel und Tschako beim Hereintreten auf einen Tisch werfend). Das war mal wieder eine Attaque gewesen, aber ich habe die Kerls Mores gelehrt.

Capitain. No was hots dann schonb wibber gewe?

Cornet. Stellen Sie sich vor lieber Capitain. Gestern war ich in dem Theater, man gab die Jungfrau von Orleans, eines der besten Kunstwerke für die deutsche Bühne. — Nun können Sie sich wohl denken, daß wenn man dieses Stück in Berlin, auf einem Berliner Theater, von Berliner Schauspielern gesehen hat, man es unmöglich in Frankfurt ansehen kann. Jott strafe mir! die Kerls spielen man so steif, und deklamiren so schlecht. — Ach Capitainchen, von Mir mußten Sie mal den Talbot sehn — Wundervoll! Na, wieder zur Geschichte: ich stand im Parterre, neben mir ein Mensch in Civilkleidern mit einem Schnurrbart, welcher sich einige Raisonnemangs über das Stück erlaubte, aber uff Ehre, so unsinnig und ungebildet, daß man auch nicht eine Spur von Bildung an ihm bemerkte, welches ich ja von jedem gebildeten Manne verlange. — Im Zwischenakt sagt' ich ihm: wie in Teufels Namen können Sie, mein Herr, an dieser uff Ehre, erbärmlichen Aufführung Geschmack finden? Die Schauspieler reden ja nicht mal schriftteutsch! Was geht das Sie an, mein Herr? sagt er mir. Herr, hab ich ihm darauf geantwortet, Jott straff mir! vergessen Sie sich nicht, ich bin Leutnant der Teutschen Legion, ich hab für die jute Sache gefochten, Teutschland befreit.

Capitain. Des is schonb oft bo gewese.

Cornet. Kurz und gut, Ein Wort gab das andere; er war Offizier und Edelmann, ich forderte ihn, wir schlugen uns, aber, ftrafe mir ein juter Jott! ich hab' ihm eene ausgewifcht, comme il faut.

Capitain. Er lebt doch noch?

Cornet. J, ja, er lebt noch, wird aber in der Folge fchon höflicher find.

Capitain. Miller, mer miffe jetzt noch den bewußte Gang buhn. (Zu Millern leife.) Ich muß norbft mache, daß ich von dem ofige Babbelmaul fort komme. (Geht mit dem Leibichützen ab.)

Fünfter Auftritt.

Der Cornet. Lieschen.

Cornet. Na, Mademoiselle Lischen!

Lieschen. No, Herr Leidenamt!

Cornet. Sie beseelt doch immer diefelbe Stille, diefelbe Gelaffenheit, diefelbe Anmuth, diefelbe —

Lieschen. Ich bitt' Ihne, fchweie fe Herr Leidenamt, ich hab Ihne fchonb oft gefacht, daß ich kän Kombelementer net leibe kann.

Cornet. J du meine Jüte, das find keene Complimente nicht, Wahrheiten finds man — A propos! Wie kömmt's, daß Mademoifelle Gretchen nicht hier ift?

Lieschen. Sie is nor wohin, werd arwer gleich wibber do fein. Sie wern verzeihe, der Vatter rieft. (Läuft fchnell ab.)

Sechster Auftritt.

Der Cornet (allein).

Na uff Ehre, wenn mich Eene nicht leiden kann, so ist es diese, aber um so besser stehe ich bei der Nichte angeschrieben, die hab ich schon ziemlich kirre gemacht. Das Mädgen ist, Jott straf mir! verliebt wie eine Gatze. Die muß mit, wenigstens bis Leipzig, da kann man sie wieder retour schicken. Laß sehen, ob mir heute mein Projscheft gelingt, sie zu einer Entführung zu beschwatzen. Vorgearbeitet habe ich, glaub' ich, schon ziemlich gut, mit Romanen aus der Lesebibliothek. Stille, es kommt jemand singend die Treppe herauf! — Ich kenne die Stimme, es ist Gretchen, der kleine süße Schelm.

Siebenter Auftritt.

Der Cornet. Gretchen.

Cornet (auf Gretchen zueilend, ihr die Hand küssend). Schönes, einziges Gretchen —

Gretchen. Ich bitt' Ihne.

Cornet. Sie waren man ausgegangen?

Gretchen. Ja, un wann Se wißte wo.

Cornet. Na?

Gretchen. Deß seegt mer net eso.

Cornet. Wenn ich dir aber bitte, Gretchen?

Gretchen. No ich will ber'sch nor sage. Du host selle aus= fwatirt wern —

Cornet. Ich ausquartirt? Mir ausquartiren? Wer mir ausquartiren?

Gretchen. Ei, des Kwatiramt —

Cornet. Donner und Doria! — Das Quartieramt wird's man bleiben lassen, ich bin Offizier, und einen Offizier von der tapfern Legion, einen Sieger von Moskau, von Lützen, von Culm, Bautzen und der Katzbach wird man nicht ausquartiren. (Er greift nach dem Säbel.) Jott verdamme mir! ich muß hin, die Kerls rannschiren —

Gretchen. Um Gotteswille net!

Cornet. Kein Pardon!

Gretchen. No hehr nor, ich bitte dich, besinn dich, was be duhst.

Cornet (bei Seite). Ja! ja! ohne Zweifel ist der Stadt=kommandant mir auf der Spur und will meinem Leutnantsthum ein Ende machen. Eine infame Geschichte! es ist aber ernstlich Zeit, daß ich fortkomme. (Er eilt auf Gretchen zu und faßt ihr beide Hände.) Nun erzähle weiter Gretchen, und verzeih mir meine Hitze. Sieh, Engelsmädgen, wenn ich man in der Rage komme, so kenn' ich mir selber nicht.

Gretchen. No ich warn uff dem Kwatiramt, un hab ge=sorgt, daß be noch bei uns bleibst, Lieber.

Cornet (voll Entzücken). Himmlisches Mädchen! (Affektirt schwer=müthig.) Schade nur, daß vielleicht sehr bald wir uns trennen müssen. Grausames Schicksal, du willst nicht haben, daß Gretchen die Meinige werde.

Gretchen. Wie?

Cornet. Treffliches Gretchen, ich kann Dir es länger nicht mehr verhehlen; ich muß eilends Frankfurt verlassen. Mein Vater will, daß ich sogleich auf eins seiner Jiter reise, um die Verwaltung desselben zu übernehmen.

Gretchen. Ach, was mechst de mich so unglücklich!

Cornet. Süßes Gretchen, folge mir dahin!

Gretchen. Ach! mit der gehn — Nä, mein Lebtag net. —

Cornet (zärtlich). Gretchen!

Gretchen. So lieb ich dich hab, awer ich thu's net.

Cornet. Aber das Glück unsers Lebens hängt davon ab. Und wenn du bleibst, welche Zukunft erwartet dir in diesem Hause? Sieh Gretchen, du reisest mit mir auf das Jut, dort sorge ich für unsere Trauung durch unsern Pastor. Wir reisen zu meinem Vater, werfen uns zu seinen Füßen, er verzeiht — und du bist ewig die Meine!

Gretchen. Ach! thu mer net so weh, mach mer'sch Herz net so schwer.

Cornet. Jott straf mer! Gretchen, ich lese in deinen holden Augen, du willigst ein.

Gretchen. Kann ich annerscht: ich hab dich zu lieb.

Cornet. Na, so laß uns auch die erste beste Gelegenheit benutzen zu entfliehen.

Gretchen (beherzt und freudig.) Bis Sunntag, wann alles in Bernem is. —

Cornet. Ja wahrlich, ist nur das Haus einmal rein, für Postpferde stehe ich dann. Du wirst mal Augen machen, wenn du die Residenz siehst, und meine Jiter.

Gretchen. Ich höre kommen?

Cornet. Laß uns das Nähere hier neben besprechen.

(Beide gehen durch die Seitenthüre links ab.)

Achter Auftritt.

Weigenand (allein).

Wenn ich nicht irre, so hört' ich eben den verdammten
Deutsch=Russen, oder was er sonst ist, hier sprechen. — Sprechen?
Lärmen, wollt ich sagen, denn der Bursche lärmt, prahlt und
schreit nur. — Dem Kerl ist auch nicht zu trauen, er macht den
Mädchen hier im Hause die Köpfe toll. Mag er — immerhin;
mein Lieschen macht er mir nicht toll, denn das liebe, gute Kind
liebt nur mich. Sie ist so gut, so sanft, so anspruchslos. —
O! ich Glücklicher! — — Wenn nur der alte Capitain nicht so
wunderliche Ideen hätte. — Je nun, ich kanns ihm nicht ver=
denken, daß er sein einziges Kind mir armen Teufel nicht auf
gerabewohl geben will. Nur Gebuld! eine Versorgung wird wohl
auch kommen, und wenn die nur einmal da ist, da ist auch
Lieschen mein. — Ja so denke ich — ob aber der alte Capitain
auch so denkt, das ist noch eine große Frage. Warum sollte er
es aber nicht? — — — Er wird doch sein Lieschen am Ende
keinem Andern versprochen haben? Das wird sich am besten
zeigen, wenn ich geradezu um ihre Hand bitte. — Frisch gewagt
ist halb gewonnen! (Ab in das Zimmer des Capitains.)

Neunter Auftritt.

Miller (allein).

Ich hobs ja immer gesagt: der Herr verleßt ähm net. Gott
Lob, Morje is e Leicht! Der Herr Fennerich Zipper is schon
wibber gestorwe. Es is, Gott strof mich, traurig! Frisch un ge=
sund hot er sich ins Bett gelegt, un dohrt is er wibber uffge=
stanne. — Es war gar e braver Mann, Gott hob en seelig;

wann ich norbſt noch an ſein letzt verwiche Fennerichs-Mohlzeit
gedenke, des wor e Mohlzeit, wie ſeit Kindskinner is kän gehalte
worn, un wie ſeit Kindskinner kän werd gehalte wern. — Zwä
Mähne voll Brohte hot mein Fra häme gebrocht, benebſt verzehn
abgengige Botelle Wein, die noch voll worn, un ähneverzig
Spahn-Säuerchern ſein in allem verzehrt worn. Gott im Him=
mel, wos is for e Vorſchelinern Dellerſpiel druff gange! dann
mir Menner, mir Leibſchitze und ſonſtige Perſchone vom Borjer=
meletär, die uffgewahrt hawe, mir hawe kän ſonnerlich Attanſchion
uff die Deller gewe kenne. — Wie die Herrn Borjeroffizier emohl
e bißi luſtig worn, do hawwe ſe mit uns ihren Schawwernack
getriwwe; mir hawe ſe Werſcht in die Batranbaſch geſteckt; do
hawich en awer geſagt: Meine Harrn, wanns Ihne Vergnige
mache duht, ſe ſtecke ſe immer zu, dann mein Batranbaſch is
Worſchtbicht. Hä! hä! hä! hä! — — Ich glawe nu ganz be=
ſtimmt, daß wann mer die Harrn ſelwige Obend in e feindlich
Land gebrocht hett, ſe hette des Kind im Mutterleib net ge=
ſchont. — Von dem ſeelig verſtorwene Herrn Fennerich ſeim
Herr Schwoger, dem Herr Derrgemißhenneler Batzeläb, die warn
domoliger Zeite Ariebant bei der Cbbelawantgard, hab ich von
der Fra Liebſte en Dukkate Doſchr kriebt, weil ich den Herrn
Ariebant ſo glicklich hähme geliwert hat. Sie hatte ſich damals
ſehr iwernomme — No, des kann awer dem ſchenſte Mann
baßirn. Wann merſch norbſt morje net aach eſo geht: des
Fleiſch iſt ſchwach, häßt in der Schrift. und beiere Leicht,
do werd aach ornblich zugeſproche, zemohl wann dem Verſtorbene
ſeelig ſein Geſundheit getrunke werd; und Cwends vom Drehne=
mahl will ich ganz ſchweie. Die Leicht werft mer doch was
ſcheenes ab. Zwä Gulde zwä e Verzig for's Lähb anzeſage
zwä Gulde zwä e Verzig als Kreitztreger — dann lehn ich die
Däge und liwer die Flehr, des mecht aach als e Guldener Finf.
Un bi Zitrone die nemm ich an Zohlung wibber retur, do werd
den Awend Bunſch bervon gemacht. Ach! beht nor alle Woch

ähner abfahrn, die Leibschütze dehte aach balb Heusercher uff ·
Spikelation baue.

(Weigenanb unb Lieschen kommen betrübt aus bes Capitains Zimmer.)

Aha! un bo, bo riech ich e Hochzeit, werb wibber verbient, un
wo's Hochzeit is, bo is balb Kindtaaf, bo steht unserähner in ber
Staatsmuntur hinne uff ber Kutsch; mecht aach wibber en Bro=
wenner. Jetzt gehn ich zum Harr Kabbebehn mit ber Melbing
von be heuntige Vorfallenheite. (Ab in bes Capitains Zimmer.)

———————

Zehnter Auftritt.

Weigenanb. Lieschen.

Weigenanb. Ach!

Lieschen (seufzt ebenfalls).

Weigenanb. Gar keine Hoffnung soll ich mir machen,
sagte er!

Lieschen. A loß! bes Hoffe kann er uns net verwehre,
ich bleiwe ber trei, un wann's noch e Johr bauert. Ich kenne
mein Vatter, er is net eso bees, als wie er buht; am End krie
mer uns boch noch enanner. Ich hab noch kän Comebi gesehn,
un noch kän Buch gelese wo's net aach so komme wehr.

Weigenanb. Liebes Lieschen, bu hast Recht — Gebulb,
Liebe unb Treue müssen jetzt unsere Losungsworte sein.

Lieschen. Ach am End segt er boch Ja, wann er nor emohl
sieht, baß — — —

Weigenanb. Daß ich Etwas bin. — Höre Lieschen mit
bem Doctorwerben wirb's nun auch balb vor sich gehn. Das
Gelb bazu habe ich beisammen — unb bies ist bie Hauptsache.
Unb hier (auf ben Kopf beutenb) ist in fünf Jahren auch manches
zusammen gescharrt worben.

Lieschen. Ja Doctor, des is awer nix bei der Stadt!

Weigenand. Freilich nicht, aber es ist das Mittel vorwärts zu kommen. Und wenn ich den Versicherungen meiner Gönner Glauben beimessen darf, so ist nach erlangter Doctorwürde mir eine Anstellung gewiß.

Lieschen. Ach! des is ja herrlich — Awwer heer, um ähns muß ich dich doch noch bitte. —

Weigenand. Nun?

Lieschen. Du mußt net mehr so oft in's Haus komme, des meegt den Vatter noch volligster bees mache.

Weigenand. Ich dich nicht mehr sehen! — Nein, nimmer= mehr!

Lieschen. Des kann ja doch geschehe. — Du wäßt, ich bin beinah alle Awend bei meiner Fra Geetche, do kannst be mich so immer hähm fihrn. Wart nor so gegen Acht am Eck von der Hasegaß.

Weigenand. Ei! ei! so fromm und doch so listig — Es bleibt dabei, morgen Abend halb Acht gehe ich auf meinen Posten. Leb' wohl! (ab.)

Elfter Auftritt.

Lieschen (allein).

Ach, was is des for e braver Mensch! — jed Minut hab ich en liewer: es gibt nor ähn Aagust, — ich bausche mit kähm Medge in ganz Frankfort. Was er redde kann — es is manch= mal so scheen wie uff dem Theater — un doch laut's nett eso. Ich hammich als ornblich gescheemt em Antwort ze gewe, weil ich gemeent hab, von der Lieb kennt mer nor hochdeitsch spreche.

Un ja, ähnmohl ba haw ichs emohl browirt; bo fagt ich ju em:
wenn boch unfer fcheenes Verhältnüß ewig grünen blübe. Do
hot er mich awwer gejagt! Er hot's aach gleich gerothe, baß
mich's bie Gretche gelernt hot; un bie hots aus Bicher.

Zwölfter Auftritt.

Lieschen, Capitain und **Miller** (tommen fprechend aus der Seitenthüre).

Miller. Ja, Herr Kabbebehn, fo is es un net annerfchter.
Jwermorje brejis um 8 Uhr im Sterbhaus in der Bennergaß
Lebera M No. 911 in Barabi=Mundur, Scherf un Däge mit
Flohr, un fellts allenfalls regene, fo geht alles in Barbeleh
vor fich —

Capitain. Awwer boch in Stiwel?

Miller. Näh, nix Stiwel Herr Kabbebehn, alles in Schuh
und Strimp. Der Zuck geht iwern Remerberg, borch bie Neu=
treem, iwern Liebfrabährg, un net borch bie Poort erborch, weil
fich's bo ftoppe meecht, fonnern iwern klähne Herfchgrawe, dann
bo an der fcheppe Kanzel erum, bo wohnt e Herr Vetter von
bem feelige Verblichene. Dann gehts iwern Roßmart, bo bleeßt
der Kathrine=Terner, un iwer die Zeil uff be Peterfchkerchhof;
bo werb er getrage von vier Borjer, jwa Gelätsreiter, jwä Schibe,
jwä Bumbjeh, un vier Kabbebehne halte bie Zippel.

Capitain. Ja fo hammerfch ja fchond efter gehatt.

Dreizehnter Auftritt.

Die Vorigen. Eppelmeier. Dappelius.

Eppelmeier. Guten Dach, Herr Rabbedehn; Nemme Se Plaß, Herr Dappelius!

Dappelius (indem er sich niederseßt). Nach gethaner Arweit — —

Eppelmeier. Erlawe Se, des geht hier net eso, des sin schon dem Herr Knorzheimer sein Plaß — rikteleh e bißi enuff. Es hot hier e jedwelcher sein Plaß.

Dappelius. Des is recht! alles sein geweißte Weeg in der Welb! (Zu Lieschen.) Brenge Se emohl e Botell Wein.

Eppelmeier. Nix do, ich wärn bestelle; Herr Rabbedehn losse se uns e Botell von dem bewußte Elfter von Anno 92 zu- komme, hä! hä! hä!

Capitain. Geh Liesi, hol emohl ähn, mit dem schwarze Sichel.

Lieschen. Ja gleich, befehle se aach en Kruk Selzer- wasser?

Capitain. Wie kannst de nor so ähnfällig froge? die Herrn trinke kän Selzer Wasser.

Eppelmeier. Wasser buht's freilich nicht! — Wer werd so e Weinverberwer sein! Nicht wohr, Herr Dappelius?

Dappelius. Es scheint, die annern Herrn wolle sich nicht so zeitig heint einstelle.

Capitain. Se stehn schon e Weilche brunne uff der Gaß; se misse was ze verschneide hawe. Der Schmuttler fachirt ab- scheulich. (Zum Fenster hinaus.) Meine Herrn komme se eruff, der Wein werd sonst kalt.

Dappelius. Ja vom kalte Wein ze rebbe; — do bin ich letzt nach Haus komme mit ere kläne Spiß, mein Fra lag schonb im Bett, es war so zerfa ähn Uhr; do hot se ferchterlich gebrummt.

Do sagt ich arwwer, willst be schweie, du host gut rebbe, du leist do in beim warme Bett un ich muß uff b e r harte Bank sitze, un b e n kalte Wein brinke; bo hot se arwwer gelacht! — Es geht niz iwer en gute Einfall.

Eppelmeier. Des war e Einfall wie e alt Haus!

Vierzehnter Auftritt.

Die Dorigen. Knorzheimer. Schmuttler.

Knorzheimer. Fehlemich ihne, meine Herrn!

Schmuttler. Aha! Herr Eppelmeier guten Owend! sein Sie aach schon bo — Jungfer Liesi wie gewehneglich, un e Brehbge mit Umstände. (Lieschen ab.)

Knorzheimer. Sein Sie aach emohl wibber bo Herr Dappelius, des is recht, daß se sich wibber einfinne. Ich bleiwe des ganze Johr in ber Freindschaft, netwohr Herr Kabbebehn?

Capitain. Des is aach recht, Herr Vetter. No was hammer Neues meine Herrn?

Eppelmeier. De Schnuppe hawich, wolle se mer'n abkafe, Herr Kabbebehn, was gewe se berror?

Capitain. Nä! was hammer Neues? Spas i ba!

Schmuttler. Nix als Krieg un Dorchmersch!

Miller. Ja, es kimmt so viel Volk, daß sich der Parr- therner balb be Othem ausbleeßt un bie weiß Fahnel fengt an schworz ze wern.

Schmuttler. Uff was beite arwer bie Dorchmersch?

Knorzheimer. Uff was? uff Krieg!

Dappelius. Es werd jo in be Ribberlanbe e Armee zesamme gezoge.

Schmuttler. In de Nidderlande? un bo keme se hie dorch?

Dappelius. Ei wo dann annerschter, Alles muß dorch Frankfort, e jeder suggelt norbst an Frankfort.

Eppelmeier (indem er sich und Dappelius einschenkt). Er redt aach wie ersch versteht. Ich wärn Ihne was saage (alle hören ihm aufmerksam zu). Des is nicht eso zu verstehn, als sellt alle Last uff die Stadt alleins gewälzt wärn. Mer muß unsere hohe un weise Herrscher nicht gleich so kretensire, ohne von denjenige Sache instropirt ze sein. Ich wähs es, ich derf norbst mein Mann net nenne, (geheimnißvoll) awwer ich habs von eme Mann, dersch wisse kann. Des Volk des hie dorchkimmt, des geht zur Aperations= armee an Rhein, die observirt norbst, damit die in de Nidder= lande frei Spiel hawe. Es scheint mer nun hierherrausser her= vorzegehn, daß, bei eme ausbrechende Krieg, des Kriegstheater sich von unserm pollittische Horizont entfernen werd. Es is iwrigens aach be Zeitungsschreiwer verbotte, ebbes von dene Dorschmersch ze schreiwe, domits die Franzose net gewahr wärn.

Capitain. Das is nu recht, dann wann mer dene Mensche nicht Einhalt deht, die dehte Kaiser un Reich verkafe.

Dappelius. Wann se sich erinnern, wos hot so e Borsch in de Neunziger Johrn, ze Kistins Zeite angestellt!

Schmuttler. Ja mit dene Messer?

Miller. Messer? den Deiwel aach! Bankenetter warn's.

Knorzheimer. Es war e Klubist von Meenz — —

Dappelius. Der die Stadt dorch sein Geschwetz ins Un= glück gerennt hot, bo berdorch, daß er gesagt hot, die Frankforter Berjer hette die Franzose mit Messern doht gestoche.

Schmuttler. Nein, des wor pure Verläumbung, so wos dubt en Frankforter Berjer nicht. Er is freilich Manns genung sein Feind ins Gesicht anzegreife, wie mer aus dem Uffruf der Schitzegesellschaft ersehe hot, awwer sein Feind hinner seim Rick ricklings ums Lewe je bringe, nein, fog ich noch emohl, des buht en Frankforter Berjer nicht.

Capitain. Nein gewiß nicht!

Dappelius. Es hot sich arower erwiffe, daß kän Berjer Antheil genomme hot; sonnern daß es die domolige Heffe allähns gewehße sin.

Eppelmeier. Des war aach in der Ordnung! Dann die hawe ihr Schulbigkeit gethan. Der Berjer arower muß sich in dem Solbat sein Gescheft nicht mische.

Capitain. Liesi, breng mer emohl en Schoppe for mich.

Eppelmeier. Aach gleich e Botell for uns!

Capitain. Herscht be, for die Herrn noch e Botellg!

Lieschen. Ja. (Sie geht den Wein zu holen.)

Schmuttler. Mein? was ich doch sage wollt, hawe se nix neheres irwer die am Sonntägige Vorfallenheit in Ginnem uff der Kerb geheert, Herr Eppelmeier?

Eppelmeier. In Ginnem? Nä!

Capitain. In Ginnem? was hots bo gewe?

Schmuttler. Schmiß hots gewe, awer wersche kriet hot wähs ich net, un wer se ausgebählt hot, wähs ich aach net.

Miller. Der Ginnemer Schulthes hot se kriet un e Bollezey. Wann se erlawe, ich wähs die ganze Vorfallenheit.

Capitain. Millerche verzehl, wann des wäßt.

Miller. Irwer den schebbe Knanzel is es angegange. Der war der Ihne draus gewehßt mit dem Barickemacher Rivillié, der als dem Oschero die Hoorn geschnitte hot. Die hawe dem Bunnebart des Wort geredt, und hawe gesagt, die Franzose kemte widder.

Eppelmeier. Meent mer dann, daß es noch e solche Menscheart von Mensche gewe kennt?

Miller. Ja, se hawe arower ihrn Lohn! Knapp hotte se ausgeredt, so hot der Knanzel en Eppelweinkruck uff die Kapp geworfe kriet. Von wem? wähs mer net.

Knorzheimer. Ganz recht, es wohr e Gährtner vom Kihornshof.

Miller. Do druff is es ewens angegange, un es hot alles immer buſchur uff die zwä hergeloffene Kerl druff geſchmiſſe, ſo daß der Rivillié halb bohb ins Feld ennin geloffe is. Jetzt kam der Schulthes mit em Bollezey un wollt Ruh ſtifte. Do wollt awwer der Bollezey partu den Gährtner arretirn. Do is awwer geſagt worn, der Mann weer e Borjer, un hät Fra und Kinner, den derft mer net arretirn. Do hot awwer der Bollezey geſagt, Borjer hin, Borjer her!

Dappelius. Un der Schulthes der hot noch den Herr Mähr im Kopp, der hot die Leit mit Salvevenia — Bolleile gehäße.

Miller. Ja ſo warſch! Nach dieſem hawe ſe ewens den Bollezey un den Schulthes ferchterlich zugericht: dem Bollezey hawe ſe des Naſebähn verſchmiſſe.

Capitain. Des wor recht, hette ſen doht geſchmiſſe!

Miller. Se hawe awwer geklagt —

Eppelmeier. Loßt ſe klage, ſe hawe ihr Feng, die nemmt en der jung Herr Borjermäſter gewiß net ab.

Knorzheimer. Was is dann am Parthorn ze buhn? des Parreiſe hot heint ſo voll Menſche geſtanne, die enuff ge= guckt hawe.

Dappelius. Ah, im Dumm buzze ſe die Fenſter.

Eppelmeier. Ich hob ſchonb gedacht es werd e Gerift angemacht, die alte Junfern wollte de Parthorn bohne, hä, hä, hä.

Miller. Erlawe Se, es häßt der Kaiſer wollt ſich friſch treene loſſe.

Capitain. Des kennt nir ſchadde. —

Fünfzehnter Auftritt.

Die Vorigen. Schreiner Leimpfann.

Leimpfann. Allerseits gun Orwend!

Capitain und mehrere Andere. Gun Owend Herr Leimpann.

Leimpfann. Keller — Junser Liesi wollt ich sage, e Partion Speensau un e Schoppe Wein, awwer aach e Salvet, wann ich bitte derf. Se kenne se anrechne Herr Kabbedehn.

Capitain. Liesi, Alleh bußwitt, wo stickt dann die Gretche?

Lieschen. Sie hot ja die Woch die Woch in der Kich!

Leimpfann. No! was sage se dann derzu, der Herr Fennerich Zipper is gestorwe; ich mache be Leichtkorb for ihne·

Eppelmeier. Mer wisse's schonb. Awer es hähßt die Fra Fennerichin wehr aach krank.

Leimpfann. Vor mir — die is es ewens die be brave Herr Fennerich geliwert hot, mit ihrer ošige Schwarb. Hot se mer net erwe e Maul angehenkt, wie ich des Moos zum Leichtkorb genumme hab, weil ich die Fieß net am Kratzeise abgebutzt hab.

Dappelius. Ja! in bere Fra stickt viel je viel Vornehmigkeit. Ich wollts er awer austreiwe, wann ich ihr Mann wehr.

Schmuttler. Ja, die Weiwer hawe den Deiwel im Leib mit Vornehmbuerei; mer kann se gar net korz genug halte. Des geht in ähm fort — — balb e mohl noch Bernem, balb e mohl noch Owerrod, balb e Collegbahl, balb e Mittwochsbunnemang. Des kennt mern noch nochsehn; awwer dann soll der Mann for be Staat derzu sorje, do misse se Schleier, un englische Hiterchern hawe, un Febbern bruff — dann hähßts, liewer Mann kaaf mer doch e poor Halbstiwel un en altbeitsche Ribbekiehl, un wie se des Deiwelszeug nochenanner hähße.

Eppelmeier. Ja, for die Lumbereye kennt e orbentlicher Mann manche Schoppe Wein trinke!

3*

Lieschen. Fuy Deiwel, scheme se sich, so ze rebbe Herr Eppelmeier!

Eppelmeier. Spas! Spas! pure Spas! Awer heint Junfer Liesi, misse Se ins Comedi gehn, zwä Sticker for ähns.

Dappelius. Des is nix! Letzt hawe se ämohl finf uff ähn Awend gespielt, groß und klähn borchenanner.

Lieschen. Do hot mer aach wos for sein Geld!

Knorzheimer. Nä; awwer heint solls scheen wärn!

Schmuttler. Es reit gewiß ähner uff em Gaul?

Eppelmeier. Ober hot der Deiwel ben ohsige Barbeleh=macher von Wien wibber bo?

Dappelius. Nä! Se wern e recht Schaustick mit Ver=wannelunge uffihrn.

Eppelmeier. Was heint gewe werd is e Singstick.

Lieschen. Wie häßts?

Eppelmeier. Wann mer recht is: Der Kalif von — von Bacherach.

Lieschen. Ha, ha, ha, Sie mähne den Kalif von Bagbad, des is schonb uralt. Unb des anner?

Eppelmeier. Des is e traurig Schauspiel, des is der Babelino, der große Apetit. (Alle lachen.)

Lieschen. Daß sie alles verkehrt lese misse. Aballino der große Bandit häßts —

Eppelmeier. Ich hab mich norbst verredt. Erre is menschlich; humanium, erarium est.

Schmuttler. Daufend Dunner, der Eppelmeier rebt Lateinisch!

Eppelmeier. Des will ich mähne, ei eh zwä Johr vergehn, rebt alles lateinisch. Der britt Mensch, dem mer uff der Gaß begegne buht is jo e Abselat. —

Capitain. Obber e Doktor Medikus.

Eppelmeier. Die Theologisch Facilität is aach iwersetzt.

Dappelius. Fateleteet, wolle se sage. Mein Sohn werd einftens stubirn, awer kähns von bene drey. Er genießt e schlecht Gesundheit, un bo soll er die Sach net ze heftig angreife. — Ich loß en sich uff die Tippelematick werfe.

Schmuttler. Des is aach so e Gedippels!

Knorzheimer. Muß er dann stubire? kann er kän Hand= werk lerne!

Capitain. Sie heerns jo! Herr Knorzheimer, er genießt e schwächlich Gesundheit.

Knorzheimer (bei Seite). E scheen schwechlich Gesundheit, frißt alle Morjend en Schweinehaschpel zum Frihstick.

Eppelmeier. Dorin liegt ewens des Unglick der Staate, baß käner kän Profession mehr lerne will. Ich losse mein Sohn inzwische er viel Anlage hot, nicht stubire aus pure Grundsatz, dann Ehr un Emter stehn em doch uff; un hot mer net Beispiel von Exempel, baß ähner noch so viel stubirt hot, un is nix worn, un e annerer, der gar nix stubirt hot der hots weit gebrocht?

Dappelius. Redde Se mer nicht bo bervon, Herr Eppel= meier! Wos mecht dann eme Vatter die greeßte Frähd, als wann sein Herr Sohn von der Unbenverschenheht zerick kimmt un hat brumlesiert? Ich hab basjenige an dem meinige Elteste erlebt. Der hot dorch sein Stubirn sein Vatter, und sogar Dottern, die schonb zwanzig Johr braclizire, an Verstand iwertroffe.

Capitain. Ah wos! wann ähner kähn Verstand mitge= nomme hot, so werd er aach kähn wibber mitbrenge. Do is jo gleich der Dotter Katzeaag, des is nu e gratelirt Persohn, der mecht des Dags die scheenste Schriffte, un Owens, wann er hieher kimmt, redt er so bumm, wie en Dos. Un Zeug mache se jo mit bem verrickte Hofrath, ärger als wie die Burve mit bem narriche Wolf. —

Dappelius. Sein se fertig Herr Leimpfann? Wohl be= komms!

Miller. Gott seegens Ihne Herr Leimpfann! Ich winsche viele folgende.

Leimpfann. Danke, Herr Miller! Breng er mer emohl mein Pfeif. Tuwack hab ich kähn, ich wärn mer arrwer vom Herrn Eppelmeier seim Kräitge ausbitte.

Eppelmeier. Mit Vergnige! avec bocco Blesi, segt der Franzos. (Reicht ihm den Tabak hin.)

Dappelius. Ah! vous barl france, Musjé Eppelmeyer.

Eppelmeier. Oui Mussje aussi in pé (un peu).

Capitain. Langsam, meine Herrn, Sie hawe ja erscht annerthalbe Schoppe, do redd mer noch kän franzeesch dervon.

Knorzheimer. Mit Verlaab, gewe Se emohl des Blettge Herr Kabbedehn.

Capitain. Miller hol er emohl des Blettge.

Miller. Do is es, Sie wolle gewiß die erneuerte Offe= bächer Worscht=Verordnung von anno 1648 nachsehn?

Knorzheimer. Nä! Es duht gewiß e sehr scheen Dodes= Anzeig von dem Herr Fennrich Zipper drinn stehn: Erlawe Se nor en Ageblick, bis ichs uffgesucht hab. (Indem er in dem Intelligenz= Blatt blättert, spricht er folgende Anfänge einzelner Sätze in einem brummenden Ton vor sich hin.) Bekanntmachung — nix — Prelusiv — nix — Alle diejenigen, welche an den verstorbenen hiesigen Bürger — — nix — Zur Heilbronner Bleiche — der Schornsteinfeger Milz — nix — In der Debitsache — hochlöbl. Rechenen=Amt nix — Ein solides Frauenzimmer, nix; zwei kupferne Brantweinkessel — Ich warne hiermit Niemand auf meinen Namen — Todes= anzeige, do is es! — Ich wärn se Ihne vorlese.

Capitain. Uffgebaßt! (Er setzt die Brille auf um besser zuzuhören.)

Knorzheimer (liest). „Mit dem innigsten Dankgefühl, und nicht ohne Schmerz über den harten Schicksalschlag, der ihn aus unserer Mitte zu jenem bessern Leben riß, zeigen wir einem ver= ehrten Publikum an, daß am 6ten dieses Nachts um 10 Uhr mein theurer Gatte, wie auch Fähnrich des löblichen 15. Quartiers und

Handelsmann dahier, an den Folgen einer Magenschwäche, die viele Jahre schon an seiner irdischen Hülle genagt, sein thatenreiches Leben und Dasein endigte. Wer den Seeligen kannte, wird nicht ohne Schmerz die Leutseeligkeit seiner Gestalt, sich ins Gedächtniß zurückrufen, und ohne den gefühlreichen Gedanken in seinem Herzen aufkeimen zu lassen: O! lebte doch der Edle noch! — Was er uns war als Gatte, Vater und dem Quartier als Fähnrich, das suche ein jeder seiner Mitbürger in seiner eignen Brust. Unser Schmerz aber verkriegt sich in unsere blutenden Herzer. Ruhe seiner Asche!

Zu gleicher Zeit machen wir hiermit bekannt, daß die Wittib des Entschlafenen, vor wie nach, das Spezerey-Geschäft fortführt und um geneigten Zuspruch bittet, besonders empfiehlt sie, die von sich selbst sich empfehlende Kernseife,"

Anna Barbara Zipperin
Fehnrichin.

Peter Heinrich David Zipper	
Johann Hartmann Zipper	Die vier ungezogene Kinder des Verstorbenen.
Jesaias Joachim Zipper	
Thekla Euphrosina Zipper	

Capitain. Scheen, sehr scheen! kenne se mer net sage wer die Dodesanzeig gemacht hot?

Knorzheimer. Der Candedat aus der Dollkerch.

Capitain. Der soll mer aach mein mache, wann ich sterwe — (Man hört auf der Straße „Feuer!" rufen.)

Lieschen. Herr Jeche! es brennt!

Capitain (zum Fenster hinaus). Wo?

Eine Stimme auf der Straße. Hinnerm Pandhaus!

(Die Gäste springen von ihren Sitzen auf, einige leeren eiligst noch ihren Schoppen. Sie laufen durcheinander, suchen ihre Hüte, vergessen zu bezahlen und wollen ortelln.)

Capitain. Bleiwe Se, meine Herrn! Es werd wahrscheinlich nor e blinder Lerme sein. Gucke Se, es is nix wie

Beckerraach! (Die Gäste kehren um und wollen bezahlen.) Dann so lang ich noch net sterme behr, so lang glaab ichs net.

Lieschen (am Fenster). Ach! der Himmel ist Feuerroth!

Capitain. Stermts?

Lieschen. Ja Vatter, wanns nor net — —

Capitain. Schwei — Still e bißi. (Jeder der Anwesenden bleibt unbeweglich stehen und horcht, man hört die drei Schläge der Sturmglocke, bei dem letzten Schlag rennen alle Gäste zur Thür hinaus.) Millerche mein Muntur!

Sechszehnter Auftritt.

Die Vorigen. Zwei Tambours. Zwei Pompiers.

Pompier. Herr Kabbebehn, den Schlissel zum Spritze-haus!

Capitain. Gleich!

Tambour. Selle mer trummele?

Capitain. Trummelt dorch alle Gasse! (Man hört auf der Straße trommeln.) Alle Hagel! des Merliteer trummelt schond. (Tambour ab.) Hier meine Herrn, sinn die Schlissel zum Spritze-haus, der Klähn is zum Vorlegschloß, es hot e Geheimnuß, bricke Se norbst am Schiwerche, verbreche Ses nicht, es is e Mäster-stick. Awer norbst sich geeilt! — geschwind! buht se eraus — daß mer des Bremium krieje. (Die Pompiers ab.) Wann se sich nor eile, die Mensche. (Geht ans Fenster.) Ach! do komme die Merter angerumpelt, ach! do des 9te Quatier, un aach noch die Judde-spritz. (Den Pompiers zum Fenster hinaus zurufend:) Schickt ins Zeug-haus loßt euch Bechkrenz un Bechfackele gewe! Liesi mein Hut! (Lieschen nimmt das Licht vom Tische und eilt den Hut zu holen.) Geb acht uffs Licht, Hahlgans! siehst be net, wie die Funke dervon flieje?

bo hammerſch Exempel. Es werd mer von nun an bato kähns mehr annerſchter uff den Bobbem gehn, als mit der Labern.

Miller (kommt mit der Uniform zrück). Hier Herr Kabbebehn is die Muntur.

Capitain. Alleh! (Er zieht ſich an. Miller iſt dabei behülflich.)

Miller. Herr Kabbebehn, ich rothe Ihne ziehe ſe ihr Feuerſtiwel an; dann naſſe Fieß, des is ſo e Sach, lieber en naſſe Kopp!

Capitain. Ja die Feuerſtiwel. (Er öffnet einen Schrank, nimmt daraus ein paar poſſterliche Stiefeln und zieht ſie an; Miller hilft.)

Lieschen (kömmt mit dem Hut zurück). Hier Vatter!

Capitain (beſieht den Hut). Des is jo net der recht; der mit der Feuer-Cucard; dummel dich! (Lieschen geht und bringt gleich darauf den andern Hut.) So — jetzt is alles in der Ordnung. — Es muß doch e arger Brand ſein, der Therner bläßt an ähm Stück. (Am Fenſter.) Do reite jo ſchond der Herr Brandcummeſehr zum Brand; wann ſe ſich nor nicht beſchädige. Ihr Pferd ſin ſo wild. Se hätte doch liwer zwä Herrn-Kutſcher zum Fihre mit-nemme ſolle. Wer hot Beiſpiele, daß ſo e Gaul aus dem Mark-ſtall ſcheu worn is. — No! ich ſehe, es is der alt Schimmel, der als Kommebi mitſpielt, der fercht ſich for Feuer un Licht nicht mehr.

Miller. Herr Kabbebehn, es iſt hoch Zeit! mer miſſe — ſehn je ich ſein blos deswege mit der Spritz net fort, weil ich gedacht hab in der Stunde der Gefahr mußt du dein Kabbebehn nicht verloſſe.

Capitain. Scheen von dir, Millerche! Lieſi, leicht! (Lieschen geht voraus und leuchtet; dann folgt der Capitain mit gezogenem Degen, Miller beſieht die ſtehn gebliebenen Schoppen nach der Reihe, und ſteckt einen der noch halb voll iſt in die Taſche.)

Miller. Des is noch e halber uff die Rähs! (Ab.)

Siebenzehnter Auftritt.

Gretchen, der Cornet (beide tragen einiges Gepäcke).

Cornet. So! — das ist der herrlichste Moment zur Flucht. Alles ist außer dem Hause.

Gretchen. Ach! es is mer so angst —

Cornet. Nur Muth gefaßt, theures Wesen —

Gretchen. Ach! ich kann net —

Cornet. Du mußt, sonst sind wir beide unglücklich! Jetzt oder nimmermehr! (Er reißt Gretchen mit sich fort.)

Zweiter Aufzug.

Erster Auftritt.

Miller (allein; er sitzt an einem Tisch und frühstückt; sein Gesicht ist von dem Brand her noch mit etwas Kohle beschmutzt).

Des war emohl widder e Brendge heint Nocht! Hots net gedauert bis drei Uhr de Morjend, so soll mich der lewenbig Teiwel hole! — Es is awwer kän Spas wann mer so die ganz Nacht in be Klähber stickt, un sein geherig Nachtruh net hot. Ich hab grad be Katzejammer, als wann ich gestert noch so viel Stoftge gesoffe het, un is mer doch kän Troppe Bier, geschweie Stoftge iwer die Zung komme. Wann ich gestert Owend des Restge Wein net mitperschwabirt het, so het mersch gar net aushalte kenne. Die Uffsicht ze hawe iwer so e Feuerschbrunst, des soll mer sein Feind net winsche! — Awer do (auf die Schnapsflasche deutend) do steht wos — do kann sich der Mann dran erhole wann er erschept is! Cunjak, der is Herr! — vorablich des Morjends. — Prost! (trinkt). — Was ähm net so e Werkge den Mage fegt. — No noch ähns! — (trinkt.. Awwer Schwerhacke, es war kän Klähnigkeit! Dem Schweinsberger sein Haus is rump und stump abgebrennt un e Stall. Wann sich awwer die Berjerschaft net eso angeloffe het, Gott solls wisse! se wehr die halb Zeil abgebrennt. Alles hot seine Schuldigkeit gedahn (er schlägt sich auf die Brust) sogar die Jubbe! Des dank en awwer der Teiwel, des

Dsezeug is jo jetzt aach Vorjer. Mer hot awwer gesehn wos e
Sprih is, wann se uff dem rechte Fleck angebracht is. Vier Nach=
barschheuser sin dorchgebroche worn um Luft ze mache un de
Schläuch die Baßaasch ze effne. Es is aach erschrecklich gerett
worn. Ganze Kommober un Spichel sein dem Fenster enaus ge=
worfe worn, un die Schiwerstän sein in der Luft erum geflöge
wie e Kett Hihner. Nä! — wos awwer der Musje Weigenand
gedahn hot, des geht iwer alle Mensche Meglichkeit. In die
Flamme is er enein wie Worscht! Er hot sich awwer aach bees
bezahlt; wann mersch recht is, so hawe se'n gar hähme getrage. —
Do derfor hot er awwer aach der Fra geheime Räthin Hinkelbach,
dem reiche Herr geheime Roth Hinkelbach sein Fra, die Ehr ge=
hatt des Lewe ze rette. — Do werd's aach e scheen Dosehr setze!
awwer der Musje Weigenand nemmts gewiß net, bo getrau ich
mich ze barrire, dann in dene Sticke is er e bißi e Schaube.

Zweiter Auftritt.

Miller. Der Capitain.

Miller. Herr Kabbedehn, ich hab die Ehr Ihne wohl ge=
ruht gehabt ze hawe ze winsche!

Capitain. Gleichfalls, Millerche.

Miller (reicht dem Capitain ein Glas Schnaps dar). Ich geb mer
die Ehr —

Capitain. Ich drinke um die Zeit kähn Schnaps; erscht
muß der Kaffee drunne sein, un dann e Schoppe Wein un
Solberknehchelcher obber sunst was Kaltes, bernochender loß ich
mer aach e Glas Schnaps gefalle.

Miller. Noch so ere Anstrengung, wie die gestrig, muß
mer e Zwirriges duhn (trinkt). Ah! des wermt! — Hette se norbst

gesehn wie die Verjerschaft im Dreck gestanne hot bis iwer die Knechel, bo dehte se aach e Glesi brinke.

Capitain. Was Deiwel, Miller, er is so ganz schwarz im Gesicht!

Miller. Es kann meglich sein; ich bin die Nacht net aus be Kläber kumme; es kann sein es is so e Schornstänfäger an mer verbei gesträft,' obber is mer, weil ich so sehr berbei wor, Esch ins Gesicht gefloge. Es werb awer gleich abgemacht; ohne Säferege werbs net gehn.

Capitain. Hot mer bann noch net eraus krie kenne, borch was es angange is?

Miller. Gestert beim Brand hots gehäße, es het e Mähd Gensfett brotzele wolle, un bo wehr des Fett ins Feuer geloffe —

Capitain. Do hammersch Exempel, arower heint nemm ich mein Mähd vor!

Miller. Un wie ich heint Morjend hie uff dem Stuhl berwakirt hab, bo hehr ich frei uff der Gaß rebbe; ich stecke mein Kopp dem Fenster enaus un guck, da warsch hie Beckerschmähd un e Balwirerschgesell, die hawe minnanner gerebt, un bo sagt die Beckerschmähd, es wehr borch e Tuwakspeif angange, es het e Kutscher im Stall geraacht. —

Capitain. Die Knecht wärn aach vorgenomme!

Miller. Un der Balwirerschgesell hot die Beckerschmähd uff Kawalirersch Barol versichert, es wehr borch so e neimobisch Feierzeig angange, wo mer norbst des Schwewelhelzi in e Glesi stecke buht um's anzestecke. Er hots eso verzehlt: Die Mabam het Narvekoppweh kriht, un bo het se geschwind schwarze Kaffee koche wolle, aach in so ere neimobische Kaffekann, un mit bem Schwewelhelzi bo het se wolle be Speritus anzinne, un bo weer der Speritus iwergeloffe, un in Flamme uffgange, un het be Vorhank erwischt —

Capitain. Do hammer die Bescherung mit bere Nei= mobischkeit! bie is for nix gut, als for bie Heuser anzezinne.

Dehte die Leit als Zunner nemme, un en Schwewelfabbem, un
en Feierstän, un dehte se de Kaffe in eme Dippe koche, und
ornblich selterire, do mehr erschtenlich der Kaffe besser, und zwettend=
lich dehts kän Feierschbrinst gewe. — Ich bleiwe beim Alte!

Miller. Ich aach!

Capitain. Hot mer dann noch net in Erfahrung brenge
kenne, wer derjenige Mensch war, der diejenige Persohn aus
dem Feier geholt hot?

Miller. Ei des wor ja der Musje Weigenand!

Capitain. Wos er seegt!

Miller. Un die Persohn, des wor die Fra Geheimeräthin
Hinkelbach. —

Capitain. Des mehr — Ja wie sich der Mensch hervor=
gedahn hat, — es is merkwerdig! — — Unverachtet seiner
Stubirtheit hot er an der Spritz gebumbt wie e Alter —

Miller. Des hot er, — wanns net wohr is Herr Kabbe=
dehn, so soll mich un Ihne des Gewitt —

Capitain (verweisend). A Miller — Un wos hat der Mensch
vor Gedanke ausgeibt: Aehnmol, do hawe die Berjer all in
ähner Reih gestanne, un hawe sich des Wasser gerähcht; do kam
mein Weigenand, un hot en gesagt, mit Heflichkeit, mer sellt
zwä Reihe mache; in ähner Reih, do sellt mer die volle Aehmer
rähche, un in der annern die leere. Des hot aach gleich e jeder=
mann eingesehe un bewunnert, bis uff ähn Jud. —

Miller (schnell einfallend). Ja, Herr Kabbedehn e Jud is
en Dos!

Capitain. Was duht awwer mein Weigenand? mein
Weigenand net faul, der gibt dem Jud en Stumper, das er
grad mit dem Kopp widder e Lähtfaß gefahrn is, — do is der
Boddem dervon eingefalle, un des Wasser is iwer den Judd
ennaus. — Do hot alles gelacht un gejuwelt, un die Buwe
hawe gepiffe un hawe gerufe: guck! do werd e Jud gedahft! Ich
hab mich schepp un bucklich gelacht.

Miller. Ja es is nix in der Welb so traurig, wo's net doch aach als en Jux berbei gehb? — Er soll sich awwer bees bezahlt hawe der Musje Weigenanb.

Capitain. Wie so?

Miller. Es is em gewiß e feuriger Balke uff den Aarm gefalle, so baß sen beinah hähme gebrage hawe.

Capitain. Der ahrm Dropp! — Wann em norbst ze helfe is! Millerche — es weer wertlich Jammer un Schad — No ich sage nix. — Millerche jetzt geh enaus un ruf mer die Mähb un die Knecht zesamme, breng se boher, ich will en die Levitte lese.

Miller. Ganz wohl Herr Kabbebehn, wie Se befehle! (ab.)

———

Dritter Auftritt.

Capitain (allein).

Wie sich doch ähn Mensch an dem annern Mensche vergucke kann. — Hett ich des mein Lebstag von dem Weigenanb ge= bacht! — Ich muß mer wahrlich selbst Vorwerf mache, baß ich den Menschen so behannelt hab, blos aus der allähnzige Ursach weil er ahrm is. — Fuy Deiwel, — schehm dich alter Kabbe= behn — is des Christendumm? En Mensche, der e Vorjerschkind is, mer behrt sem freilich nicht mehr an, der sogar mir von dem Herr Parrer recommanbirt is, so abspeise ze wolle — Nein, ge= schwind mach bein Sach wibber gut. — Ja er solls Liesi hawe! do haw ich aach en brave Schwigersohn, der mer mein Mäbge net verberwe buht, wann se emohl sein Fraa is, un hot er zehemohl kän Geld, se hot er doch en gescheibe Kopp. — Ich hab mer bei bene schlechte Zeite aach was gespahrt, so baß ich meim Liesi e aartlich Kinbsbähl mitgewe kann. — Un wos

soll des all minanner. — Wann sich ähn Mensch so vor der
annern Menschheit zeigt, wie dieser Mensch, do misse alle Flause
uffheern. Alt bin ich! — wer wähs ob sich mein Liesi je ent=
schließe werd en annern ze nemme, do beht ich jo am End kän
Enkelchern erlewe. Nä — er soll se hawe. Es ift beschlosse. Der
Allmächtige gewen sein Seege, der meinige fehlt nicht. Haw ich's
en arwwer so lang sauer gemacht, se kenne se aach noch e bißi
wahrte. Sie berfes noch net gleich wisse. — Heint Awend erscht
do wärn einige gute Freind inventirt, un do werd gleich Ver=
spruch gehalte. A ha! do kimmt der Miller mit dem Gesinn.

———————

Vierter Auftritt.

Der Capitain, Miller, drei Knechte und drei Mägde.

Capitain (wirft sich mit vieler Gravität in einen Lehnsessel). Seid
ihr do? — Millerche! die Knecht uff be rechte Flichel, die Mähd
uff be linke Flichel. — Alles in seiner merlebehrische Ordnung
in meim Haus. Miller! mein Hut, mein Stock!

Miller (indem er dem Capitain Hut und Stock bringt, zu dem Gesinde).
Jetzt kribt er euer Fett.

Capitain (mit bedecktem Haupt, den Stock in der Rechten). Satans=
gezeig — vermaledeytes! Wer is Schuld dran, daß große und
klähne Gebeilichkeite abbrenne, daß ganze Stedt verwißt wärn,
dorch die Flamme? Wer? — Meistenthäls des Gesinn. Ich will
nicht bruff schwere, daß die Stadt in Ungern, wo dervon in der
Nernberjer Zeidung gestanne hot, net aach dorch e Mähd angange
is. — Ich will's Eich gesagt hawe ähnmohl vor allemohl, daß
er mer vorsichtig seid mit Feier un Licht! Un vorablich ihr
Borsch, daß er mer net raacht! — So wie ich ähn begegne buhn
mit der Nubbel im Maul, se schmeiß ich sem eraus, daß em die

Zähn in Hals fahrn! — Un ihr Mähd, daß er mer net wie bisher geweneglich mit de Lichter im ganze Haus erum flankirt! —
Nemmt die Ladern — Schinneser! Un ihr Lisbeth, — tret se
emohl hervor! — will ich bei der Gelegenheit in Gutem rothe,
daß se sich's vergehe läßt, ohne Käppche auszegehn. Meent se
ich het se net gesehn am Sonnbag der Hinnerbihr enaus witsche,
im bloße Kopp, mitere rothe Schaal un gäle Schuh? — Wo is
se dann bo hin gange? he? noch Bernem? Schottisch danze?
net wohr? — Ich sag es Eich noch emohl, ich leide kän Mähd
im bloße Kopp, un aach kähn Hausknecht mit Umschlegstiwel wie
ich ihn aach emohl gesehn hab, Valentin. Wo will dann deß
enaus? — uff nix als wie uff Lumberey! Un Sie, Katherine,
will ich net noch emohl mit dem Kaafmannsdiener sehn. Meent
se, mer wißts net? Ich wähs alles? — doher kimmts, daß die
Suppe so verfalze wärn; kän Wunner wann mer des Nochmittags
so viel Dorscht hot. — Jetzt Punktum, Strei Sand drum! —
Rechts in die Flanke — Rechts um — Packt eich! (Gesinde ab.)

    Miller. Des wor recht, Herr Kabbedehn; so selltes die
Mensche alle Woch zwämol hawe.

Fünfter Auftritt.

Die Vorigen. Lieschen.

    Lieschen. Ach Vatter! alles Unglick trifft heint zesamme!
    Capitain. No?
    Lieschen. Der Weigenand, ach! der hot sich den ganze
Ahrm kriminal verbrennt.
    Capitain. No! dem wern ich e Plaster verrothe.
    Lieschen. Un (ängstlich) un —
    Capitain. No! un?

Lieschen. Ach! die Gretche! —

Capitain. No! eraus dermit —

Lieschen. Ach Vatter! erschrecke se arwwer net.

Capitain. Geb's von der!

Lieschen. Ach! die Gretche is fort — schonb seit gestert Awend — Ach! un wahrscheinlich mit dem Offizier.

Capitain. Dorchgange?

Lieschen. Ja! Uff ihr'm Dischi hot se den Brief leye losse; er is an Ihne. (Gibt ihm den Brief.)

Capitain. Ach, was e Schand for uns! (Liest:) An Herrn Zape — Zape — Rabbedehn Kimmelmeyer. (Erbricht den Brief und liest ferner:)

Liebster Herr Onkel!

„Verschiedene Beweggründe haben mich bewogen Sie „zu verlassen; besonders aber die Liebe: die Liebe, ach „die Liebe hat mich so weit gebracht!" —

Do hammersch, bes kimmt all von dem verfluchte Komedi laafe — do ewens lerne se die Lumberenye! (Fährt fort zu lesen:)

„Der Herr Lieutenant von Daxowitz besitzt mein ganzes „Herz. Nur in seinen Armen werde ich glücklich, werde „ich die Gattin und Mutter, wie sie sein sollte, sein.

„Von seiner Liebe, von seiner Treue bin ich über= „zeugt; deswegen wagt ich diesen Schritt. Ich widme ihm „mein ganzes Leben, er widmet mir sein ganzes Leben.

„Für alles Gute was ich in Ihrem Hause empfing, „werde ich Ihnen ewig dankbar sein. Auch als Frau von „Daxowitz werde ich mich zuweilen Ihrer Familie erinnern.

Canaille! werschtbe?

„Alle weiteren Nachforschungen nach mir sind ver= gebens — denn ich bin in sichern Händen."

Margerethe, Maria Catharina
Kimmelmeier.

Lieschen. Den Brief hot er gewiß der Larewiß diktirt.

Capitain. Der Lump, der Verfihrer!

Lieschen. Sie sin gewiß noch net weit, wann mer se ver=
leicht noch einhole kennt?

Capitain. Du host recht, Liesi, awwer wie mache mersch
— die Haaptsach is, daß die Sach verbukkelt werd, dann die
Schand inwerleb' ich net!

Lieschen. Wann mer nor wißt, wo se enaus wehrn?

Miller. Laafe se uff die Post, Herr Kabbedehn, do kenne
ses gewiß erfahrn.

Capitain. Nor daß nix unner die Leit kimmt.

Lieschen. Ja Vatter, laafe se uff die Post.

Capitain. Es is net annerschter, uff die Post! Miller,
mein Hut, mein Stock! — Wahrt Osemäbge, wann ich der uff
die Spur komme; dich un bein lumbige Baron werd der —!
Miller, komm er! (Capitain und Miller ab.)

Sechster Auftritt.

Lieschen (allein).

Ach! was Unglick iwer Unglick (sie weint). Ach! het mer die
Gretche nor gefolgt, so wehr se net eso ins Verderwe gerennt.
Der verflucht Offezier! Die Inkwatirung is doch for nix gut,
als Unglicker anzerichte. Ach Gretche, bein Ripetazion is ver=
lohrn! de krigst mein Lebtag kähn Mann mehr. Ich hab's immer
gesagt: so gehts, wann mer so scheene gute Freindinne hot! Es
is awwer nie druff gehehrt worn. Do is se immer mit des
Meyersch Kathrinche, mit des Schmidte Sannche un mit des
Stumplersch Käthche gange. Uff alle Bähl is se erum fachirt,
zwischem Bockemer un Eschemer Dohr is se an ähm fort erum

4*

geloffe, un ich will net bruff schwern, daß se net aach emohl
hähmlich uff dem Offebecher Maskebahl war. Doher kimmt
awwer bes Verderwe von be Mäbergern! behte se behähm bleiwe,
un hette e follib Bekanntschaft, bo bliewe se bei Ehrn. — Fort-
zelaafe mit eme Offezier — es is gar ze arg! — Wann se bann
abfelut nixnutzig het wärn wolle — so het se boch beffer die
Galanderi gelernt, obber mehr ins Rohr gange. — Nä! fortze-
laafe mit eme Offezier — bes is zu boll! Ach! un mein Aaguft,
der hot sich sein Ahrm verbrennt. Wann ich nor wißt wie's
em ging. Er kennt wohl emohl herkomme. — Awwer freilich
der Vatter hots net gern. No! in bem Trumel kennt ersch wohl
reskirn.

Siebenter Auftritt.

Lieschen. Knorzheimer (tritt etwas behutsam ein).

Knorzheimer. Gute Morje! — So allähns, Junfer
Wefi?

Lieschen. Gute Morje, Herr Vetter!

Knorzheimer. Schonb so früh uff? — Ja, uff so e
Strawatz schleft mer net gut! — der Herr Rabbebehn sin heint
aach schonb so früh eraus —

Lieschen (antwortet nicht gleich, später). So?

Knorzheimer. Enja! So ganz früh schonb erraus, bes
muß —

Lieschen. Geschäfte.

Knorzheimer (etwas leise zu Lieschen). Es hot boch nix
uff sich?

Lieschen. Nä!

Knorzheimer (eben so). Der Miller is awwer mit. —

Lieschen. No! Se wärn uff be Brandblaß gange sein.

Knorzheimer. Des bressiert awwer doch net eso. — Ich hawen nachgeguckt, se sin bran verbei, die ganz Zeil enuff; ob se uff die Friborjergaß sein, des haw ich von wege dem Nachber sein Iwerhaug net sehn kenne, awwer ber Miller hot wos von der Post gerebt, un ber Herr Vetter warn sehr schossirt. — Ich mocht net frage — Sie wisse jo —

Lieschen. No, wann se nu aach uff bie Post sin, wos is bo? —

Knorzheimer. No! also sin se bruff. — Aha! es spannt gewiß e frember Potenbaht bo um?

Lieschen. Ich wähs net!

Knorzheimer. Sie wisses! Mir kenne se's sage, ich sage nix weiter.

Lieschen. Schehme se sich, Herr Vetter, wer werd so neu= schierig sein.

Knorzheimer. Neuschierig bin ich net. — Awwer ich megt boch wisse — So früh Morjends mit bem Leibschiß? hm! hm! — bes muß wos uff sich hawe. Mamsell Liesi! — Mir sage se's, ich buhn Ihne emohl wibber en Gefalle.

Lieschen. Losse se mer mein Ruh! — Gehn se hin un frage se sen selberscht. — Ich hab kän Zeit. — (Will ab.)

Knorzheimer. Junfer Liesi! Noch ähns!

Lieschen. A! Wa!

Knorzheimer. Junfer Liesi!

Lieschen. No?

Knorzheimer. Se kriene — Ich wähs es —

Lieschen. Was rebbe se wibber so ebsch!

Knorzheimer. Wann ich Ihne sage, se kriene, ben be= wußte Liebste —

Lieschen (sich zierend). Wie ähnfällig!

Knorzheimer. Ich wähs es bestimmt! — ich hab's aus des Geheimerathe.

Lieschen. Uhze se sich mit sich!

Knorzheimer. Barol! Sage se mer was es uff sich hot mit dem Gang, se sag ich Ihne aach ebbes.

Lieschen (bei Seite). Ich muß es wisse — des anner bleibt doch net verschwiche. (Laut.) Se wolle den klähne Offezier ver- folge, der hot — der hot — was mitgenumme.

Knorzheimer. Weiter nix? Die Leinbicher, netwohr? Ja, des mecht bie Inkwatirung so! Jetzt Wäsi, jetzt hehrn se mich! Sie krie be Weigenanb — der geheime Roth werd for en sorie, von wege der bewußte Helbebaht — des is e Lowens in dem Haus immer den Mensche!

Lieschen. Is's meglich?

Knorzheimer. Ja, er is schon heint in aller Frih an dem Herr von Nebelflor seim Haus verbeigange, — bo logire jetzt der Herr geheime Roth von wege der Einäscherung des ihne ihrige, — bo hot em der Herr Kammerdiener un der Kutscher, — des sein sonst stolze Mensche, — e Komblement gemacht — des bebeit was guts. Ich wähs awwer sonst noch aus ere gute Quell, daß der Herr geheime Roth gesagt hawe, Sie wollte for en sorie. Un die geheime Räthin hot gesagt er mißt Ihne hawe hut ki hut (mit Laune). Ich glawe, sie beht en uff der Stell selbst nemme, wann se net schon den alte Herrn geheime Roth het. — No — es is e scheener Mensch!

Lieschen. Ach gehn se!

Knorzheimer. Des werd e Haussteier gewe, bie sich ge- wesche hot! — Der Mann is reich, der vermog was.

Achter Auftritt.

Die Vorigen. Capitain.

Capitain. Alles so weit in Ordnung; nix vor Ungut, Herr Knorzheimer!

Knorzheimer. Bitte. —

Lieschen. Hot mer die Spur?

Capitain. Gottlob ja — nach Fribberg —

Lieschen. Is dann Jemand nach?

Capitain. Ja hehr norbst! Wie ich zum Herrn Post-mähster komme bin, do hab ich em die Sach verzehlt un hawem die Verschone beschriwe. Dodruff sagt mer der Herr Postmähster, so gege Elf Uhr gestert Awend, wehr e Offezier mit er verschleierte Mamsell komme, der het e Kutsch nach Fribberg verlangt, un korz, aller Beschreiwung nach — warn se's. Ich besinne mich hin — ich besinn mich her, was je buhn mehr, enblich sacht ich zum Herr Postmähster: Spanne se e Kutsch nach Fribberg ein, Herr Postmähster, sacht ich —

Lieschen. No un?

Capitain. Um Gotteswille, was wolle se mache Herr Rabbebehn, seegt der Herr Postmähster, wollen Sie vielleicht Ihr selbstige Persohn um so e osig Medge in Gefahr sterze — Nein, boberzu rothe ich Ihne net, segt der Herr Postmähster. Sie hawe recht, sacht ich; ich wähs was ich buhn, sacht ich.

Lieschen (ungebuldig). No, was hawe se dann gedahn?

Capitain. Norbst Gebuld! be sollsts erfahrn — un be werscht mein Anstalte bewunnern. Ich laafe gleich zum Herrn Eppelmeier, stell em die Sach vor un sag em: er wehr der Mann hervor, weil er e Gelähtsreiter is, un wie ich en uff alle Art un Weis gebitt hab, se segt er enblich: Ja! zieht sein Schorz-fell aus, buht sein Gelähtsreidermundur an, sein Fra berscht se'm aus, schnallt sein Säbel an, leßt den Fuchs sattele, un will fort;

ba sag ich awwer, Herr Eppelmeier, Sie misse Beistand hawe. Ich laafe gleich gegeneriwer zum Herrn Bierbrauermähster Bitter=salz, der leßt sogleich sein Rapp aus dem Rollwage spanne — es werd em e Sattel uffgelegt; des Millerche schnallt e paar Sporn an, mecht sich e Peif an, — un fort wehrn se alle bähb —

Knorzheimer. Ich hab's jetzt eweck! — Ich laafe an's nei Dohr, ich muß se komme sehn — (Ab.)

Capitain. Herr Vetter halte se, Bst! en Agebli! Er is gar net mehr ze halte.

Knorzheimer (vor der Thür). Ihne, Junfer Liesi, wärn ich noch e angenehmer Bott wärn, ich losse mersch net nemme.

Lieschen. Des is nu wohr Vatter, ihr Anstalte hawe se gut gemacht.

Capitain. Des Scheenst is, daß wann er sche net gut=willig eraus gibt, daß do Gewalt gebraucht werd. Sie sein jo doch selt zwei. Jetzt, Liesi muß ich mersch uff die Strawaze e bißi kommod mache. Hol mer en Schoppe Wein un e bißi was ze krustelire, un breng mersch in mein Stub. (Lieschen ab.)

Neunter Auftritt.

Capitain (allein).

Wann mer nordst des vererrt Schaaf wibber zur Heerd ge=triwe werd, dann soll sich der heintige stermische Dag frehlich enbige. Sie werd e Braut, awwer wisse derf se's net ehnder, als bis alles in der Ordnung is. (Ab in sein Zimmer. Lieschen folgt ihm mit dem Wein ꝛc. bald darauf nach.)

Zehnter Auftritt.

Weigenand (allein; er trägt den Arm in einer Binde).

Hier ist auch niemand zu finden. Wenn ich nur wüßte, was an dem Gerede wäre. In der ganzen Stadt heißt es, Gretchen Kimmelmeier hätte ein General entführt und Lieschen hätte mit mit einem andern Offizier durchgehen wollen. Dazu lache ich nun, denn Lieschen entführt mir kein Gott — viel weniger ein Offizier. — Indessen möchte ich doch wissen wie sich die Sache verhält; etwas davon muß wohl wahr sein — aha! da kömmt Lieschen.

Elfter Auftritt.

Weigenand. Lieschen.

Weigenand. Guten Morgen, Lieschen! Gut, daß du kömmst.

Lieschen. Ja, scheene Sache!

Weigenand. Nun?

Lieschen. Die Gretche hot en scheene Schkandahl ge= macht!

Weigenand. Man spricht in der Stadt davon.

Lieschen. Is es meglich? un was dann?

Weigenand. Ein General hätte sie entführt.

Lieschen. Nix Jenneral, der klän Leidenand.

Weigenand. Dacht ich's doch gleich — Aber es ist schrecklich, wie man hier alles vergrößert! — Stelle dir nur vor, man erzählt sich sogar, dich hätte ein anderer Offizier entführen wollen.

Lieschen. Ach! Ach! Jetzt komm ich aach ins Gerebt.

Weigenand. Ich habe überall dieses Geschwätze widerlegt. Laß auch einige unserer jungen Herren *) beinen Namen eine Zeitlang im Munbe führen. —

Lieschen. Ach, an bene ihrm Geschwätz leit mer nix, bann bie losse kän Mebge ungeroppt. Dene is noch kän schlecht genug.

Weigenand. Unb vernünftige Leute, bie bich unb mich kennen, werben nichts ber Art bir nachreben.

Lieschen. Du host mich beruhigt — Arwer sag nor bein Ahrm — ach Gott! — brauchst be bann wos; es is gewiß recht ahrg?

Weigenand. Kleinigkeit! es ist burchaus nichts an bem Arm verbrannt; bas Meiste ist Geschwulst. — Ein brennenber Balken stürzte herab unb mir auf ben Arm.

Lieschen. Net wahr, wie be bie geheime Räthin Hinkel= bach aus be Flamme geholt host. (Zärtlich unb gerührt.) Mein lieber guter Aaguft — Ach verzehl!

Weigenand. Lieschen, spare mir bie Erzählung, es würbe mich Ueberwinbung kosten. — Auf ein anbermal sollst bu alles wissen. Du wirst ja auch ben Vorgang schon von anbern haben erzählen hören: freilich nicht so einfach, wie er war, sonbern etwas wohl ausgeschmückt: ja nun bas ist so ber poetischen Frankfurter Art. Ich war besorgt es mögte bir solche Ueber= treibung zu Ohren gekommen sein, beswegen wagt' ich es hierher zu kommen, bamit bu es sehen solltest, baß es nicht so arg ist. Aber, höre Lieschen, hat man benn noch keine Vermuthung, welchen Weg unser Flüchtling eingeschlagen hat?

Lieschen. Gewiß! — Sie sin nach Fribberg.

Weigenand. Da müßten sie wohl noch einzuholen seyn, ich will —

Lieschen. Es werb en schonb nachgesetzt.

Weigenand. Durch wen?

---

*) Hier: unverheirathete Mannspersonen von 30 bis 50 Jahren.

Lieschen. Der Herr Eppelmeier, der bei de Glähtsreider is, der is en nach, mit dem Leibschih.

Weigenand. Wenn die nur keine dummen Streiche machen!

Lieschen. Mer wolle des Beste hoffe.

Zwölfter Auftritt.

Die Vorigen. Capitain.

Weigenand und Lieschen (sehr betroffen).

Capitain (geht freundlich auf Weigenand zu). No, Herr Weigenand, gewe Se mer e Hand! (Reicht ihm die Hand zum Handschlag dar. Weigenand schlägt zögernd ein.) So —

Weigenand. Herr Capitain!

Capitain (reicht ihm wieder die Hand). Da! noch e mohl (eben so) un noch emohl — dann aller gute Dinge sein Drei! Vor Ihne kann nordst e jeder Frankforter Berjer den Hut abbuhn. — Vornehm odder gering — dann was Sie gestert gedahn hawe, des mecht Ihne kähner so leicht nach.

Weigenand. Ich habe meine Pflicht gethan.

Capitain. Nä! Se hawe Zehedausendmohl mehr gedahn. An alle Ecke, wo's gefehlt hot, warn se. Do mit Roth — selt mit Daht. Un daß Se sich so bei der Sprih von unserm lebliche 16te Kwadier gehalte hawe, des vergeß ich Ihne mein Lebbag net.

Lieschen (mit sichtbarer Freude). Des war blos aus Anhenglichkeit zu unserm Haus, dann er het ja ewe so gut an ere annern Kwatiersprih bumpe kenne.

Capitain. Ja, wahrlich! seint Geſtert kann ich Ihne gar net mehr bees ſein.

Lieschen (freudig hüpfend). Derf ich en —

Capitain. Schwei!

Dreizehnter Auftritt.

Die Vorigen. Miller (in Leibſchützen-Uniform an den Kamaſchen hat er Sporen geſchnallt, ohne Hut).

Capitain. Millerche! wie is es?

Miller (geht ſehr ſteif). Mer hawe ſe!

Capitain, Lieschen, Weigenand (zugleich). Die Gretche? Wo?

Miller. Se werd gleich nachkomme, der Herr Eppelmeier hot ſe in ere Kutſch, un reit newe her, Gott ſtraf mich! Blank gezoge. Awwer behre ſe, Herr Rabbedehn, was mer baßirt is —

Capitain. Doch nix Beeſes?

Miller. Außer en Wolf, den ich mer geritte hab — behre ſe norbſt mein Geſchicht: Ich reite der Ihne mir nix, bir nix hinner dere Kutſch her, un denke an gar nix — Uff ähn mohl fengt der Rapp an Mennerchern ze mache. Ich ruf em zu: Fuy Mennche! er ſchärt ſich ben Deiwel drum — un Wub! — ähn Saß — un ich war vor der Kutſch, un verlohr mein Hut. Jetzt krag er awwer die Schwernoth in Leib, bluß un ſporr die Naſelecher uff; un wie er gar ben Parrthorn ſah, da wars volligſter aus, bo fung bes Dos der Ihne an ze lahfe, ze lahfe, ze lahfe, baß mer bes Heern un Sehn vergung. Do is der Racker ewe geloffe im pleh Korreh, borch bie ganz Stabt bis in Stall, un bo bin ich.

Weigenanb. Unb ber Hut?

Miller. Der is be Rage; ich loffenen arower boch mit be Umstänb ins Blettche sehe.

Weigenanb. Wie habt Ihr bann bie Gretchen wieber bekommen?

Miller. Ey, unser Lewe hammer bran gewogt. Des Dos, ber Fennerich, hot zwähmol nach bem Seitegewehr gegriffe.

Capitain (geht ans Fenster). Victoria! ba komme se! (Alles läuft nach ber Thüre.)

Dierzehnter Auftritt.

Die Vorigen. Gretchen (in Reisekleibern unb verschleiert).

Eppelmeier (in Geleitsreiter-Uniform unb etwas im Rausch).

Eppelmeier (führt Gretchen herein). To Herr Rabbebehn, hawich ben Dolequent!

Gretchen (fällt bem Capitain zu Füßen unb weint). Ach! liebster, bester Herr Unkel, verzeihe se mer; ich will's ja mein Lebbag net wibber buhn!

Capitain. So? ich will mersch merke, Karnalie! Ewed mit ber Fahnel (reißt ihr ben Schleier weg) ich will bich beschleiern. — Steh uff — Sag Medge, was soll ich mit ber mache?

Lieschen. Ach! lieber Vatter, verzeihe ser; sie is ja genung gestraft.

Gretchen. Ach! gewiß bin ich's, wehr ich boch nor net mitgange!

Lieschen. Se bereit's ja aach.

Capitain. So? bereust be's? Dobermit is es awwer net abgebahn. Aus bem Haus mußt be — Nix — ich will mein

Lebbag nix mehr von der hehrn. Dein Vatter seelig hot dich mir uff mein Seel gebunne; un jetzt mechst de mer so Strähch! Is des der Lohn bervor, daß ich dich von Kindsbähne an uffgezoge hab?

Gretchen (weint). Ach! lieber Unkel, ich bin verführt worn.

Capitain. Wer muß sich net verführn losse, be bist doch wahrhaftig alt genug, un sellst wisse —

Eppelmeier (lallend). Herr Rabbedehn — Mache se doch kän Sache — mer wahrn ja aach jung!

Capitain. Herr Eppelmeier Ihne statt ich mein Dank ab for die richtige Abliwerung dieser Person. — Gretche bedank dich bei'm Herr Eppelmeier!

Eppelmeier. Is net von nethe — die Junfer hawe sich schonb genug bedankt, un uffrichtig gesagt, se warn sehr froh, wie se mich gesehe hawe.

Capitain. Wo war dann des?

Eppelmeier. Ze Filwel. Weiter sein se net komme. Do war Casinobahl heint Nacht, bo hawe se sich uff gehalte. — Es is awwer sehr scheen ze Filwel (lachend) e Stootsweinche gibts bo im Hersch. Merke se mer nix an, Herr Rabbedehn? ich hammich getroffe, ha, ha, ha! Bei so Extragelegenheite bo muß mer e Iwriges duhn, un in der Mundur haptsächlich, bo muß mer e bißi wild sein. Mer sitzt aach gleich besser bei'm reite.

Gretchen. Ach, liebster, scheenster Herr Unkel, ich will Ihne alles verzehle.

Capitain. Red mer norbst die Wahrheit!

Gretchen. Wie ich mittem in Filwel war, bo is mersch ganz unbähmlich worn, ach! ba fing ich an ze flenne, un hab gedacht, weerschst be doch net mitgange. Aus all seine Rebbensarte hab ich gemerkt, daß er mich anführn will — — — un wie der Herr Eppelmeier komme is, bo bin ich gleich zu em, un hawen gebitt, er meecht mich boch mitnemme, bann bei bem Mensche wollt ich net bleiwe. Schon wie ich vorm neue Dohr war, hot mich alles gereit, un es war mer so lähb — un uff der Wart do fing ich laut an ze heile — awwer was wollt ich mache?

Capitain. Ja! wer A seegt, muß B sage!

Lieschen (Gretchen die Hand reichend). Mer wolle wibber gute Freinbinne sein, un wann mer be Vatter recht bitte, se verzeiht er der aach, un nemmt dich wibber zu Gnade an. Netwohr Vatterche?

Capitain. Ja, wann er will so gut sein!

Lieschen. Es kann ja e jeber Mensch emohl fehle. Verzeihe ser!

Weigenand. Verzeihung für Gretchen!

Eppelmeier. Herr Kabbebehn, losse se's vor besmohl so derbei bewenne, mache se So (er sieht durch die Finger).

Capitain. No! vor besmal soll ber verziehe sein; awwer uff e paar Woche must be mer aus der Stabt, bis be aus dem Gerebb bist.

Gretchen (küßt dem Capitain die Hand). Ach liebster Herr Unkel, sie sein zu gut.

Eppelmeier. Wann ich Ihne rothe soll, Herr Kabbebehn, so lasse Se die Junfer Gretchen hier — bes is sonneklarer Brofit for die Werthschaft; do solle se e mohl sehn wie's e vor Dag hinnernanner so voll sein werd. E jeder werd se sehn wolle — un so e jeder drinkt sein Schoppe Wein.

Weigenand. Aus Ihnen spricht der Wein!

Eppelmeier. Ja! Wein, bes is bie Bank!

Miller (bei Seite). Er hot!

Capitain. Awwer jetzt zur Haaptsach! Gretchen, du bist gestraft genug vor die Dummheite, die be gemacht hast, dann for des nemm ich's, un vor nix annerschter. Verzeihe, sag ich noch emohl, will ich ber von Herze gern, nor awwer besser dich! Dir arwer Liesi, bir hab ich en Mann bestimmt, en Mann vor dem e Jeder Respect hawe muß. (Er nimmt Weigenand bei der Hand und führt ihn Lieschen zu.) Do host en, — sei glicklich!

———

Fünfzehnter Auftritt.

Die Vorigen, Knorzheimer (tritt eiligst mit einem Brief in der Hand auf).

Knorzheimer. Do is was! — Schwarz uff weiß. — Ach ich sehn schonb, es hot doch sein Richtigkeit schonb mit Ihne zwäh.

Capitain. Ja des hots! — (Auf Weigenand zeigend.) Des is der Zukünftige!

Knorzheimer. Des hab ich schon lengst so komme sehn. (Zu Weigenand.) Gratelier! — Do is arwer wos von bem geheime Rath, des sich gewesche hot. (Gibt ihm den Brief.) Basse se uff es is e Häusi brinn, daß es net eraus fällt.

Weigenand (indem er liest). Das ist zu viel! — Nein — ich kanns nicht annehmen.

Knorzheimer. Ich hammersch doch gleich gedacht Se behte Sparjemente mache, deswege haw ich den Herrn Geheime Rath gebitt, er sellt mirsch ufftrage. Sie warn sehr in Ver= legenheit, mit was se sich dankbar bezeige sellte, da hawe Se mich, als en vertraute Mann, um Roth gefragt.

Capitain. Viel Ehr!

Weigenand. Lieber Vater lesen Sie! (Gibt ihm den Brief.)

Capitain. — — E Haus! — was e Mann!

Knorzheimer. Ja! emens weil der Herr Geheime Rath gar net gewißt hawe, uff welche Art se ihr Dankbarkeit beweise

fellte — dann Geld, des fagten fe felbft, des het nicht gebaßt.
Do haw ich Ihne gefagt: do draus vor dem Efchemer Dohr, da
hawe fe fo e Garteheufi; was buhn fe dermit, fie wohne ja doch
mein Lebsdag net brinn, die Spatze baue ja Nefter enein —
bo wersch ja beffer die zwäh junge Leut behte fich e Neftge
enein baue.

Weigenanb. Herr Knorzheimer, mit welchem Rechte konnten
Sie — — —?

Knorzheimer. Mit welchem Recht? was e Gefchwetz: A,
wann mer net vor fich felbft rebbe kann, bo muß mer Leit hawe,
die vor ähm rebbe.

Weigenanb. Aber unberufen! —

Capitain. Herr Weigenanb, fe breiche fich net ze fchehme;
von fo eme Mann kann mer figlich was annemme, derzu e
Gartehäufi! — Ich hab Ihne ja aach des Liefi, blos von wege
Ihre Helbebahte gewe — bebenke fe norbft!

Weigenanb. Nun, es fey!

Liesdchen. Ach Vatter, ich wähs gar net, was ich fage foll,
vor lauber Frähd.

Gretchen. Ehrlich währt am längfte!

Miller. Es hot jo lang gebauert, bis fe fich kricht hawe.

Weigenanb. Herr Capitain, mein Vater, wie foll ich
Ihnen banken?

Capitain. Habt mich lieb, un bleibt fo brav, fe bin ich
zefribbe.

Miller. Herr Hochzeiter, Junfer Braut, ich gratelirn!

Eppelmeier. Ewefalls, mein Glickwunfch, Herr Weigenanb,
Junfer Liefi, Sie hawe des befte erwehlt, Junfer Gretche, balbige
Nachfolg!

Capitain. Merk dersch, Gretche, wann be heirothe willft,
in Gottesname, awwer fang's mit dem Dobleiwe an, mit dem
Fortlaafe buht fichs net.

5

Eppelmeier. Sie buhn's gewiß net mehr, sie hawe e Hoor drin gefunne.

Gretchen. Wer den Schabbe hot, derf for den Spott net sorje.

Weigenand. Nie mehr sei die Rede von Gretchens Abenteuer! —

Alle. Nie!

Weigenand. Ein Schurke, der sein Wort nicht hält!

Alle. Es gilt! — topp.

Capitain. Weil sich dann alles so uffgeklehrt hot, so wolle mer aach den Owend unnerenanner vergnigt zubrenge. Drinn uff dem Disch steht schonb der Brothe un der Sollat. Uff Lähb folgt Frähd!

Miller. Mege mer des uns bevorstehende Glick in Ruh un Friede genieße. Die Junfer Braut un der Herr Braitigam solle lewe, un des ganze Kimmelmeierische Hauß bernewe! Hoch!!

Alle. Hoch!!

Wörterbuch

zum Bürger=Capitain.

(Kann auch zu den andern Lustspielen in Frankfurter Mundart benutzt werden.)

Allgemeine Bemerkungen.

Das A wird größtentheils wie ein Mittellaut zwischen a und o ausgesprochen, wie z. B. in: ich war: ich wårn; die Waare: die Wåhr.

Das B, wenn es nicht Anfangsbuchstabe ist, immer wie w oder ww; z. B. die Gabel: die Gawwel; der Jubel: der Juwwel; haben: hawwe; Gabe: Gawe; sterben: sterwe; Erbsen: Erwese.

Das E ist in allen Endungen stumm, wie ohngefähr in den französischen Wörtern: le, te, me, z. B. Du wie französisch de; Bellen wie französisch belle; sollen: selle wie französisch celle; meinen: mäne wie französisch maine. Das G öfter wie k, als wie g.

Das P oft wie p, oft auch wie b; z. B. Post: Post; Person: Perschon; Polizei: Bollezei; Pelz: Belz. Das Pf durchgängig wie p; z. B. Pfarrer: Parrer; Pfund: Pund; Pfeil: Peil.

Das Sp immer wie schp; z. B. Spiel: Schpiel.

5 *

Das St nach dem Consonant r immer wie scht; z. B. du wirst: be werscht; der Fürst: der Ferscht; — nach allen übrigen Consonanten und Vokalen aber immer wie st; z. B. du lebst: be lebst; du nimmst: be nemmst; du bist: be bist; du hast: be hast; nicht lebscht, nemmscht, bischt, hascht, wie in der verwandten pfälzischen Mundart.

Das T meistens wie D; z. B. Thaten: Dahten; Tisch: Disch; Thor: Dohr.

Das U vor einem r immer wie o; z. B. Durst: Dorscht; kurz: korz; durch: dorch; Burg: Borg.

Das ü vor einem R wie e; z. B. Dürr: Derr; Türke: Derk; Bürste: Berscht; Bürger: Berjer; dürfen: derfe. Vor den übrigen Consonanten lautet es meistens wie i oder ie; z. B. Schlüssel: Schlißel; über: iwer; müssen: misse; Rübe: Rieb;

Das R immer sehr scharf und wenn is am Ende steht, nachschnarrend. Sehr sonderbar ist es, daß, was dabei der Frankfurter zu viel thun mag, der ganz in der Nähe wohnende Darmstädter zu wenig thut, indem er das R fast gar nicht ausspricht.

Bei der Endung en wird regelmäßig das n hinweggelassen; z. B. genommen: genomme; Mädchen: Medche u. s. w.

Alle Endungen auf an, än, en werden wie der bekannte französische Nasenton in dans, fin, lin u. s. w. ausgesprochen, z. B.:

Hochd.	allein	Frankf.	allän	wie franz.	allin
„	lein	„	län	„	„	kain
„	kein	„	kan	„	„	quand
„	Bein	„	Bän	„	„	Bain.
„	Stein	„	Stän	„	„	Schtin.

Dieser Nasenton bleibt auch bei den Endungen auf ein, aun, welche Diphtongen die französische Sprache nicht hat, z. B. Mein — Mei-n; Schein — Schei-n; braun — brau-n.

Das Zusammenziehen zweier, selbst noch mehrerer Wörter, ist in der Frankfurter, wie in vielen andern Mundarten sehr gebräuchlich; z. B. mir es: mersch; dir es: bersch; haben wir: hammer; sind wir: simmer; gieb mir: gemmer; haben wir es: hammersch; (statt wir allgemein mir); hast du es: hastes.

Bei allen zweisylbigen Diminutiven auf chen, z. B.
Mädchen, Thierchen, Kettchen, Kästchen, wird im Plural vor
der Sylbe chen ein er eingeschaltet und das chen in cher
verwandelt, also Mebercher, Thierercher, Kettercher,
Kästercher.

Viele, besonders einsylbige Substantive bilden ihr Dimi=
nutiv durch ein angehängtes i; z. B. Haus: Häusi; Tisch:
Tischi.

Zwischen da und einer damit verbundenen Präposition,
z. B. von, mit, zu, für (Frankf. vor), durch, wird immer
ein der eingeschaltet, also: dabervon, dabermit, daberzu, daber=
vor, daberdorch.

Das den Participien auf en vorgesetzte ge wird bei den
regelmäßigen Verbis immer, bei den unregelmäßigen oft weg=
gelassen, also: er hat mersch gewe; er is komme; er is
gange.

Worterklärungen zu vorstehender Komödie.

Aartlich, wohlgebildet, gefällig, nieblich, sonderbar.
Aehm, einem.
Aehn, (zählend) einen, ähnänzige, Einen einzigen.
Aemer, Eimer.
Alleh, allez.
Alleweil, jetzt, in diesem Augenblick.
Allänzig, alleinig.
Als, manchmal, zuweilen. (Am ganzen Oberrhein gebräuchlich.)
Apripo, à propos.
Ariebant, Abjutant.
Awer, aber, sehr oft für oder gebraucht.

Babranbasch, Patrontasche.
Bahl, Ball.
Bankenett, Bajonet.
Barbeleh, Parapluie.

Barick, Perücke.

Barire, Wetten.

Barzenelle oder Borzenelle, Pollichinelle.

Bassahsch, Passage.

Benner, Binder, Faßbinder, Kiefer.

Bernem, Bornheim, Luftort bei Frankfurt.

Bervakirt, bivouaqirt, in den Kriegsjahren 1813 bis 1815 sehr gebräuchlicher Ausdruck für Nachtwachen u. dergl.

Bobbespiel, Puppenspiel.

Bobbem, Boden.

Bohnen, putzen, glätten, von bahnen, ebenen.

Bollezey, Polizei, e Bollezei, ein Polizei, ein Polizeibiener.

Borsch, Bursch.

Borschelihn, Porzelain.

Botell, Bouteille, scherzhaft Bordell.

Brackleziere, prakticiren.

Bredge mit Umstände. Semmel=Bröbchen mit Butter und eingelegtem kalten Fleisch, vorzüglich Schinken.

Browenner, Brabanter Thaler.

Brumlefirt, promovirt.

Buckel, Rücken im allgemeinen, bedeutet aber auch Höcker, Auswuchs.

Bumpjeh, Pompiers. Löscher.

Bunebart, Bonaparte.

Buzzi, Dim. von Buz, einem beliebten Hundsnamen, be= sonders für die Race der Spitze.

Colleg, d. i. Collegium, eine, Frankfurt eigene, Art geselliger Zusammenkünfte, die ziemlich verschieden von den an andern Orden gewöhnlichen Clubbs, Resourçen u. s. w. und über= haupt ein Mittelbing zwischen den heutigen öffentlichen Kaffeehäusern, und den ehemaligen, zünftigen, sogenannten Trinkstuben ist.

Collegbahl, Collegball, ein von der Colleggesellschaft ver= anstalteter Ball.

Compertire, v. comporter.

Condewitte, Conduite.

Cunjac, Cognac.

De, du. Nur im Affect wird Du gesagt.

Derrgemießhenneler, Dörrgemüßhändler, Hülsenfrüchte=
verkäufer.

Dellerspiel, Tellerspiel. (Siehe Spiel.)

Derk, Türke.

Diehr, Thüre.

Dischi, Tischchen.

Dolequent, Delinquent.

Dollkerch, Tollkirche, auch Tollhauskirche, Betsaal des Irren=
hauses. Bei dem früher daselbst gehaltenen Gottesdienst
predigten in der Regel die jüngsten Candidaten der Theologie.

Dosehr, Douceur, Geschenk.

Drehnemal, Thränenmahl, Abendessen, welches bei Bürger=
offiziers=Leichenbegängnissen gebräuchlich war, und seinen
Namen nicht ganz mit Recht führte.

Dum, die Domkirche.

Dummeln, verb. impers. tummeln, sich eilen.

Dutzwitt, tout de suite.

Ebsch, verkehrt.

Enja, Ja, mit einem gewissen Nachdruck, auch ironische Be=
jahung.

Eso, So mit eben diesem Nachdruck, auch also.

Erbeigewe, herbeigeben, angeben, anzeigen. Vorzüglich unter
Schülern gebräuchlich in: Ich geb' dich erbei; ich zeige deine
Unart dem Lehrer an.

Erscht, zuerst.

Eweck, weg, hinweg.

Ewens, eben.

Fahnel, Fahne, vulgo Schleier.

Fachiren, mit den Händen herum fahren, verderbt für agiren
und dem entsprechenden, mit den Händen herum fahren,
wahrscheinlich durch Vorsetzung des f nähergebracht.

Fennerich, Fähndrich. (Siehe Kabbebehn.)

Fennerichsmahlzeit, Fähnbrichsmahlzeit. (S. Kabbebehn.)

Ferscht, Fürst.

Flauſe, Flauſe machen: ſo viel als eigenſinnige Einwendungen
oder Hinderungen entgegenſetzen, wo man vernünftigerweiſe
nicht ausweichen kann. So auch: der Menſch is voller
Flauſe!

Frey wird oft eingeſchoben, um ein: ungeachtet ich, noch über=
dieß, obendrein, auszudrücken, z. B. ich habs ja frey geſagt!

Freundſchaft iſt meiſt identiſch mit Verwandtſchaft.

Gelähtsreider, Geleitsreiter. Bürgerlicher Cavalleriſt im
Mittelalter, reiſige Bürger, welche Reiſende und Güter zur
Meſſe geleiteten.

Acht Tage vor Anfang jeder Meſſe, an dem ſogenannten
Geleitstage, hatten die Geleitsreiter aufzuſitzen und dem
Geleite (den Geleitstruppen benachbarter Reichsſtände) bis
an die Grenze des Stadtbannes entgegenzurücken, oder, wie
man es ſchlechtweg nannte, das Geleite einzuholen. Dem
jedesmaligen jüngſten Rathsgliede lag es hierbei ob, den
Zug zu Pferde in ſchwarzer Amtskleidung zu eröffnen und
am Orte der Zuſammenkunft eine Begrüßungsrede abzu=
halten. Nach dieſer pflegten die beiderſeitigen Geleitstruppen
durch Speiſe und Wein (aus dem Rathskeller) mannhaft er=
quickt zu werden. Durch die Kriegsunruhen beim Ausbruch
der franzöſiſchen Revolution wurde der Akt des Geleite=
einholens auf mehrere Jahre eingeſtellt, bis er im Jahre
1803 wieder ſtattfand. Doch mit Auflöſung des Reichs=
verbandes erloſch, mit ſo vielem andern, auch dieſes alte
Herkommen, und von der ganzen Ceremonie blieb nichts
übrig, als der Ritt nach dem, der ehemaligen Geleitsgrenze
nahe gelegenen Forſthauſe, woſelbſt die frühere Bewirthung
fremder Gäſte auf ſich allein übertragen wurde. Ein ſolches
Ausrücken pflegte man, nach den von den Reitern als Früh=
ſtück zu einem Glaſe Wein eingenommenen üblichen Geleits=
prätzeln, ſcherzhafterweiſe als Prätzelritt zu bezeichnen
und die Reiter ſelbſt mit dem Spottnamen Prätzelreiter
zu belegen. Wirklich gab auch die Rückkehr der Geleitsreiter
zu manchen Ergötzlichkeiten Anlaß, indem bei dem Mahle
tapfer eingehauen und der Flaſche weidlich zugeſprochen
wurde, wodurch, je nachdem der Wein ſeine Wirkung ver=

ſchieben äußerte, bie Einen theils ben feſten Siß verloren, Anbere aber zu ben kühnſten Reiterskünſten angefeuert wur= ben, bie um ſo poſſierlicher ausfielen, als bie meiſt alten unb ſteifen Roſſe ſich nur ſelten bamit einverſtanben zeigten.

Nichtsbeſtoweniger leiſtete bas Corps bei ber franzöſiſchen Retirabe 1813 ber Vaterſtabt bie weſentlichſten Dienſte, inbem burch ſeine Unerſchrockenheit unb ſeinen Eifer für bas all= gemeine Wohl ben wilbeſten Exzeſſen, ja oft ber Plünberung ber retirirenben Franzoſen Einhalt gethan wurbe, welches löbliche Benehmen bie franzöſiſche Generalität ihrerſeits ba= burch anerkannte, baß ſie bie Geleitsreiter während ber verhängnißvollen brei letzten Tage bes Octobers 1813 ben Dienſt gemeinſchaftlich mit ber franzöſiſchen Gensbarmerie thun ließ. Es zeigte ſich hierbei, wie bei vielen anbern Gelegenheiten, recht augenſcheinlich, baß ber Werth einer Bürgerbewaffnung mehr in bem moraliſchen Werth ber Ein= zelnen, als in einer ſtrengen militäriſchen Organiſation be= ſteht. Minber glänzenb erſchien wenige Wochen nachher, beim Einzuge ber verbünbeten Monarchen, bieſes Corps in ber Manövrirkunſt. Denn als ber Befehlshaber ber in feier= lichem Aufmarſche einrückenben Reitergeſchwaber bie burch ihre Aufſtellung ſeine Evolutionen hinbernben Geleitsreiter, nach vergeblicher Aufforderung zu einer Abſchwenkung (ein Manöver, zu beſſen Ausführung weber bie Geſchicklichkeit ber Mannſchaft, noch bie Dreſſur ber Pferbe ausreichte), mit einem martialiſchen „Furt" angebonnert hatte, ſtiebte bas ganze Corps nach allen Richtungen auseinanber, um ſich nie wieber zu vereinigen. Balb barauf erfolgte nämlich bie gänzliche Umgeſtaltung bes Bürgermilitärs, aus welcher bas trefflich organiſirte Corps ber freiwilligen Stabtwehr= reiterei hervorging.

Geſtert, geſtern.

Ginnem, Ginheim, Luſtort.

Göthge, auch Getche, Diminutiv von Goth, weiblicher Taufpathe. Der männliche heißt Petter.

Gummi, Commis.

Gunbach, Guten Tag.

Gunne, gönnen.

Gratelirt Perſon, grabuirte Perſonen waren zu Zeiten der Reichsſtabt beſonders privilegirt, unb barum in großem Anſehen.

Hahlgans, junge, noch nicht ganz ausgewachſene unb un= gemäſtete Gans, privilegirtes Schimpfwort für erwachſene Töchter, im Gegenſatz ber unerwachſenen, welche Rotznaſen genannt werben.

Häme, heim.

Hanzeler, Einzler, Stabtfuhrleute, ſo nur mit einem Pferb fahren.

Hauſe, Hauſen, Luſtort bei Frankfurt.

Henſche, Hanbſchuhe.

Herſchgrawe, Hirſchgraben (Straße).

Hinkel, Huhn.

Invenbiert, invitirt, eingelaben.

Jux, Jubel.

Immerrechſig, Uebereck, nicht an ſeinem Orte.

Immerrock, Ueberrock.

Kabbebehn, b. i. Capitain. Die Stabt Frankfurt mit Sachſen= hauſen war in 14 Quartiere eingetheilt. In ben Zeiten ber reichsſtäbtiſchen Verfaſſung machte ein jebes bieſer Quartiere zugleich eine Bürgercompagnie aus, welcher ein ſoge= nannter bürgerlicher Capitain, ein Lieutenant unb ein Fähnbrich vorſtanden.

Dieſe Offiziere, unb hauptſächlich ber Capitain, hatten nicht allein bas militäriſche Commanbo ihrer reſp. Com= pagnie, ſonbern außerbem auch zugleich verſchiebene Oblie= genheiten in Polizeiſachen, z. B. bei gewöhnlichen Haus= viſitationen, Aufſicht über die Sprißen unb übrigen Anſtalten bei Feuersbrünſten u. ſ. w. unb ſtanben gleichſam als bie vorzüglichſten Repräſentanten bes alten ehrenfeſten Bürger= thums in ſehr hohem Anſehen. Darum wurbe benn auch die Ernennung zum Fähnbrich, als zum erſten Grabe ber möglicherweiſe zu erlangenben höchſten bürgerlichen Ehre (bas Avancement zum Lieutenant unb Capitain ging in jebem Quartier nach ber Anciennetät unb warb barum nicht ſo beſonbers feierlich begangen) mit ganz vorzüglichem Pompe

gefeiert. Der Triumph des Ganzen aber war die sogenannte
Fähnbrichsmahlzeit, welche der Neuerwählte aus eigenen
Mitteln zu geben verbunden war, und die, was die Quantität
der Speisen und Getränke betraf, fast ans Unglaubliche
grenzte. Die ungemessene Freigebigkeit des Wirthes ward
indessen aber auch durch die gewaltigen Leistungen der Gäste
nach Gebühr wacker in Ehren gehalten. Im Schweiße ihres
Angesichts versuchten sie das Unmögliche selbst zu zwingen,
und wollte endlich keine Anstrengung mehr fruchten, so hatte
der vorsichtige Bürger seine Magd mit einem geräumigen
Korbe (Mähn) hinter sich placirt, welcher er die Brosamen
seines Mahls als eine Erquickung für die nächsten acht Tage
einzupacken hinreichte. — Durch das Institut der Landwehr
und schon früher in den sogenannten Zeiten des Primas
durch Einführung der Nationalgarde ist natürlich die ganze
Einrichtung des bürgerlichen Militärs, der Capitains u. s. w.
wesentlich verändert worden. Einigermaßen, indessen doch sehr
entfernt, entsprechen diesen letztern die jetzigen Quartier=
Vorstände.

Käbge, Käppchen, Häubchen, wie es die Dienstmädchen
    sonst trugen.

Kerb, Kirchweihe.

Kerch, Kirche.

Kistinszeite, Cüstinszeiten. Cüstine rückte im Jahr 1792 in
    Frankfurt ein, und brandschatzte es.

Kratzeise, ein vor der Hausthüre befindliches Eisen, woran
    man den Schmutz von den Schuhsohlen abstreicht.

Kretensire, Kritisiren.

Krott, Kröte, Schimpfnamen für kleine Personen.

Krusteliere, zwischen der gewöhnlichen Mahlzeit etwas kaltes
    Fleisch und Wein genießen, einen Imbiß nehmen.

Kut ki kut, coute qu'il coute.

Kurmacherei, von courmachen, den Hof machen.

Leibschütz, eigentlich eine Art Ordonnanz des Capitains, die
    diesem aber zugleich auch bei seinen häuslichen Verrichtungen
    behülflich war. Unter den Leibschützen fand man häufig
    Jagdliebhaber.

Leicht, so wohl Leiche, Leichnam, als Leichenbegängniß.
Leichtkorb, Leichenkorb, ein Sarg.
Leibenamt, Lieutenant. (Siehe Kabbebehn.)
Leie, liegen.
Lähtfaß, Leitfaß, Wasserfaß, zum Herbeifahren des Wassers
bei Feuersbrünsten.

Mäb, Maib, Magd.
Mähr, Maire.
Mähn, Mahne, Korb.
Mein! Eine abgekürzte Betheuerung, die zu Anfang der Rede
häufig gebraucht wird, besonders bei wahrer und ironisiren-
der Verwunderung; z. B. Mein! vor wen hältst be
mich? Mein! wos fällt ber ein.
Meenz, Mainz.
Mehlwaage, so wird das Arresthaus für Bürger, von der in
demselben Lokale befindlichen Mehl= und Malzwaage, genannt.
Menschespiel, siehe Spiel.
Mersch, man es; mir es.
Merter, i. e. Metzger, Fleischer. Zum Verständniß mehrerer
vorkommenden Andeutungen muß hierbei für Auswärtige
erinnert werden, daß die Mitglieder dieser Zunft, welche
sich durch körperliche Kraft und Schönheit vorzüglich aus=
zeichnen, besonders durch ihre Thätigkeit bei Feuersbrünsten
eines alten, wohlverbienten Ruhmes genießen.
Mitwochsbunement, Mittwochsabonnement, Abonnement
im Theater für biejenigen, welche sich nicht für alle Vor=
stellungen abonniren können oder wollen.

Neuschierig, neugierig.
Norbst, nor, nur.
Nubbel, Tabakspfeife.

Oblawandgard, Eau de la vande garde, scherzhaft für
Avantgarde. Die Avantgarde einer jeden bürgerlichen Com=
pagnie bestand gewöhnlich aus 25—30 Mann junger Bürger,
bie im Gegensatz der übrigen Mannschaft, uniformirt und
zuweilen exercirt war.

Oschero, Augereau, franz. General der in dem Jahr 1806 in
Frankfurt eine starke Contribution erhob.

Dos, diminutiv Esi. Natürlich verderbt für Aas. Ein nach
der verschiedenen Art des Tons, worin es ausgesprochen
wird, so mannichfaltiges Wort, daß es in allen seinen Be-
deutungen wohl nur dem ächten Frankfurter verständlich
sein möchte. Von der höchsten Beschimpfung in der Zusammensetzung von: du Schinnos! oder einfach des Dos!
an, bis herab zu einer feinen Schmeichelei in dem Diminutiv, des Esi oder des klän Dos, begreift es alle,
zwischen beiden liegende Grade unter sich, je nachdem es
heftiger oder gelinder, warnend oder vertraulich, verab-
scheuend oder verwundernd gebraucht wird. Doch ist zu
merken, daß da, wo in der Zusammensetzung von du Dos,
des Dos, des Esi, der Nachdruck auf Dos, Esi gelegt wird,
es meist im bessern, wenn er aber auf du, des liegt
meist im schlimmern Sinne genommen ist.

Parrer, Pfarrer.

Parreise, Pfarreisen, Straße in Frankfurt.

Parrthorn, Pfarrthurm. Parrthorn bohne.

Partu, par tout.

Perschwadiren, mit perschwadiren, weg perschwadiren,
enaus perschwadiren, v. persuader, überreden, im engeren
Sinne aber: etwas in der Stille mitnehmen oder auch Je-
manden ohne Anwendung äußerer Gewalt zu irgend etwas
vermögen; insbesondere aber heißt hinaus perschwadiren!
einen Ruhestörer auf Tanzböden u. s. w. vor die Thüre
bringen, ohne ihn eigentlich hinauszuwerfen.

Pleh correh, pleine carrière.

Prämium. Die drei ersten auf dem Brandplatze sich ein-
findenden Feuerspritzen, erhielten nach einer sehr löblichen
Vorschrift gewisse Prämien.

Reiwe, reiben, wird oft für scheuern gebraucht.

Ridekiel, Ridicule, Arbeitsbeutel.

Rickeleh, hinauf rücken, von recullez.

Rollwagen, vierrädriger, niedriger Wagen zum Transport,
besonders flüssiger Waare innerhalb der Stadt.

Säferege, Seife und Regenwasser.

Salbat, Soldat.

Salvet, Serviette.

Schaal, Shawl. Diminut. **Schälge**.

Schaube, Schohbe, verderbt hebräischer Ausdruck für einen Narren, d. h. meist außergewöhnlichen Menschen, z. B. wer für geleistete Dienste kein baares Geld annehmen will, ist ein Schaube.

Schawell, Schemel, Fußschemel.

Scheb, schief.

Scherf, Schärpe.

Schiwerstän, Schieferstein.

Schond, schon.

Schoppengäste, auch **Schoppenberjer** sind Leute die täglich um eine gewohnte Stunde ein bestimmtes Weinhaus frequentiren, und den Wein, sie mögen trinken so viel sie wollen, Anfangs Schoppen= dann aber halb=Schoppenweise vorgestellt erhalten.

Schwarb, bedeutet 1) alter, böser Weiber Art; 2) Weiber dieser Art selbst; 3) Besonders die Eigenschaft dieser Weiber ihre Nächsten mit geläufiger Zunge auszuschelten, oder ihnen Böses nachzusagen.

Sengnater, Senator.

Solberknechelcher, gesalzene Schweinsrippen.

Sparjemente mache, vorsätzlich ausweichend von der Haupt= sache abspringen. Hängt vielleicht mit dem italienischen Spargimento, Zerstörung, zusammen. Er hat **Sparje= mente im Kopf**, heißt auch wohl: er hat einen **Sparren**, er will immer anderswo hinaus, als andere Menschen.

Spas i ba, Spas a part.

Spansau, Spanferkel. Es ist bemerkenswerth, daß die erste Sylbe dieses Wortes von allen Selbstlautern den Ton hat, je nachdem es im Munde vornehmer oder geringer Bürger, Weiber oder Bauersleuten erklingt, nämlich: **Span= Spen= Spin= Spon= Spunsau**.

Spiel, bedeutet, wenn es Substantiven angehängt wird, eine unzählbare Menge derselben; z. B. **Menschespiel, Deller= spiel.** Unzählige Menschen. Unzählige Teller.

Sterme, Stürmen, die Sturmglocke läuten.

Stiwel, Stiefel.

Stofftge, d. h. Stoff, materia, Trinkstoff. Ausdruck für Aepfelwein.

Stumper, Stoß.

Suggele, saugen.

Truwel, Trouble.

Tropp, Tropf.

Uffruf der Schitzegesellschaft. Aufruf der Schützengesellschaft. — Dieser Aufruf zur Bildung eines Schützencorps erging an Frankfurts Bürger bei Annäherung des französischen Revolutions-Heeres in Form einer Subscriptionsliste, und zeigte durch seine schwungvolle Fassung, wie enthusiastisch unsere Vorväter für die Erhaltung der alten Ordnung gestimmt waren.

Ubz, Spaß, Neckerei.

Ubze, necken.

Unbenverschenbeht, Universität.

Verbuckele, verheimlichen.

Verscht, Verse.

Vor mir, Meinetwegen.

Volleil, Volleule, Trunkenbold.

Wärtag, Werktag.

Wäsi, Bäschen.

Witsche, sich schnell und heimlich wegbegeben; es findet sich noch in „Entwischen".

Wolf, der Name eines in Frankfurt seiner Zeit wohlbekannten, halbverrückten Menschen.

Zores, verderbt hebräischer Ausdruck für Lumperei, Gesindel, Spaß, correspondirt dem Burschikosen Tröbel.

Zuck, Zug.

Die
Landparthie nach Königstein.

Frankfurter Lokal-Skizze in vier Bildern.

Personen.

Herr Hampelmann, baumwollner und wollner Waarenhändler.

Madame Hampelmann, seine Frau.

Rosine, seine Nichte.

Schannewehche (Jean Noé), Söhnchen, 5 Jahr alt.

Louise, seine Magd.

Gerhard Zahm, Commis in einer Ausschnitt-Handlung.

Rummel, Studiosus juris.

Fuchs, Flurschütz.

Thomas, ein Bauer.

Frau Schnuttessin, eine Milchfrau in Eschborn.

Ein Kutscher.

Ein Schieblärcher.

Erster ⎫
Zweiter ⎬ Kellner.

Ein Musikant.

Ein Gast. Bürger. Bauern. Musikanten 2c.

(Die Handlung geht theils in Frankfurt, theils in Königstein
und dessen Umgegend vor.)

Erstes Bild.

(Die Bühne stellt das Innere eines sehr kleinen Ladens des Herrn Hampelmann vor. Die Fensterladen sind geschlossen. Eine Thüre nach der Straße, rechts eine Seitenthüre zum Wohnzimmer des Herrn Hampelmann. Man hört eine Peitsche knallen und einen Wagen rollen.)

Scene 1.

Louise dann Kutscher.

Louise (hinter der Scene). Hier Kutscher — an der Hausbier — do an dem Glaskaste. (Sie kommt durch die Mitte und geht in die Seitenthüre.) Herr Hampelmann sein Se fertig? — die Kutsch is do!

Kutscher (aus der Mitte). Allé Mamsell, alles parat, is mein Ladung voll?

Louise. Was will er? an mir leits net, un an unserm Herrn aach net, des is e flink Mennche — Arrwer die Madam, die mecht sich heunt scheen — un do — doderzu brauchts e bissi Zeit.

Kutscher. Ja, je mehr sche gebraucht hot um alt ze wern, desto mehr braucht se um sich wibber jung ze mache. He, he, he!

Louise. Ehт guck emol äns den Spaßvogel von eme Fiaker an?

Kutſcher. Ja Spaß, des is ſo e Newegeſchefft von de
Kutſcher. — Alſo bis die Madam ihr Sach in der Reih hot;
will ich emol bo newe in de drei Haaſe e halb Moos Eppelwein
roppe, damit die Gäul beſſer laafe.

Louiſe. No, un bo leßt er ſein Gäul allän uff der Gaß
ſtehn?

Kutſcher. Sie laafe net fort, bo ſteh ich gut derfor, ſie
ſchmeiſe aach net, beß thut nor des Millervieh uff der große
Bockemergaß. Geſtert erſcht hawwe ſe Jubbe gefahrn uff die
hechſter Kerb un immer Offebach zerick, in ähm Nochmittag —
bo wern ſe fromm. (ab.)

Scene 2.

Louiſe (allein) dann Frau Hampelmann.

No ja, ſchon ſiwen Uhr verbei — um finf Uhr is ſchon
uffgeſtanne worn. Do häßts ſo frih geſattelt un ſpät geritte.
Des werd e ſcheener Dag wern. E Landbarbieh von Morjends
in der Frih bis Awends, und des ganz Haus mit Kind und
Kegel nach Kenigſtein. Ich will mich ſetze — dann ich wärn
mein Bän heunt noch genug brauche — ich will mer noch e
biſſi Bänſchmalz for en Walzer uffhebe, dann ohne den gehts
nit ab. (Sie ſetzt ſich.) Ach! Medge ze ſein is e traurig Schickſal,
ach! wers nor ſo gut hätt', als wie die vornehme Madamme,
die nix ze thun hawwe, als ſich die Kur mache ze loſſe. Wann
ich doch ſo än wehr, wie die bo brimwe im erſte Stock. (Sich
anlehnend.) Ich kennt des Ding aach. Ich ſehe mich ordentlich
uff dem Kannapé ſitze, en Bibi uff un e Gros de Napel Kläb
un e Kaſemir Schahl — ich krieg Viſitte. (Verbeugt ſich vornehm.)
Ich hab' Eklibage un Bedienter, die alles buhn was ich befehl

un was ich aach net befehle duh. En Jeger for hinne druff bes
is schön — des kennt mer sich schonb gefalle losse.

Frau Hampelmann. (Hinter der Scene:) Lowis' Lowis'! Se
komm se doch, un helf se des Kind anziehe, un mich schniere.

Louise (aufstehend). Kreischt die schon wibber?

Scene 3.

Louiser Rummel. Zahm.

Rummel. Mamsellchen!

Louise. Aufzewarte — Arwwer ich kann kän Rebb un
Antwort gewwe, heunt is Sunntag — un der Labe is zu.

Zahm. Wir sind gleich zu Ende.

Louise. Desmol net. — Mer gehn heunt uffs Land —
bo pressierts — die Madam hot gerufe, bo muß mer hinne un
vorne sein. (Will ab.)

Rummel (faßt sie um den Leib).

Louise (schlägt ihm auf die Hände). Die Händ weg —

Rummel (wiederholt es).

Louise. Auch hier ruft man zerick, häßts in der Zauber=
fleht — Ich bin e Mainzer Medche — und die leide so was net.

Frau Hampelmann (in der Coulisse). Lowis' dem Herrn
sein Tourche. —

Louise. Ich muß nach der Barick!

Rummel. Aber wir wollen Strümpfe kaufen, und keine
Perücken.

Louise (retirirt sich). Ich wer Ihne den Herrn Hampel=
mann schicke. (Bei Seite.) Die sehn mer aach wie rechte Kunne aus.

Scene 4.

Rummel. Zahm.

Zahm. Das ist einzig mit ihrer Perrücke und mit ihrem Mainz.

Rummel. Freund, es war die höchste Zeit. Ein paar Minuten später und wir fanden das Nest leer. Aber vertraue mir. Eine Intrigue zu leiten, sie glorios durchzuführen, ist Studiosus juris Rummel der Mann. Wenn ich bereinst meine Prozesse nur halb so gut führe, so brauche ich pagina 38, 39, 40 und 41 im Staatskalender nicht zu fürchten. Ich hoffe du verstehst mich.

Zahm. O gewiß!

Rummel. Nun, so verstehst du auch den Rummel. Sage mir aber doch wenigstens, wie weit du mit deiner Schönen bist. Ist sie von deiner Liebe unterrichtet?

Zahm. Nein, bis jetzt noch nicht.

Rummel. Noch nicht, sagt Rummelpuff — Glaubst du, daß du einigen Eindruck auf sie gemacht hast —

Zahm. Dazu ist es bis jetzt noch nicht gekommen.

Rummel. Immer noch nicht! Und die Eltern?

Zahm. Ach Gott, die ahnen nichts von der ganzen Intrigue.

Rummel. Nun, das heiß ich! das Mädchen hat dich so eigentlich noch gar nicht, was man so sagt, auf den Liebhaber angesehen. Du hast ihr noch kein Wort gesagt, und das nennt der Kerl eine Intrigue, ha, ha, ha!

Zahm. Schon vierzehn Tage paßte ich ihr auf, auf Weg und Steeg. Vierzehn Tage lang verzehrt mich ein bescheidnes Feuer. Ich weiß weiter nichts von ihr, als ihren Namen, sie heißt Rosine, gerade wie im Barbier von Sevilla — ihr Gesicht entspricht dem süßen Namen — und denke dir, ein wahrhaft romantischer Umstand hat uns zusammengeführt.

Rummel. Nun?

Zahm. Sie kam an einem Mittag in unsern Laden, um sich zehn Staab gros de Berlin zu kaufen.

Rummel. Wahrlich sehr romantisch der Anfang.

Zahm. Wie ich ihr so das Zeug vorlege, du weißt, so mit meiner coulanten Art, begegnen meine Blicke den ihrigen. — Glücklicher Weise bemerkte sie es nicht, was in mir verging, denn sie untersuchte den Gros de Berlin. — Aber wie soll ich dir meine Verlegenheit, meine Verwirrung schildern, als sie mich anredete.

Rummel. Brauchst's nicht, (singt nach der Melodie aus der „Entführung aus dem Serail") „sind mir längst bekannt, — sind mir längst bekannt". —

Zahm. Ich weiß nicht was ich sagte — oder vielleicht sagt' ich gar nichts — Verwirrt wie ich war, schnitt ich ihr einen halben Staab zu wenig ab — die Liebe ist blind. — Sie bemerkt es noch nicht — ging weg. Ich wollte ihr folgen — aber bis ich meinen Hut gesucht hatte, war sie verschwunden.

Rummel. Gott im Himmel, aber auch der Hut, so etwas thut man ohne Hut.

Zahm. Endlich habe ich sie wieder zufrieden gestellt. Ich habe sie gestern durch den Glaskasten gesehen, als ihr Onkel den Laden zumachte, und wartete von sieben bis zehn Uhr, aber sie kam nicht heraus. Nun bin ich hier, einen kühnen Angriff zu thun.

Rummel. Du kühn? hahaha!

Zahm. Ich bin zwar von Natur etwas blöde, aber mit deiner Hülfe —

Rummel. Nun, zwei sind gerade nicht zu viel für alles, was noch zu thun ist. Einem jungen Mädchen zu gefallen, die Nebenbuhler aus dem Felde zu schlagen, wenn es welche gibt, bei allen Onkeln und Tanten der Familie einen Stein im Brett zu haben, das ist in der Regel Arbeit für ein halbes Jahr.

Zahm. Und uns ist nur ein Tag zugemessen.

Rummel. Und noch dazu ein Sonntag — an dem ge=
wöhnlich nichts geschieht — Morgen aber mußt du deine Ge=
schäfte in Leipzig beginnen, da erwarten dich polnische und
walachische Käufer, und die müssen beide der Liebe vorgehen.

Zahm. Wenn ich an alles denke, möcht' ich den Kopf
verlieren.

Rummel. Du wirst ihn aber doch behalten müssen, denn
der Kopf ist in der Ehe ein ganz unentbehrliches Requisit.

Zahm (drückt ihm zärtlich die Hand). O du wahrer Freund, wie
soll ich dir je vergelten?

(Man hört Hampelmann hinter der Scene sprechen, die beiden Freunde ziehen
sich in den Hintergrund zurück.)

Scene 5.

Die Vorigen. Hampelmann.

Hampelmann (kommt aus der Seitenthüre völlig zur Reise ange=
zogen; er trägt zwei Flaschen Wein, eine Jagdtasche und ein Perspectiv und legt
alles auf den Tisch. Anfangs in der Thüre). Frää — vergeß nor dein
grin nn gehl Schahl net, wegem scheene Wetter und wegenem
garstige Wetter, dein Barbeleh net, den be partu von mer zum
Geburtstag haft hamwe wolle. — Ich hab des Best, ich hab den
Wein, e Botell Malaga for Morjens, un e paar Botelle Forster
for Nachmittags. Ach Gottche was for e Wetterche — ganz
gemacht um sich e mal aus em Fundament eraus ze amisire.
Ja so e Bergbarbieh — do steht mer e Vergnige aus. Ich awer,
for die ganz Woch angebunnener Mann — ich will mer e mal
heut e extra Bene buhn.

Zahm (tritt schüchtern hervor). Entschuldigen Sie —

Rummel (hält ihn am Rock zurück und tritt vor ihn. Er verbeugt sich vor Hampelmann, der nun zwischen Beiden steht).

Hampelmann. Excusire Se meine Herrn — Ich hab Ihne nicht gesehn.

Rummel. Haben wir die Ehre, den berühmten Baum= wollen=Waarenhändler Hampelmann im weißen Eck vor uns zu sehen?

Hampelmann (sich verbeugend). So häß ich — kenne Se mich denn?

Rummel. O Spaß bei Seite — Wer sollte Sie — Ihre vorzüglichen Unterwesten, Ihre weißen Strümpfe, Ihre charmante Gemahlin nicht kennen?

Hampelmann. Nun hinsichtlich meiner Waar kenne Se Recht hawwe — die is weit und brät berihmt und doch is mer emal e groß Unglick mit passiert. — Ich weiß nicht ob Ihne die Geschicht bekannt ist?

Zahm. Ach Gott nun wird's lange.

Rummel (zu Zahm). Still doch — die erste Regel ist, daß wenn einer eine Geschichte hat, man ihn erzählen lassen muß, das giebt Vertrauen. (zu Hampelmann.) Mein Herr Hampelmann, Ihren Unglücksfall kenne ich nicht — und ich wäre in der That sehr begierig.

Hampelmann. Sehn Se, so kann der gescheidste Kääfmann Unglick hawwe — Ich hatte dereinstens eine bedeitende Barbieh bäämwollene Kappe un Strimp, die ich hier net verkääfe konnt' — Was that ich, ich schickt se ganz ähnfach die Strimp an ähn Freind, die Kappe an en Annern nach Frankfurt an der Oder, wo grad die Cholera war un Kopp un Fiß warm gehalte wern mußte, in Commission. War des net richtig speculirt? Unnerdesse hat e Doctor ausfinnig gemacht, des Warmhalte bei der Cholera wer nix, mer mißt se mit Eis un kalte Uffschläg kurire. Jetzt war mein Sach uff ähnmol nix. Mein Correspondente schreibe mer alle Zwä, die Waar wär unner dene Umstände nicht ze verkääfe. So lag se denn annerthalb Jahr — los wollt ich die Sach sein, so schreib' ich nach Frankfurt an der Ober, daß wann dann die Waar gar net ze versilwern wär, un sie sich gege en annern nor erjend correnten Artikel verdausche ließ, ich mit einverstanne wär. Was glawe Se nun, daß mer passiert ist? — M i r, eme ge= lernte Kääfmann?

B e i d e. Nun?

H a m p e l m a n n. Schreibt mer der Meyer u. Comp., er het mer des Vergnige anzeige ze kenne, er wer so glicklich gewese mein Kappe gege Strimp ze verdausche — un Tags druff krie ich en Brief vom Peter Müller — er zeig mer mit Vergnige an, er habe mein Barbieh Strimp glicklich gege Kappe verdauscht. War ich der geuhzt Mann, un der, der mein Kappe hatt', der hat jetzt mein Strimp, un der mein Strimp hatt', der hat jetzt mein Kappe.

R u m m e l. Da waren die Unkosten ihr Profit.

H a m p e l m a n n. Awwer wie komm' ich mer vor? ich erzähl Ihne die Geschicht, die mer als im Kopp erum geht, un ich wähs noch net — Was steht denn eigentlich zu Ihre Dienste?

R u m m e l. Wir sind im Begriff eine Fußreise auf mehrere Tage ins Gebirg zu unternehmen, und da müssen Sie sich, ob= gleich es Sonntag ist, mit den Vicogne=Socken incommodiren — denn in Baumwollen=Socken kann ich unmöglich wandern.

Z a h m (bei Seite). Verfluchter Kerl!

H a m p e l m a n n. Wohl wahr. — No warte Se — Sie finne zwar in Bäämwolle alles bei mir — und die vicogne Socken sinn e besonners führender Wollartikel — awwer in ganz vorzig= licher Qualität — (Geht hinter den Ladentisch und nimmt verschiedene Paquete, die er öffnet.) Sie sehn, an Waar fehlts bei mir nicht. — (Zu Zahm:) Is Ihne ääch was gefällig?

Z a h m (verlegen). Ich weiß nicht — ich könnte eine Schlafmütze brauchen.

R u m m e l. Gut gegeben.

Hampelmann. Nachtkappe sinn hier owe — kann mit uffwarte — da sinn ääch Handstäächelchern — da sinn ganz extra gute Bäämwoll Unnerhose — die hab ich von eme dreibrähtige Strumpffabrikant aus Schlesinge in Commißion — wo Deiwel stecke dann die vicogne Strimp? (Reicht Rummel ein Paquet.) Sehn Se emol ob ere des sinn? —

Rummel. Nein, die sind zu grob — Es scheint, daß diese gar nicht im Laden vorräthig sind — Wir werden oben in Ihrer Wohnung vielleicht — — denn was wir suchen, ist gewiß dort.

Zahm. Ja, daneben im Innern glaube ich auch (er will in die Seitenthüre).

Hampelmann (läuft schnell hinzu und hält ihn auf). Wo wollen Sie denn dahin?

Rummel (will auch hinein). Ja, Ihre besten Artikel sind hier brinn.

Hampelmann (sich vor Beide stellend). Piano — Pianissimo meine Herrn — da brinn is kän Waar for Sie — hier is mein Waarenlager — des is for Ihne un alle annern Leut uff. Awwer da, da wohnt der Frankforter Berjer und Lieutenant im Leschbattalion — da werd haus geblimwe — denn da brinn is niemand als mein Frää un mein Nicht. Verstehn Se mich?!

Rummel. Nun sagen Sie's ja selbst: Ihre besten Artikel.

Hampelmann. Des sinn kän Hannelsartikel — un mit Komplimente fängt mer mich net. Ezt korz — suche Se sich eraus — un wann Ihne die nit recht sind — kän annern hab ich net — Lewe Se recht wohl un mache Se fort, ich muß nach Kenigstein.

Zahm (führt Hampelmann am Arm vor). Was, — Sie fahren nach Kenigstein?

Hampelmann. Ja, mit Kind un Kegel. Ich sollt' schon fort sein — die Kutsch steht vor der Dier.

Rummel (entzückt). Sie fahren in's Gebirg? Das ist eine himmlische Sache! Mein bester Herr Hampelmann, ich will Ihnen einen Vorschlag zur Güte machen. Wir wollen heute auch dahin, geben Sie uns einen Platz in Ihrem Wagen, Ihr Söhnchen setzen wir zu dem Kutscher. — Wir wollen Ihnen so viel Späße machen, daß Sie sich köstlich amusiren werden. Mein Freund hat einen herrlichen Tenor, und singt bereits die erste Stimme im Judas Maccabäus.

Hampelmann (bei Seite). Daß du mit beim Judas!

Rummel. Nicht wahr, das kommt Ihnen zum Lachen vor?

Hampelmann. Ganz un gar net — Arwer ich muß Ihne sage, ich find's sehr sonnerbar daß zwä Fremde —

Rummel. O wir sind excellente Jungen und überall zu Hause.

Hampelmann. Wann's wahr is. Arwer mein Schan= newehche (Jean Noé) is ääch e excellenter Jung, un der hat des Vorrecht, benebst dem Bissi Proviant des mer mitnemme — dann ich denke doch, daß vor alle Dinge des Esse sein Platz in der Kutsch hawwe muß.

Rummel. O wir richten uns ein. — Viel geduldige Schaafe gehen in einen Stall.

Hampelmann. Es soll Niemand genirt sein, meine Herrn.

Zahm (bittend). Herr Hampelmann!

Hampelmann. Nix, nix!

Rummel. Ist das Ihr letztes Wort?

Hampelmann. N' Ja.

Rummel (pathetisch). Gut — Sie werden es bereuen — und wenn wir wieder so jung zusammen kommen, vernünftiger sein. — Leben Sie wohl — Grausamer Mann! leben Sie wohl!

Hampelmann (zornig). Gehorsamer Diener!

Zahm (leise zu Rummel). Was! wir ziehen so mir nichts dir nichts ab?

Rummel (leise). Nur ruhig, du sollst den ganzen Tag mit deinem Mädchen zusammen sein.

Zahm. O wie soll ich dir danken!

Rummel. Still doch! (Er geht zu Hampelmann, der seine Waare ordnet.) Aber mein bester Herr Hampelmann — —

Hampelmann (kommt hinter dem Ladentisch hervor und nimmt eine Prise). No, is vielleicht noch Ebbes gefällig?

Rummel. Eine Prise?! (Er geht mit Bahm ab, der in der Thüre nießt.)

Hampelmann (wüthend). Wohl bekomm's!

Rummel (außerhalb). Danke schön.

Scene 6.

Hampelmann (allein. Er behält seine Dose offen und sieht ihnen nach).

Nicht Ursach — des läg mer uff — Wann Sie weiter nix in meim Lade gesucht harowe als desjenige — so warsch hohe Zeit daß se sich aus dem Stääb gemacht harowe. (Er geht heftig auf und ab.) Lang hätt's net mehr dauern derfe — dann hett ich losgelegt. Der Herr Hampelmann is kän Hannebambel — Ihr zwä Herrn Windsflügel, — und legt er emal los, so legt er ordentlich los. Oft geschieht's zum Glück net. Den 6te Mai 1815 warsch des letzte Mal — arower dann kenn ich mich vor Wuth ääch net. Sie kenne meintwege zum Deiwel fahre — arower net in meiner Kutsch — die Quälgääster! — Apripo von Quäl= gääster — Mein Frää muß doch jetzt ääch fertig sein. (Er ruft in die Scene.) Arower Frää! Lowis', Schannewehche — Se kommt doch emal — vergeßt arower nix.

Alle (hinter der Scene). Mer komme schon! Mer komme schon!

Hampelmann. Des ich e Dorchenander, wie beim Bawe= lonische Thorn. (In die Scene:) Ruft den Schubkärjer, daß er alles in Waage bringt.

Alle (hinter der Scene). Heba! Christoph! Christoph!

Hampelmann. Alleweil wern se flott. (Er trocknet sich den Schweiß von der Stirne.) Ach! was kost des for e Hitz, wann e ehr= licher Borjerschmann sich emal e Plesir mache will — Awwer ich will mer noch heut recht Plesir mache, un des orbenblich for die ganz Woch! nä for e Jahr — Es geht in ähne Koste hin.

Scene 7.

Hampelmann. Mad. Hampelmann. Rosine. Jean Noé. Louise. (Sie kommen mit Lebensmitteln in Körben 2c., womit sie den Schub= lärcher, welcher zu gleicher Zeit von außen eintritt, bepacken.)

Hampelmann (zu seiner Frau). No, etzt laßt Euch emal betrachte wie er aussieht. Ah recht schen! Bravo, da Capo! Etzt vorwärts dem Thor enaus — Gott straf mich Frääche — dich hält heut jeder vor finf un verzig Jahr.

Mad. Hampelmann (sich brüstend). Als wann ich se wär?

Hampelmann. S'is wahr, du bist erscht neun un verzig — No Rosinche, du hast ja Kamasche an, un kän weiße bää= wollene Strimp!

Rosine. Kamasche sinn Mode un Strimp passe net uff's Land.

Hampelmann. A was Mode — des is egal! ich hab' ere zu verkääfe, un ich wern doch pretendire derfe, daß dein Fißercher dem Publikum mein Waar weise solle.

Mad. Hampelmann (vornehm). Mer fahre awwer nicht uffs Land um Strimp ze verkääfe.

Jean Noé (unartig). Mer fahrn uffs Land um Kuche ze esse un lustig ze sein.

Hampelmann. Schannewehche, du hast recht — des wolle mer ääch — Allé! vorwärts — hibsch alles eingepackt in die Kutsch?

Schublärcher. Jawohl!

Alle. Vorwärts! vorwärts!

Louise. No, wo is der Kutscher? — der Kutscher is jo net do.

Alle. Kutscher, Kutscher!

Scene 8.

Die Vorigen. Zahm.

Zahm (im Kutscheroberrock, stellt sich betrunken). No, no, da bin ich schon — mache Se mer die Gäul net scheu!

Hampelmann. No, wo treibt er sich dann erum?

Zahm. Ich treib mich gar net erum, ich hab bo newe in be drei Haase festgesoße, unb bo gehehr ich hin, als rechtschaffener Kutscher, der waarte muß! un gern waarte buht, wann er was ze trinke hot.

Louise. Was der Brandewein net buht, der Kutscher hot e ganz anner Gesicht!

Hampelmann. Allé, uff dein Bock Kutscher — dichtig zugefahrn — dann giebts e gut Tinkgeld!

Zahm. Des will ich meene. (ab.)

Hampelmann (will abgehen, kehrt aber noch einmal um). Halt, mein Perspectiv — ich muß sehe wie sich der Parrthorn von Kenigstein aus ausnimmt. (Er nimmts.)

Jean Noé. Den Nero nemme mer doch ääch mit?

Hampelmann. Ach Gottche, ja des Neroche, des arm Vieh'che, bes kann ja doch net alläns ze Haus bleiwe — Lowis' hol's emal.

Louise. Ich drag en arwer net, die Carnaille hot mich letzthin in Finger gebisse.

Mad. Hampelmann. No, bo nemm bu en uff dein Arm, Hampelmann!

7

Hampelmann. No ja! (er nimmt ihn) da wär denn die ganz Familie beisamme (hat Jean Ros auf dem einen Arm, Nero auf dem andern, in der Hand Perspectiv und Jagdtasche.) Vorwärts! marsch! (Alle ab.)

Verwandlung.

Zweites Bild.

(Platz vor Eschborn. Rechts ein Bauernhaus. Vor demselben gegen die Mitte steht ein Apfelbaum. Im Vordergrunde links ein Brunnen.)

Scene 9.

Frau Schnukkessin kommt aus dem Hofe, einen Wassertopf und eine Milchkanne in den Händen, sie schöpft Wasser. Fuchs von der andern Seite.

Fuchs. Gut Zeit Fraa Schnukkessen. A was Dunner un was Deiwel mecht sei dann bo — efu allans, wann im Ort der Deiwel lus is — bo is wirrer e Lobing Franforter ankumme, — wei bei Schaube.

Schnukkessin. Eich mache Milch for die Franforter.

Fuchs. Su; sei scheppt de Rohm ab!

Schnukkessin. Ei eich kläre se.

Fuchs. Met Brunnewasser.

Schnukkessin. Halt er'sch Maul, wer werd dann e su was austreische.

Fuchs. Unser Wasser is jo kan Gift — un in Franfort huun se kans esu, un dann is es jo bekannt, daß bei Milchfraa un der Weinhänler seiner Woor e bissi uffhelft.

Schnukkeffin. Un allemol glawe se noch Wunner was se an seller Milch noch hette — laafe in der grest Hitz do eraus, un denke bei mersch se besser — Proste Mohlzeit, do mißt mer sein Sach net verschtehn.

Fuchs. A die Franforter misse noch froh sein, daß se ons huun, bei mißte jo sunst verhongern. Eich liwwre aach Hase enein un Lerche, awwer eich scheeiße bei Kanincher un Schpatze aach net umesunst. Gott, wann die Leut alles wißte was se eeste.

Schnukkeffin. Jo, jo, vill wisse mecht Koppwih.

Fuchs. Guckse emol selt, Gevattern.

Schnukkeffin. A wu?

Fuchs. Do leit e ganz Lobing Franferter im Grawe.

Schnukkeffin. Loßt se leie, se leie waag.

Fuchs. Der Wage is aach kabores, deß muß eich mit ansihe. (Ab.)

Schnukkeffin. Der muß aach in alles sein Naas schtecke. Was gehts ihn an? Der meent weil er e Jagdlafer is, do hett er aach was ze sage. (Sie sieht Rummel und Zahm, welche von verschiedenen Seiten auftreten.) A, do kumme Leut; geschwenn niet der Kann fort, bei braache die Handwerksvorthaal net kenne ze lerne. (Sie geht in den Hof.)

Scene 10.

Zahm (noch im Kutscher-Ueberrock). Rummel.
(Von verschiedenen Seiten.)

Rummel. Das trifft sich ja charmant. Am Thore war ein Fiaker reisefertig, es fehlte noch eine Person — und so kam ich schnell hierher. Aber wie weit bist du? was hast du mit deiner Familie angefangen.

Zahm. Wir haben uns überworfen.

Rummel. Wie denn so?

Zahm. Ach Gott! Ich habe sie eben umgeworfen. — Glücklicher Weise haben sie sich kein Leib's gethan — ich habe sie in
einen Graben voll Gras gelegt.

Rummel. Brav! du hast als Kutscher keine Ehre eingelegt.
Mache, daß du dein Habit ablegst.

Zahm. Du hast recht, ich will mich aboniſiren. (Er zieht den
Ueberrock aus und wirft den Hut weg.) Die Verwandlung ist fertig.

Rummel. Und a tempo, denn da kommen unſre Damen.

Zahm (nimmt eine Sommermütze aus der Taſche und arrangirt ſeine
Locken).

Scene II.

Die Vorigen. Mad. Hampelmann. Rosine. Louise.
Jean Noé.

Mad. Hampelmann. Bist du denn ääch ganz ſicher Liſi,
daß mer nix weh thut?

Louise. Des will ich mene, Sie ſinn ſo uff mich gefalle!

Mad. Hampelmann (ſie mitleidig anſehend). Uff dich — des
is vielleicht erſcht e recht Unglick.

Louise. For mich ehnter als wie for Sie, dann mein
Schulter muß blizeblau ſein.

Rummel. Meine Damen, wir haben von weitem den Unfall geſehen, der leicht einen Unfall hätte herbeiführen können,
und ſind zu Ihrer Hilfe herbeigeeilt — disponiren Sie über uns.

Zahm. Ja Madam, mein Freund — und ich — ich und
mein Freund — (Leise zu Rummel, indem er ihm Roſine zeigt:) Iſt ſie
nicht himmliſch?

Rummel (leise). Meinetwegen. — Aber halt du's Maul, wenn du weiter nichts zu sagen weißt. (Laut:) Gott! liebe Madam, Sie zittern ja noch?

Mad. Hampelmann. Ach, der Schrecke beim Umwerfe.

Zahm. Ja, besonders wenn man so etwas nicht gewohnt ist.

Rummel (zu Madam Hampelmann). Ihr Mann ist dort bei dem Wagen beschäftigt, Sie werden eines Arms bedürfen, ich hoffe Sie schlagen den Meinigen nicht aus.

Mad. Hampelmann. Ach, ich bitt Ihne. — Aber ich hab nicht die Ehr Ihne dorchaus nicht ze kenne.

Louise. Ich kenn die Herrn, es sinn Kunne vom Herrn, Sie kenne Se aach, der Herr Hampelmann.

Mad. Hampelmann. Hawwe Sie die Ehr den baumwollene Waarenhenneler Hampelmann zu kenne?

Rummel. Jawohl!

Zahm. Hinter der Hauptwache Nr. 101 im weißen Eck.

Jean Noé (weinend). Mutter, ich hab Hunger.

Rummel. Ein allerliebstes Kind, es hat sogar Hunger. (Liebkost es.)

Mad. Hampelmann. Alleweil is noch nicht Zeit zum Esse.

Jean Noé. Ich will awwer esse, ich hab Hunger.

Louise. Gott was des Kind schond en Apetit hot, der werd emol grad wie sein Vatter.

Jean Noé. Mutter, ich will Kuche hawwe.

Louise. Sehr uff ze ruhe, Bub, mer werd der Kuche brote.

Rummel (kneift dem Kind in die Backen). Der liebe Kleine hat Recht. — Wenn man Hunger hat, muß man essen, und damit auch Sie sich erholen, Madam, so schlage ich Ihnen vor, eine ländliche Mahlzeit einzunehmen. Ich werde Sie führen, ich kenne die Lokalität genau, es gibt hier nichts. Indessen finden wir wohl in diesem Hause frische Eier und Milch. Auf dem Lande begnügt sich eine schöne Frau mit Wenigem.

Mad. Hampelmann. Wie angenehm sich der junge Herr auszedricke wähß.

Zahm (zu Rummel). Rede doch kein dummes Zeug.

Mad. Hampelmann. Sie sind ein recht lustiger Herr! Hawwe Se denn immer so e lustig Genie?

Rummel. O Madam, semper lustig. Nun darf ich bitten. (Er will ihr den Arm bieten, wird aber von Louise zurückgehalten. Alle bis auf Louise und Rummel ab.)

Louise (zupft Rummel am Rock). Hehre Se, wo studiere Sie denn?

Rummel. In Heidelberg.

Louise. Kenne Se vielleicht den Fritz Licht? — Es ist ägentlich e Balwierer, er studiert aber doch.

Rummel. O ja, den kenn' ich — der ist auch die Ferien über in Frankfurt, er steht als Mediziner im Fremdenblättchen und logirt in der goldnen Spitz.

Louise. Is er do? Kimmt er vielleicht aach eraus?

Rummel. O Spitzbübin Sie! (Mit dem Finger drohend.) Gewiß der Herzgeliebte, he?

Louise. O gehn Se!

Rummel. Nun schönes Kind — sieh mich heute für ihn an, ich bin auch Student. — Den schön gepflegten Backenbart besitz ich freilich nicht, aber — ein gutes Herz. Komm! (Sie umfassend. Beide ab.)

———

Scene 12.

Herr Hampelmann (allein).

No ich will grab net renomire — der Storz awwer war net
bitter. Der Dag fängt gut an, beß muß wahr fein. — Awwer
ich hab' doch mein Plefir! So was muß ääch fein! Kän Ver=
gnige ohne Aerger, kän Rofe ohne Dorne — und kän Land=
barbieh ohne Grawe. Des is net annerfcht, in des Gebräuchlich
muß mer fich ze fige wiffe. Awwer des fchab all nix, ich muß
doch mein Plefir hawwe. Unfer Effe bauert mich nor. Lauter
ausgefuchte Schiffele, wähs Gott net ze fchlecht for en Gefandte —
Nota bene, wenn er Hunger hat. -- Ich hab jetzt nor die Melon
noch gerett — Awwer Herrjeeche, wie fieht die aus. (Er zeigt eine
Melone, die wie ein Kuchen zufammengedrückt ist.) No — die muß en gute
Buff kriegt hawwe! Aha, alleweil geht mer e Licht uff, bo is
mein Frää druff ze ligge komme. (Er fetzt fich auf die Bank am Brunnen.)

Scene 13.

Hampelmann. Frau Schnukkeffin.

Schnukkeffin (bei Seite). Gott was hot bene bo brinn des
Ummwerfe zugefetzt, bei brinke fo e Milchfpill erweck, baß es e
Schann is, eich muß wahrlich wider an be Brunne, bemit mein
Kunne morje net zu korz kumme.

Hampelmann. A ba is ja e Frää, noch beffer e Milch=
frää. Gottlob — ich fpiere Appetit. — Mein Mage will e biffi

flatirt sein. Die hat gewiß so recht ächte Landmilch — Frääche, sag se emal, hat se vielleicht e gut Glas Milch for mich?

Schnukkessin. Warum net wann ersch bezählt?

Hampelmann. Des versteht sich, e Glas Milch is ja kän Liebesdienst.

Schnukkessin (gießt Milch in ein Glas und gibt sie an Hampelmann). Eu gaut als wei von der Kau eweck.

Hampelmann. Wahrlich, recht klor. (Gibt das Glas zurück.) So gut drinke mer in Frankfort kän Milch.

Schnukkessin. A manchmol doch.

Hampelmann. Was kost des Glas?

Schnukkessin. Sechs Kreutzer.

Hampelmann. No da muß mer sich dann net drimwer verwunnern, daß se in Frankfort net so gut is, da derfor is se ääch wohlfeiler. Dernach Geld, dernach Waar. (Er bezahlt, sie geht mit ihrer Kanne ab.) Jetzt läßt sich des Mittagesse schonb besser abwarte. — Ja Mittagesse — woher krieje? Unsersch leit dort im Grawe! No hier werd's doch ääch was ze Esse gewwe. Erscht will ich nor mein Leit uffsuche. — Awwer wo? Da kennt ich lang suche. — Liewer will ich hier warte bis se komme un mich suche — mer muß sich als e bissi rahr mache. — Redd mer äner nor von bene Landwertt — in bene drei Herrn Länder — die Häls kenne se de Hahne abschneide, awwer käner kann ähn verninftiger Weis' brate. — Außer in Bernem un in Hauße wern se mehst verbrennt. — Uff em Land, da is es awwer wie im Krieg, mer nimmt was mer kriejt, nor daß mersch bezahle muß. Ezt muß ich mein Leut uffsuche. — Awwer da kennt ich lang suche — un wo enaus? Da is ja gar kän Aussicht, alles zugebaut mit Scheuern un Eppelbähm. (Er steigt auf die Steinbank um eine Aussicht zu gewinnen.) Ich kann niemand sehe! Wie wärsch wann ich mich uff den Eppelbääm bescht mache, for was hab ich bann mein Perspectiv? (Er steigt auf den Baum.) Die gute Bauerschs: leit, die planze die scheenste Eppelbäm ins freie Feld — sie misse doch viel Zutraue zu be Leit harowe.

Scene 14.

Hampelmann (durch die Zweige des Apfelbaums versteckt).

Fuchs und **Thomas** (zwei Flaschen Wein in der Hand).

Thomas. He, he, he! des wor emol.

Fuchs. Eßt hier uff, sunst lach eich meich buht.

Hampelmann (auf dem Baum). Ah seh, bo sinn die gute Eschborner, die mer geholfe harowe.

Thomas. No was segst dau derzu, zwa Botelle Wein hunn eich wegg pralezert.

Hampelmann. Was babbele bie?

Fuchs. No eßt wolle mer emol uff Regimentsunfeste freihstide.

Thomas. Recht su, eich geb ben Wein berzau.

Fuchs. Un eich be Kuche!

Thomas. Kumm, mer wolle ons in be Schatte setze. (Sie setzen sich unter den Baum.)

Fuchs. Su dumm ze sein, und brei Stunn Wegs ze fahre um sein Freihstid in en Grawe ze werfe.

Hampelmann. Ich gläb, ba is von mir bie Rebb.

Thomas. Was leit bene bran an em verlohrne Esse.

Fuchs. For ons arower e gefunne Fresse. Kumm Freund!

Thomas. Angestoße uff bene Franforter Sunntagsviggel ihr Gesundheit.

Fuchs. Bivat! Bivat!

Hampelmann (auf dem Baum). Ich bedanke mich scheenstens.

Fuchs und Thomas (stehen schnell auf). No was gebts dann do orwe? Was mecht er do?

Hampelmann. Ich mach e Landbarbieh.

Fuchs. Worum seid Ihr uff den Baam gestigge?

Hampelmann. Um ze sehe wie Ihr mein Wein drinkt.

Thomas. Kän Ausflichte!

Fuchs. Ihr seid gepennd (gepfändet).

Hampelmann. Un Ihr seid Hallunke, die mein Frihstick fresse.

Thomas. He do, net geschennt — geantwort!

Hampelmann. Arwwer —

Fuchs. Hie sein kän Arwwer —

Hampelmann. Ich were doch frage derfe, wer Ihr seid?

Thomas. Er is net zum Froge do —

Fuchs. Halt, des giht mich an.

Hampelmann. Geht zum Deiwel!

Thomas. Reschpect vor der Orwwrigkeit — eich sein Feld-schiß hie — un hunn die Wacht irwwer des Obst.

Fuchs. Jo, des is er.

Hampelmann (steigt herunter). Un ich bitt mer mein Wein un mein Esse aus, dorirwwer hab' ich die Wacht.

Fuchs. Er is uff dem Eppelbaam gefunne worn.

Hampelmann. No! Was beweist des?

Thomas. Des beweist daß Ihr gern Eppel eßt.

Hampelmann. Gekochte, ja, — die sinn ja noch grin.

Fuchs. Noch emol, Ihr werd gepennd, den Rock aus!

Hampelmann. Ich will zum Schulz gefihrt sein, der soll die Sach unnersuche!

Thomas. Ihr habt Eppel strenze wolle.

Hampelmann. Ich will zum Herrn Schulz.

Fuchs. Eßt kän Flause! zum Schulz —

Hampelmann. So wahr ich Hampelmann häßs —

Fuchs. Was Hampelmann! Is er der Hampelmann — Paradeplatz Nr. 101.

Hampelmann. Ja, was soll's?

Fuchs. Do huun eich Ihren Hunn eingefange, der hot hie uff der herrschaftliche Jagb gejagt — Eich huun en dobscheeße wolle, etzt kenne S'en mit finf Gilde Straf auslese.

Hampelmann. Ach Gott — Mein Neroche — un jage — des is froh wann es net gejagt werd.

Fuchs. Des kenne mer schonb — es is e englischer Jagbhonb.

Hampelmann. Englisch mag er sein — awwer e Jagbhunb — er is von mitterlicher Seit e Pubbel un von vetterlicher Seit e Spiß.

Thomas. Alleweil sein mer am End — Reschpect — eich sein im Amt jetzt — Hut ab Herr Franforter — un Strof bezahlt for Obstfrevel.

Fuchs. Un finf Gilde forsch Jage.

Hampelmann. Ich zahl gar nix.

Fuchs. In Gehorsam*), ins Loch mit dem Kerl. (Pfeift — einige Bauern kommen.) Packt den Eppelfresser, fort mit em! (Sie führen Hampelmann fort.)

---

*) Gehorsam: Bauerngefängniß.

Verwandlung.

Drittes Bild.

— — -

(Die Bühne stellt das Boskett eines Wirthsgartens in Königstein vor — auf der Seite ein praktikables Mooshüttchen (Eremitage) mit einem Fenster nach dem Publikum vor. Man hört das Rufen der Gäste „Kellner hierher." Mehrere Kellner laufen mit Tellern, Servietten und Flaschen über das Theater. — Gäste folgen ihnen. Andere Gäste sitzen an Tischen, stehen oder gehen umher.)

Scene 15.

Rummel. Mad. Hampelmann.

Rummel (Madam Hampelmann am Arm). Kommen Sie schnell Madam!

Mad. Hampelmann. Ach Gott! Was mache Sie for Schritt. Mer meent, Sie hette Siwwemeilestiwwel an.

Rummel. Erlauben Sie, heute ist Nachkirchweihe hier, und wenn wir da nicht eilen, möchten wir leicht keinen Platz bekommen.

Mad. Hampelmann. Awwer mein Mann?

Rummel. Seyn Sie unbesorgt, der wird schon Freunde gefunden haben, die ihn hierher bringen. Die Straße wimmelt ja von Wagen. Er hat sich da mit dem Jäger und Feld-schützen ꝛc. gezankt. Er ist überhaupt ein kühner unternehmender Mann.

Mad. Hampelmann. s' is net möglich — Von der Seit hab' ich ihn gar nicht gekannt. — Awwer zanke, bes thut er, ob er gleich immer Unrecht hat.

Rummel. Sehn Sie her, Madame, das kühle Moos-hüttchen — das habe ich für unsere Gesellschaft gewonnen. Wenn

Sie sich indeſſen da aufhalten wollen, ſo werde ich mich nach den Jhrigen umſehen.

Mad. Hampelmann. Nein, ich will lieber nach dem Eſſe ſehe, des is mein Departement.

Rummel. Charmant, thun Sie das, ſchöne Frau! (Bei Seite:) Ei was Teufel! da kommt ja die Schlafmüze von Mann. Hat ſich alſo doch los gemacht. Nun wart, ich will ihm ſchon noch etwas anders anrichten. — (Laut:) Nun, Sie wiſſen ja ſelbſt was es in ſolchen Wirthshäuſern für Noth hat, etwas zu bekommen. Jhre Sorge, ſchöne Frau, wird daher nicht überflüßig ſein.

Mad. Hampelmann. En liewer charmanter junger Mann, dieſer Student, un vor alles wähs er gleich Rath und Daht. Jm Aegeblick hot er en Läderwage zu verſchaffe gewißt, der uns hieher gefahrn hat. (Ab nach der Seite, wo das Haus angenommen wird.)

Scene 16.

Zahm. Rummel ſpäter ein Kellner.

Rummel. Aha! kommſt du auch? Nun wie weit biſt du mit deiner Liebe?

Zahm. Ach Gott, ich hab es noch nicht gewagt —

Rummel. Nun, du machſt deinem Namen Ehre! Zahm biſt du wirklich ſehr. Jch opfere mich bei der Alten für dich auf, riskire alles Mögliche, wenn ſie Feuer fängt.

Zahm. Ach, die alte Frau!

Rummel. Den Teufel auch! altes Holz brennt am ſchnellſten. (Der Kellner geht mit einer Flaſche Wein über die Bühne.) He Kellner — wollen Sie mir wohl einen Gefallen thun?

Kellner. Ah! Herr Rummel — Gehorſamer Diener! Freilich, zehn für einen.

Rummel. Kennen Sie den baumwollen Waarenhändler Hampelmann?

Kellner. Warten Sie! — nein, ich glaube nicht.

Rummel. Sie werden ihn leicht erkennen, man sieht ihm den Krämer auf zehn Schritte an — Brauner Frack, auffallend weiße Weste, — schöner Hambacher Hut, Nankin-Hosen. —

Kellner. Nur nicht ängstlich, Herr Rummel, den will ich schon à faire nehmen.

Rummel. Nun hören Sie — dem geben Sie nichts zu essen, gar nichts — Verstehen Sie? ich möchte ihm gern einen Schabernack spielen. Es soll Ihr Schade nicht sein.

Kellner. Schon gut, schon gut. Schon um des Spaßes willen soll er nichts haben. (Läuft ab.) Gleich — gleich!

Rummel. Nun, das wäre auch abgemacht. Jetzt zur Donna! (Zu Zahm.) Mache du deine Sachen nur besser als bisher. (Rasch ab.)

––––––––––––––––

Scene 17.

Zahm, bald darauf Rosine, Louise, Jean Noé und Hampelmann.

Zahm. Ich weiß doch auch gar nicht was der immer von mir will. Ich bin doch nach allen Regeln des Anstandes ver=fahren. Aber Rosinchen muß doch auch einige Avancen — ach Gott — da kommt sie — aber ihr Onkel ist bei ihr. — Ich will doch lieber warten, bis sie allein ist. (Zieht sich ängstlich in den Hinter=grund zurück.)

(Rosine, Jean Noé, Louise und Hampelmann treten auf.)

Louise. Nä, so e Werthschaft hab ich noch kän gesehe.

Hampelmann. Ei ich wollt' sie wäre wo der Peffer wächst! Ich hab en arwer ääch dichtig den Text gelese — ich

hab vor mein fünf Gulde geredd — denn du wähst ich bin e
Deiwel — in meim Zorn. Apripo von Zorn ze redde, wo is
dann mein Frää?

Louiſe. Des mag Gott wiſſe, ich hab ſe nett mehr geſehe,
ſeit ſe mer ihren Barbeleh hat zum Trage gewwe.

Hampelmann. Ja mer miſſe ſe arwer doch uffſuche —
Was hilft des alles — Mer ſpiele heut ja ordentlich Verſteckelches
— Lowiſ' geb mer den Barbeleh, — un geh du un ſuch mit
der Roſine die Dante — da macht er euch noch e klän Motion
vor Diſch.

Louiſe. Ja, fehle mich Ihne. — Ich bin heunt ſchon genug geloffe.

Hampelmann. Des Eſſe ſchmeckt er dann um ſo beſſer,
Lowiſche!

Louiſe. O des werd mer aach ſo ſchon ſchmecke. Ich hab
heunt in dem Truwwel net emol e Frihſtick kriegt. — Der Schanneweh hat mer mein Butterrahm geſſe.

Hampelmann. No, nett raiſennirt!

Louiſe. Ich raiſennire nett, arwer mein Maage raiſennirt.

Hampelmann. No, ſo ſag ſ'em, er ſoll's Maul halte,
un buh ſe's dann ääch.

Louiſe. Ebt guck emol äns an. Wozu hab ich dann des
Maul, zum Halte wähs Gott nett. Nä, ſo e Dienſt!

Hampelmann (drohend). No! no!

Louiſe (bei Seite). No! no! dofor fercht mer ſich aach net.

Hampelmann. Ebt marſch! Wann Se wibberkimmt, da
werd geſſe.

Louiſe. No, ſo loſſe ich merſch gefalle. Komme Se, Mamſell!

(Beide ab mit Jean Roé; Zahm ihnen nach.)

———

Scene 18.

Hampelmann. Ein Kellner.

Hampelmann. Jetzt wolle mer emal an die Hauptsach denke, das Leib un Seel zusamme hält. (Ruft:) Heda, Kellner!

Kellner. Befehlen?

Hampelmann. Sage se emal, kenne Se mer nett so e Plätzi for mich Solo verrothe, — vielleicht in eme Stibche so —

Kellner. Ist alles besetzt.

Hampelmann. Do des Mooshittche ääch?

Kellner. Ein Herr und eine Dame.

Hampelmann. No, dann decke Se uns en Tisch im Saal.

Kellner. Kein Platz mehr frei!

Hampelmann. So? No so esse mer ewens im Garte — Decke Se uns selt en Disch.

Kellner. Es ist kein Tisch mehr frei.

Hampelmann. Der Deib=Henker! So esse mer uff Stihl, un setze uns ins grine Gras.

Kellner. Das Gras ist seit gestern abgemäht.

Hampelmann. Etzt sag ich nix mehr. Do setze mer uns dann in die Stoppele. — Was gibts dann ze esse?

Kellner. Es giebt gar nichts mehr.

Hampelmann. Was, gar nix mehr? No, des is emal ene scheene Speisanstalt.

Kellner. Ja, auf der Kirchweih und Sonntags ist es nicht anders! — Gleich! — Gleich! (Er läuft ab.)

Hampelmann. Net iwwel. Am End kriejt mer hier in Kenigstein Sonntags gar nix ze esse.

Ein anderer Kellner (mit einem Teller rasch vorüber laufend). Wer hat Welsch bestellt?

Hampelmann (nimmt den Teller). Ich. Nor her dermit — Ich wern mersch selbst an Ort und Stell trage. Sie, Freund, heere Se emal, kennt ich nit etwas Salat derzu bekomme? Wie? (Er hält den Teller in der Hand und sieht sich nach mehr um, während dessen kommt der Gast, für den der Welsch bestellt war, nimmt ihn stillschweigend Hampelmann aus der Hand und geht ab.) No! No! was sind dann das for Bosse — Dunn — Herr — was fällt Ihne ein? (Der Gast bleibt stehen und sieht ihn groß an.) Ich bitt Ihne, geniere Se sich borchaus nicht! (Indem er sich umwendet, läuft der erste Kellner mit einer gebratenen Ente auf der Schüssel vorbei und begießt Hampelmann mit der Brühe, indem er ruft:) Platz da, aufgepaßt!

Hampelmann. Sie, mache Se als bie Aäge uff, Sie verschwabble ja Ihne Ihr Soos!

Kellner. O sein Sie unbesorgt! ich habe noch mehr.

Hampelmann. Hol Sie der Henker mit Ihrem „Platz da." Des rieft mer als vorher, eh mer die Leut mit Soos beschitt! des sieht aus wie Brote=Sauçe. — (Er riecht am Aermel.) Ja richtig es is — von ere Gans obber ere Ent. So, Brate hätt' ich nu geroche. (Nimmt das Schnupftuch und wischt den Rock ab.)

Zweiter Kellner (kommt mit einem kleinen Teller voll Salat). Hier haben Sie den Salat, den Sie zum Welschenhahn bestellt haben.

Hampelmann. Scheen! aber ben Welsch hab ich ja net.

Zweiter Kellner. Aber ich hab ihn Ihnen doch gegeben. Vorher auch Forellen und eine Flasche Wein.

Hampelmann. Den Deiwel ääch! Ich hab nix kriet.

Zweiter Kellner. Haben Sie mir nicht gesagt, Sie hätten Welsch bestellt? der Herr, der Welsch bestellt hat, hat auch Wein und Forellen. Ich kann mir die Personen nicht so merken. Sie haben den Welsch genommen, also sind Sie's und müssen bezahlen. Macht fl. 1. 36 kr.

Hampelmann. Des leg mer uff! Bezahle was annere Leut esse!

8

Zweiter Kellner. Wenn Sie hier noch lange Umstände machen, so werde ich mich an die Polizei wenden. Verstehen Sie mich? Hier haben wir Nassauer Polizei.

Hampelmann. Schon gut! ich hab an der Frankforter genug. No, zum zweitemal will ich mich heut nett arretire lasse — ich zahl.

Zweiter Kellner (während er das Geld nimmt). Sie waren also heute schon einmal arretirt — auch nicht übel. Danke. (ab.)

Hampelmann. E infam Geschicht, des is wahr, so viel Pläsir hab ich lang net gehabt.

Scene 19.

Herr Hampelmann. Mad. Hampelmann. Rummel.

(Mad. Hampelmann von Rummel begleitet, erscheinen am Fenster des Mooshauses.)

Rummel. Ihre Familie ist nicht zu finden. Madam, ich dächte Sie äßen indeß.

Mad. Hampelmann. Ach Gott, ich muß wohl, denn ich komm um vor Hunger.

Hampelmann (putzt fortwährend an seinem Rockermel). Was werd mein arm Frää um mich in Angst sein, der Mann — is doch immer der Mann, und besonnersch so e Mann wie ich —

Rummel. Ja Madame, ich glaube, mein Freund liebt Ihre Nichte ernstlich, und hat die reinsten Absichten.

Mad. Hampelmann. Was se sage?

Rummel. Nach dem allen, was ich Ihnen von ihm sagte — müssen Sie mir jetzt erlauben, Ihnen sein Leid zu klagen und geradezu um Ihre Vorsprache zu bitten.

Mad. Hampelmann. No, etzt redde Se nor zu, un schitte Se Ihr Herz aus — sein Herz, wollt ich sage. Awwer esse Se auch, Lieber. (Rummel setzt seinen Stuhl neben den ihrigen nud spricht leise fort, während sie mit Appetit ißt.)

Hampelmann (immer noch am Rockermel putzend und riechend). Des is erschrecklich — Nein — erschrecklich, was die Soos riecht! En verfluchte Hunger haw ich ääch. — Es is egal — ich amisire mich doch — des Geld geht ähm aus em Sack, als wanns Fliggel hätt — schad ääch nix, ich amisir mich doch!

Ein Musikant. Ich bitt — wanns gefällig is, for die Musik.

Hampelmann. Packt Euch zum Deiwel, ich heer ja nix.

Musikant. Sie is awwer doch gleich do newe.

Hampelmann (unter der Tanzmusik, welche eine Gallopade spielt). Tä — do is — etzt laßt mer mein Ruh — merkwerdig — Ich amisir mich doch. Wo nor mein Frää etzt stickt, ob se mich wohl mit Fleiß nexe thut — doch wann ihr was zugestoße wär — Mein Schannewehche fehlt mer ääch — s'is um's Deiwels ze wern. Was Dunner, da in dem Mooshäusche sitze zwä Verliebte — richtig — deswege sollt' ich's net krieje. No, ich amisir mich hier — un die da drinn.

Rummel (zu Mad. Hampelmann). Trauen Sie den Versicherungen, die Herr Zahm Ihnen durch Freundes Mund giebt.

Hampelmann. Awwer seh' ich recht? — die hat ja e Kläd an wie mein Frää. — Wähs Gott, sie is es — mit dem verdammte Student. — Ei so soll ja der Dunner — denkst du vielleicht, ich deht mich amisire, wann du dich amisirscht — des is zu doll! Wart — du sollst sehe — was e gereizter angesehener Berjer mit Rücksicht uff Anstand ze duhn im Stand is. (Will wüthend ab.)

———— ————

Scene 20.

Kutscher. Hampelmann. Louise.

Kutscher (hält Hampelmann auf). Halt Landsmann! des geht hie nett mit Extrapost. Hie geht er mir net mehr dorch.

Hampelmann. Was is des widder for e Erscheinung?

Kutscher. Erscheinung? — Eßt guck emol — Er is selbst e Erscheinung.

Louise. Ja, ja, Herr Hampelmann! des is unser rechter Kutscher. Der anner kam mer gleich so verdächtig vor.

Hampelmann (sträubt sich).

Kutscher. O ho, ich halte fest! Arrwer ich kenn Ihne un die Madam aach. Ich will wisse, wo mein Wage un mein Perd sein?

Hampelmann. Wage? Perd? — Was gehn mich sein Perd an? Mir kaloppirt eßt was ganz annersch im Kopp erum, als wie sein Gäul. — Er hat uns ja net gefahre.

Kutscher. Ja, do leit ewens der Haas im Peffer, e Annerer hot ohne Weitersch mein Platz eingenomme, un der, der soll sich finne. Verstehn Se mich?

Hampelmann. No, so such' er'n sich.

Kutscher. Suche? des is sein Sach! Er muß mern schaffe.

Hampelmann. Was schaffe — ich schaffe —

Kutscher. Eßt Bester, hie werd mitgange, un be Freund suche helfe. (Er nimmt Hampelmann beim Kragen und führt ihn sträubend ab.)

———

Scene 2[1.

Zahm. Rosine. Jean Noé. Die Vorigen.

Jean Noé. Ach Musik, wie scheen.

Zahm. Ach Mademoiselle, darf ich so dreist sein, Sie nur um eine Tour dieser köstlichen Gallopade zu bitten?

Rosine. Ach, wann sich's schickt, meecht ich wohl — denn dieser Gallopade hab' ich noch nie widderstanne.

Louise. Ach ja Mamsell, danze Se, mer sinn jo hier alläns — ich danze mit dem Schanneweh.

(Zahm zieht seine Handschuhe an und will mit Rosine tanzen. — Rummel und Madame Hampelmann treten aus der Mooshütte.)

Mad. Hampelmann. Des gefällt mer net irrwel, also hier soll gedanzt wern?

Rummel. Nicht gezürnt schöne Frau, ich denke wir tanzten auch die himmlische Gallopade, sie schlägt alle gegenseitigen Explicationen nieder. Ist gefällig?

Mad. Hampelmann. No wanns nit annersch is — so wolle mersch mit einer restire. — Es ist ja Kerb

(Rummel und Mad. Hampelmann, Zahm und Rosine, Louise und Jean Noé tanzen die Gallopade.)

Scene 22.

Hampelmann (kommt aus dem Hintergrunde ganz erschöpft). Verfluchter Kutscher! behannelt mich wie en Gaul. Glicklicher Weis is des Juhrwerk widder gefunne. Es hats äner hergefahre. Kost mich ääch widder mein Geld. — Was wollt ich mache — ich amisir mich doch. A da werd sich 'ääch amisirt — net iwwel. (Er läuft zu Madame Hampelmann und Rummel, der immer mit ihr fort gallo-pirt. Hampelmann gollopirt nach und macht unter der Musik seiner Frau Vor-würfe.) O abscheulich Frää — bist be dann ganz des Deiwels! Un Sie Herr — wär ich nor noch emal 20 Jahr alt. — Un Sie Madame sinn wahrlich alt genug — un — so halte Se doch still. Ich gläb die Tarantel hat Sie gestoche — Sie infamer Mensch!

Erster Kellner. Der Mensch fängt ja überall Händel an — das ist ja ein wahrer Kratehler.

Hampelmann. Kratehler, davon hernach; erst will ich mit diesem Herrn e Wort spreche. (Rummel tanzt heftig fort.)

———

Scene 23.

Zweiter Kellner. Mehrere Gäste. Vorige.

Zweiter Kellner. Was machen Sie da?

Mehrere Gäste. He! was ist das für ein Lärm?

(Zahm und Rosine haben sich schon früher im Hintergrunde niedergelassen.)

Zweiter Kellner. Herr, was machen Sie hier?

Hampelmann. Des sehe Se ja —

Ein Gast. Das ist ja der, der mir meinen Welsch ge-nommen hat.

Hampelmann (sehr erfreut). Ach sind Sie des? Gut daß ich Sie treffe. Ich hab 1 fl. 36 kr. for Ihne ausgelegt.

Gast (sehr kalt). So, das ist gut! (Dreht ihm gleichgültig den Rücken. Während dem hat sich Madame Hampelmann auf die Bank bei Zahm und Rosine niedergesetzt, um wie man sagt, sich auszuschnaufen. Rummel kommt mit Louisen in den Vordergrund, gallopirt und stößt Hampelmann an.)

Hampelmann. Stoße laß ich mich noch net! (Schreit wüthend.) Verstehn Se mich!

Zweiter Kellner. Herr! menagiren Sie sich! Sie können noch zum drittenmal arretirt werden.

(Mehrere Gäste eilen hinzu.)

Hampelmann. Ich laß mich net stoße, am wenigstens von Ihne. (Schreit fürchterlich.) Verstehn Se mich.

Rummel. Donnerwetter! Gelassen Herr! Ist das Tusch —

Hampelmann. O Herr Student, vor Ihne fercht mer sich noch nicht. Sie solle hier net umsonst e Frankforter Berjer beleibigt hawwe — das sag ich Ihnen! Sie sinn noch der lang Mann — noch lang der Mann, wollt' ich sage, nicht derzu mich zu affenfirn.

Rummel (zu Hampelmann). Mais Monsieur voyez donc tout ce Monde, nous nous mettrons en spectacle.

Hampelmann. Ja, ja, Schpektakel genug! vous même Schpectacle che vous assire nous ferons la chosse dehors a un autre androit plus — (Kann nicht mehr weiter und schreit:) enfin Coquin!

Rummel. Was! Sie schimpfen?

Hampelmann. Lasse Se mich, ich bin ganz withend, ich wähs gar net was ich rebb. (Stampft mit dem Fuß.) Dunnerwetter! Ich winscht der Deiwel — (Mitten in der größten Wuth hält er plötzlich ein, hält die Hand in die Höhe und ruft:) Was Deiwel, es treppelt! Wahrhaftig mer krieje Rege —

Alle. Ach, es regnet!

(Alles läuft durcheinander; Musik. — Die Damen nehmen Tücher über den Kopf, die Gäste Schnupftücher über die Hüte. Rummel hat Hampelmann den Regenschirm aus der Hand genommen und geht mit Mad. Hampelmann; Zahm mit Rosine. — Als eben alles ab will:)

Jean Noé. Mutter, Mutter! nemm' mich ääch mit.

Mad. Hampelmann. Alleweil falle mer unser Kinner ein. — Wo is dann der Nero?

Rosine. Ich hab en im Gaarte lääfe sehn.

Alle. Nero, Nero! Bsws! Bsws! (Pfeifen.)

Mad. Hampelmann. Ach lieber Hampelmann, seh dich nach dem Hund um, ich schäme mich. (Sie hält das Tuch vor die Nase; ab.)

Hampelmann (allein). So! ezt lasse se mich all alläns — Wo der verflucht Hund nor steckt? — All'äns — ich amisir mich doch. — Alleweil erscht recht. (Ab.)

(Die Musik spielt fort bis zur Verwandlung und dem Auftritt Hampelmanns.)

Verwandlung.

Viertes Bild.

(Straße. Zur Rechten das Haus des Herrn Hampelmann. Ueber der Thüre sieht man auf dem Schilde die Inschrift „Peter Hampelmann, baumwollner Waarenhändler". Auf der andern Seite ein Haus mit einem Weißbinder-Gerüste, an dem eine Leiter steht. An den Häusern der Straße sind zum Theil die Ladenthüren geschlossen. Quer über die Straße eine Laterne.)

Scene 24.

Hampelmann (kommt, durchnäßt und schmutzig, nachdem mehrere Menschen mit Regenschirmen übers Theater gegangen sind). No, Gott sei Dank, endlich bin ich zu Haus! — E scheene Werthschaft! Mein Frää — ich wähs gar net was ich sage soll — is mer in dem Trubbel abhande komme. Awwer wohin? — Un ich — hätt wähs Gott von Kenigstein zu Fuß erein lääfe misse — wann ich mich net uff den gelbe Phaeton hinne druff gesetzt hätt. Wie mer dorch Heechst sein, komme so e paar — Heechster Buweschenkel un rufe — hinne druff! hinne druff! Der Kutscher hat ääch zwä bis dreimal mit der Peitsch gehäge. Glicklicher Weis' hat er des Neroche, den ich uff dem Arm hatt, getroffe; der lief im erste Schreck dervon. Etzt mußt ich ääch erunner — un lief em nach. Awwer zu meim Glick. — Da kam der Retter in der Noth — der Meenzer Eilwage — der Ferscht Thorn und Taxis soll lewe! — Der Conducteer kennt mich — es war so e langer — der seegt gut for mich im Rahmhof — denn ich hatt kän Kreuzer Geld mehr. (Er besieht sich.) Ach mein scheene Hose — die hawwe

ezt die wahre Modefarb — un mein Hut, des muß e Wasser=
dichter sein. (Er biegt ihn zusammen.) O ja, des Wasser is dichtig
dorchgeloffe. Ich wern e scheene Schnuppe krieje. Ich merk's
schonb, ich hab e ganz kalt Naas — wie mein Neroche — un
mein Kopp brennt wie Feier. — Treiloses Weib — du denkst
vielleicht — ich wersch mache wie der un der, un mer mir nix
dir nix alles gefalle lasse. — Ja wart nor! Weil dann alles
heut der Quer geht, so will ich der ääch emal en Riggel vor=
schieme, un dich wenigstens e paar Stunn lang dorchwässern
losse — wie in der Comedie in der gebesserte Aegesinnige —
e scheen Oper — gefällt awwer net mehr. Du sollst vor der
Dier waarte, ich leg mich ins Bett — (Er sucht nach seinem Haus-
schlüssel.) No — wo hab ich — dann? — — No — des wer
scheen — Ei, so wollt ich doch, daß — — Hei! den hat mein
Frää in ihrem Retekil — was nu? Halt, dort kimmt Jemand! —
Wenn sie's wär mit ihr'm Courmächer, ich will mich do unner
dem Herrn Eppelmeier sein Iwwerhang*) stelle, da kann ich alles
sehe un heere. — E scheen Sach — die Iwwerhäng — schad,
daß des Bauamt kän Geschmack mehr dran find! Die Herrn
sollte nor emal so im Rege stehn. (Er stellt sich unter den Ueberhang in
der ersten Coulisse.) Oho, der Kennel rennt, leeft mer des Wasser
in die Ank — des muß ich dem Herrn Eppelmeier morje des
Dags ze wisse duhn ze losse, so was is än Berjer dem annern
schulbig. — Ich bin also werklich aus dem Rege in die Trääf
komme.

*) Ueberhang, oberer Vorbau eines Hauses, starke Auslabung der oberen
Stockwerke.

Scene 25.

Hampelmann (unter dem Ueberhang). **Zahm, Rosine.** (Sie haben
einen Regenschirm. Zahm führt Rosine).

Rosine. Endlich sind wir da — wie Sie arwer ääch laafe! —

Zahm. Wir wollen hier auf Ihre Tante warten.

Hampelmann. Rossinche — uffgepaßt!

Zahm (stellt sich mit Rosine im Vordergrund unter den Regenschirm).
Ach, mein Fräulein, ich weiß nicht, ob die Dunkelheit unserer
Straßenbeleuchtung mir diese Dreistigkeit giebt, die ich am Tage
niemals gehabt hätte. Wenn man sich mit dem Gegenstand
seiner Liebe unter einem Dache befindet, durch die Macht der
Verhältnisse und den Regen eng an einander geschlossen. (Er
drückt sich an sie).

Rosine. Wenn Sie nicht uffheere, Herr Zahm, so muß
ich mich entferne, um Ihne zu zeige, daß Sie sich in mir irre.

Zahm. Nein mein Fräulein, gewiß nicht, denn es regnet
gar zu sehr. Warum soll ich Ihnen mein Gefühl länger ver=
bergen? Rummel hat im Mooshüttchen bei Ihrer Tante für
mich gesprochen, so daß sie uns ihre Hülfe zugesagt hat.

Hampelmann. So — also des war's? No — (Er wischt
sich den Schweiß von der Stirn.) No, das ist mer lieb — sehr lieb.
Des Meedche braucht en Mann. — (Laut:) Heda, junger Herr!
Es freit mich ausnehmend —

Rosine. Ach Gott! mein Onkel! fort! fort! (Zahm läuft
rasch ab und läßt Rosine stehen, diese folgt ihm.)

Scene 26.

Hampelmann (läuft einige Schritte nach). He da Rossinche, Rossinche! — Sie — Bst — Musje Joli — Musje Liebhaber! (Kehrt um.) Sie heere net, ich hab' se verscheucht. Ja, ja, des Medche is so schüchtern wie e Rehche! — (Mit Selbstgefühl.) No, sie is in em gute Haus erzoge. Also die Geschicht in dem verfluchte Mooshüttche war kän Liebesabentheuer meiner Frää. Buff! des is mer in der That sehr angenehm. Des hab' ich jetzt eweck, wann mer emol 25 Jahr verheirath is, so derf mer sein Frää net mehr im Verdacht hawwe, da is es vorbei! Etzt muß ich awwer doch emal speculire — wie ich in des Haus komme — die Dier is Pickelfest zu. Des wär also emal nix — dorchs Fenster? Halt, da hawwe die Weisbenner e Leiter stehn lasse (Er setzt die Leiter ans Fenster.) No mer wolles riskire — den Weg hab' ich lang net gemacht — außer in meim Lade — ganz owe zum Bafel. (Er steigt hinauf.) Wähs Gott — ich muß mich gut ausnemme — wie e beglickter Liebhawer oder der Belmonte in der Entführung aus dem Serail. — Ich wern ohne weiters e Scheib einschlage un dann des Fenster uffmache — So gehts. (Er ist oben und schlägt die Scheiben ein.) Alle Dunn — jetzt sind die Läde zu. — Mein Frää hot se heunt Morjend noch selbst zugemacht — ganz recht. — Sunntags des is so e Dag zum Einbreche. — Mein Frää denkt an alles — 's is e Raretät von ere Frää — awwer was hilfts — ich kann jetzt unner freiem Himmel schlafe — des war doch sonst e scheen Einrichtung mit dene Jobwächter=Häuserche*) oder dem Offezier uff der Hauptwacht. Noch en Versuch! (Er schlägt mehrere Male an die Laden, um sie aufzumachen.)

Ein Nachbar (erscheint am Fenster eines Hauses). Was is dann des for e Cravall — Wer amüsirt sich dann do, be Leit die Scheiwe einzeschlage?

---

*) Jobwächter wurden früher die Nachtwächter genannt.

Hampelmann (auf der Leiter). — E ruhiger Berjer — der nach Haus kimmt un sich gar net amisirt.

Nachbar (hält ein Licht heraus). Do will jo äner in's Hampel= manns einbreche. Halt den Dieb!

Hampelmann. No, no, langsam — wann ich Ihne sage ich bins, Johann Peter Hampelmann.

Mehrere Nachbarn an den Fenstern. Was e Dieb — Dieb!! — Ins Hampelmanns is eingebroche! —

Hampelmann. Ach Gott was muß e Hausvatter net alles erlewe. (Er steigt von der Leiter und fällt beinah). Was, bo kommt die Patroll — soll ich mich schon wibber arretire lasse? Nän, fort, fort! (Er läuft ab.)

Scene 27.

Die Nachbarn kommen alle in ihren Nachtanzügen aus ihren Häusern mit Leuchtern und Stöcken, Waffen zc. in den Händen. Die Patrouille verfolgt Hampelmann.

Mad. Hampelmann, Rummel, Louise, Jean Noé, Zahm, Rosine.

Mad. Hampelmann. Was is dann da for e Lerme — Brennts in der Nachbarschaft?

Erster Nachbar. Ach, Sie sind's Madam Hampelmann — sehr angenehm! Sehn Se, so gehts, wann mer so spät nach Haus kimmt.

Mad. Hampelmann. Was giebt denn das Ihne an? —

Erster Nachbar. Mich gibts net so viel an als Ihne. Bei Ihne is eingebroche worn —

Mad Hampelmann. Ach Herr Jemine! — Eingebroche?

Erster Nachbar. Do, gucke Se, bo steht noch die Läder. — Sie sinn dorchs Fenster. Wenigstens e Band von dreißig Mann. Wie mer komme sinn, sinn se dorch die Lappe gange.

Rummel. Wohin?

Mehrere Nachbarn (zeigen nach der Seite wo Hampelmann hinlief). Da hinaus!

Rummel. Ich — will gleich sehen! (ab.)

Zahm (zu Madam Hampelmann). Beruhigen Sie sich, Madame, ich bleibe bei Ihnen.

Mad. Hampelmann. Ach Gott! Nä — des Unglück. Wähs Gott, wenns nett uff der Gaß wär, ich deht in Ohnmacht falle. Lowis' — geh du bererscht ins Haus — un guck unner meim Bett nach — ob sich käner versteckelt hat —

Louise. Des läg mer uff, Madame — ich wär jo des Tods — wann mich äner anpacke däht.

Mad. Hampelmann. So sinn die Dienstbotte heut zu Tag — sie verbinge sich vor alles — un hawwe net so viel Anhänglichkeit for ihr Herrschaft.

Louise. Alles nach dem Lohn — Ich hab nor Anhänglichkeit vor Sechs un dreißig Gulde.

***

Scene 28.

Die Vorigen. Rummel. Hampelmann.

Die Patrouille welche Hampelmann begleitet.

Rummel. Sie bringen ihn — sie bringen ihn!

Louise. Aha — die Badroll — do bringe se'n.

Rummel. Vorwärts — Kerl! laß dich einmal bei Licht betrachten.

(Alle umringen Hampelmann. Die Nachbarn halten ihm ihre Lichter unter die Nase.)

Alle. Wer? Herr Hampelmann?

Jean Noé. Ach, der Vatter ist der Spitzbub?

Mad. Hampelmann. Ach du armer Mann! Er is dorch un dorch naß.

Hampelmann. Ja — was hab ich awwer ääch alles ausgestanne — Des war e scheen Landbarbieh. Junger Mann, ich wähß schon was Sie wolle — Ihre Artigkeit un Gefälligkeit — —

Rummel und Zahm. O — Herr Hampelmann!

Hampelmann. Un weil Sie da mein Nicht so scheen heim begleit hawwe, so kenne Se Morje bei uns Kaffee drinke — da werd sich des Weitere finne.

Zahm (mit Pathos). Herr Hampelmann — meine Gefühle —

Hampelmann. No — lasse Se nor die Gefühle jetz ruhe —

Rummel. Wann ist die Hochzeit? Die muß in Königstein gehalten werden.

Hampelmann. Nix do — hier in Frankfort e bestellt Mittagesse im Pavillon uff der Mainlust. Zwanzig Couwertts. (Zu den Nachbarn.) Sie sinn heeflichst eingelade.

Alle. Gehorsamer Diener!

Hampelmann. Jetzt awwer ins Bett, liewe Kinner! ich spier kän Arm un Bän.

Louise. Es is awwer aach net alle Tag Sunntag.

Hampelmann. Des is ääch mein einziger Trost. Drei so Däg, un ich wär dot!

Herr Hampelmann

im

Eilwagen.

Hampelmanniade in sechs Bildern.

Personen.

Herr Hampelmann, wollner und baumwollner Waarenhändler.
Madame Hampelmann, seine Frau.
Victorine Keller, Ladenjungfer bei Hampelmann.
Herr Keller, Handelsmann in Nürnberg.
Herr Servatius, Accessist aus Darmstadt.
Mr. Teabox, ein reisender Engländer.
Mayer Hirsch Langeselbold.
Mousseux, Reisender eines Handlungshauses in Epernay.
Madame Fleiß, Putzmacherin.
Madame Boa, Modehändlerin.
Catharine Blum, eine Amme.
Mautheinnehmer.
Gastwirth.
Polizeibeamter.
Höflich, Post=Conducteur.
Matthes, Wagenmeister.
Ein Straßenräuber.
Kellner.
Magd.
Mauthbeamte.
Mehrere Reisende.
Bürger und Bürgerinnen.

Erstes Bild.

(Ein Theil des Posthofes, etwa der Pack-Schuppen, hinten mit gemalten Eilwägen verstellt, so daß durch die Mitte der practikable Eilwagen, jedoch ohne die Pferde, sichtbar bleibt. Rechts, das Postbureau. Links im Hintergrunde ein Eingang, durch welchen die auftretenden Personen kommen *).

Scene I.

Matthes und andere Postknechte oder Packer sind mit dem Schmieren und Packen des Wagens beschäftigt, sie haben solches eben beendigt.

Höflich kommt aus dem Bureau.

Höflich (mit seiner Liste in der Hand). No Matthes, seid Ihr fertig?

Matthes. Geschmiert wärsch. Etzt bauts aach ritsche. — Wer gaut schmiert, fährt aach gaut. Der Dunner un der Deiwel, es geht arrwer stark mit Räsende.

Höflich. Alles rähßt jetzt — Schneider, Schuster, Schlosser un Schmidt, der Deiwel un sein Großmutter! Warum? — weils geschwind geht. Etzt net uffgehalte. Is des Passagiergut all im Wage?

*) Bei den Aufführungen in Frankfurt steht ziemlich im Vordergrund ein practikabler, täuschend nachgeahmter Eilwagen, welcher auf der Bühne mit 4 Postpferden bespannt und nachdem alle Passagiere eingestiegen, von dem Postillon im Trabe abgefahren wird.

9*

Matthes. Des wolle mer botzwitt brinn hun; do ist dem Jud sein Bakasch. — Viel Jrwerfracht. — Selt steht der Kuffer von dem Darmstädter, der mit dem Brief=Postcourir kimmt. — Do is e Kist von der Perschon im Coupé Nro. 7, ich glab es is e Säägamm. Ihrn Barbeleh lege mer derzu.

Höflich. Wo sinn denn der Madam Fleiß ihr Schachtle?

Matthes. Do im Wasch —

Höflich. Un ihr Botell mit kalte Kaffe?

Matthes. Die stickt in der Seitetasch. (Ein Ränzchen in den Wagen legend.) Do is aach der Jungfer Keller aus des Hampel= manns ihr Sach — klän genug.

Höflich. Natirlich, es ich aach e klän nieblich Person. Sie mecht zu ihrem Unkel Keller nach Nernberg; des is e sehr reicher un braver Mann. Mir gedenkts noch, wie er als Meßfremder hie am Gääßpertche gestanne hot. Ich hab manche kläne Thaler uff bene Postwäge von ihm kriet, un daß ich em versproche hab uff sein Nicht acht ze gewwe, des geschieht aach net umsonst. — So oft ich nach Nernberg komme, besuche ich en — — Er war sehr krank, wie ich des Letztemol bei ihm war.

Matthes. Do werd bie Mamsel grad recht zur Erbschaft komme.

Höflich. Die werd net bitter sein. Do im Wage sinn noch zerka fl. 10,000 an sein Abreß — des gäb schonb e scheen Haussteuer.

Mattthes. Ich megt der Hochzeiter sein; — bo sinn aach bie Pistole von bem französche Räsenbe und sein Nachtsack. — Kän Kuffer hot er biesmol net bei sich. —

Höflich. Ah! bes is ber Courmacher von ber Mamsell Keller — ich hab en als oft im Labe angetroffe. Des is e verfluchter Kerl — ber war emol französcher Offizier — un is noch Rabbebehn von ber Akional=Garbe in Strasborg. Also ber geht mit — Sie wern sich arwer gewaltig schneibe, Herr Straßborger, wann se vielleicht meene bo im Eilwage bo kennt merr — Wer hot dann d e m wibber gestedt, daß des scheene Meedge nach Nernberg geht.

Matthes. So Räsende komme ewens irwerall erum, und erfahre alles. — Der Hampelmann mecht aach met. Er brengt sein Bagafchi selber met.

Höflich. Dem werds emol wibber net preffire, do bab= belt er irwerall und verspät sich gewiß. Und dann — (dem Hampel= mann nachspottend:) Ich amesir mich doch! ha! ha! ha!

Matthes. Un doch hot er e Maul iwer alles. — Arwer spendire duht er —

Höflich. Ah! Wann mer be Wolf nennt, do kimmt er gerennt.

Matthes. Der Amisirer — ha! ha! ha!

———————

Scene 2.

Die Vorigen. Hampelmann (in Reiselleidern, zwei kleine Schachteln tragend).

Hampelmann. Felemichihne, Herr Heflich — Hawwe mer von Ihne des Vergnige — des fräät mich — bis Nern= berg? dorchaus? frät mich — so e scharmanter Mann. — Netwohr do bin ich uff die Minut, e halb Stunn vorm Abgang. (Bietet ihm eine Prise Tabak an.)

Höflich. Was wahr is, deß muß wahr sein. Arwer, wo sinn denn Ihne Ihr Siwwesache, denn so wern Se doch net räse — Gewiß noch net alles gepackt?

Hampelmann. Alles. Mein Frää hot gepackt, un die verstehts. Wann se sich als nor manchmol selbst packe deht.

Höflich. Ei, ei! Herr Hampelmann!

Hampelmann. Sie wollt wähs Gott mit fahre — Nor bis Afchaffeborg; no es is so e Sach — des Schanowehche is do in Penſion, un dann hot ſe aach do en Vetter, der war ze primatiſche Zeite großherzoglich-frankfortiſcher Hofpitſchierſtecher in Frankfort. — Mit knapper Noth hab ich die Sach hinnertriwwe.

Höflich. No, ſo wie ich die Ehr hab' die Fraa Liebſte ze kenne, ſo kann ich mer denke, daß Se en harte Stand gehabt hawwe. Mir kimmts als eſo vor, als mißt alles nach ihrem Kopp gehe.

Hampelmann. Nach ihrem Kopp? Mit Nichte, erlawe Se, nach meim Kopp! Heut erſt hot ſe mer im Zorn e Milch-brebche vom ehrſchte Gebad an Kopp geworfe — warum? blos weils net vom Zwette war.

Höflich. No, beß muß mer net ſo genau nemme. Die Weiber duhn oft ebbes un wiſſe net warum, wann ſe e biſſi lebhaft wern.

Hampelmann. Ja, ich loß merſch gefalle, wann ähns lebhaft is, e ſcheen Sach die Lebhaftigkeit — awwer Milchbreder-cher an Kopp werfe — ich loſſe merſch gefalle — ſo bei eme Kolleg-Eſſe, an ere Tafel, mit Frauenzimmer ſich mit Brob-kichelcher werfe — awwer ganze Milchbrederchern — tête à tête, vis à vis — Ich hab er doch e Naas gedreht, denn ich kann ſe bei der Rähs net gebrauche. Es is ſo e Vergnigungsrähs, fors Amiſement, die mer awwer newebei noch die Rähsſpeeſe ein-bringe ſoll.

Höflich. So?

Hampelmann. Ja, ich hab en alte gute Freund in Nern-berg, e ehemaliger Meßfremder; mer kenne uns von Jugend uff bann mer hawwe in Bawehauſe die Hannelung mit enanner ge-lernt; der will mich, wann er in die anner Welt geht, zum Vor-mund irrwer erjend e Nicht, e ſcheenes junges Frauenzimmer mache, un mer die Beſorgung aller ſeiner hieſigen Ausſtände und Realiſirung der verſchiedenen Inſäß — et caetra, Frankforter Obligationen et caetra übertrage. — Er ſchreibt mer, er wär krank un hätt drei Doctor — un ewe deswege denk ich, es wär Zeit.

Höflich. Was hawwe Ihne dann die Dokter gedahn?

Hampelmann. Apropos, wie is es — hawwe mer ääch scheen Gesellschaft im Wage?

Höflich. So allerlei, awwer scheene Leut.

Hampelmann. Des is so was for mich, so hab ichs gern, Rääfleut, Schauspieler, Engelänner, so alles borchenanner; nor kän alte Weimer.

Höflich. Mer krieje aach recht scheene Frauenzimmer.

Hampelmann. Frauenzimmer? do bin ich nun ganz der Mann derfor. Mer rähßt noch emol so angenehm mit Frauen= zimmer — un mer amifirt sich immer; sie hawwe immer ebbes ze froge, und ich hab immer ebbes ze antworte. — — Was is des for e Fluß? Wie häßt die alt Ritterborg do owe? Sinn mer vielleicht jetzt im Baierische obber im Wertembergische? — Ich bin in der Welt herumkomme — ich wähs alles, kann uff alles Redd und Antwort gewwe. Un wann mer so e Weilche gefahre is, bo geht's en Berg enuff, bo kracht so der Wage, (er ahmt es nach) Krick! krack! — bo werd als e Schlefche gemacht — die Engel= chern wolle der dann ääch schloofe. Als e galanter Mann, loß ich se ihr Repperchern uff mein Schulter lege. — Uff ähnmol fährt der Wage immer en Stän. Hupp! bo kreische se: „Ach! um Gotteswille!" bo hält mer se dann um be Leib fest — so — (Er faßt Höflich um den Leib).

Höflich. No, no! langsam.

Hampelmann. So arg zwar net, awwer doch fest, un bes amifirt mich keniglich. Sehn Se, bo fällt mer e Geschicht ein, die mer emol Anno 1811, uff bene alte Postwäge bassirt is — bamals gab's die scheene Eilwäge noch net — des war e verflucht Fahrerei — Zwä Tag von hier bis Fribborg unner= wegs — un als Ochse vorgespannt — borch den Lähme in der Wetterau. Ich hab bamals noch als en Spaß gemacht. Ich hab mer als e Gebund Feddern aus Uhz unner des Kisse gelegt, damit ich doch fage konnt, ich hab uff Febbern gefoße. — Alfo uff die Gefchicht ze komme —

Höflich. Ich wähs fchon. —

Hampelmann. No des Stickelche miffe Se noch here. Ich fuhr der Ihne damals emol nach Marrborg, mit fo eme Poftwage und hat Ihne mein Neroche bei mer; des war e damalig Hindelche von mer, no ich hab immer fo Hindelcher, wiffe Se, die ganze Stadt kennt ja mein Hindelche. — Die Rähs=Gefellfchaft, es war fo allerhand dorchenanner wie Corianner, fo Crebi und Plebi — die hatte en Pik uff des Viehche gehat un wolltes net im Wage leibe. — Alfo kams owe enuff ins Korblebber. — Gott wähs wies zuging; wie mer ewens dorch Langegens komme, werds em fchwinnelich, es fällt erunner un grad in e Mähn voll Taig, die nach der dortige Mode in das Gemeinde=Backhaus getrage werde follt. Des gab der Ihne e Gekreifch; alles lääft dem Poftwage nach, un wie mer an der Poft umfpanne, fo brenne fe des Neroche daher in dem Täig — grad wie e ungebackener Eppelranze hats ausgefehe. — Was warfch? Sechs Baße for des Neroche abzewefche. En Gulde for ben Täig, facit 1 fl. 24 Kr. So viel wähs ich, in dem Kuche, der aus dem Täig gebacke worde is, werd mancher e Hoor brinn gefunne hawwe.

Höflich. Awwer fo loffe Se eßt doch des Verzehle fein, un mache Se, daß Ihr Bagage herkimmt. Dann uff ähmol werd angefpannt fein, und der Herr Hampelmann werd fehle. Ich höre fchon den Poftillon uff der Zeil blofe. (Pofthorn in der Fern.)

Hampelmann. No! des wär net bitter. Ich geh! Sie wern emol fehe, Herr Conducteur, wie ich den ganze Eilwage amefire wern. So e Rähs mecht ähm um 20 Johr jinger. Do fällt mer jetzt e Gefchicht ein, die mer in be breizehner und verzehner Johr —

Höflich. Ei, fo gehn Se doch!

Hampelmann. Gleich! Gleich! So werds doch net pressire. No ich verzehls Ihne uff en annermol. (Gibt ihm zwei Schachteln — sehr eilig:) Da, da brenge Se mer die zwä Schächtelcher noch in die Seitetasch, obber ins Fillet unner. Mer kann net wisse, was uff der Rähs vorgeht. Do des ähn — des is so mein klän Feldappethek — Uff ähnmol werd ähns unpäßlich — do probuzier ich mein Appethek, e bissi Himberessig, Hofmännische Troppe, un von dem einzige Nettare di Napoli, wo die Leut dervon gesund wern, wann se's nor in der Zeitung lese. En Leffel hab ich ääch. Werb's ähm immel im Jahre — eraus dermit — (macht die Pantomine des Einnehmens) und wupp dich! enunner mit. Abies einstweile — den Aägeblick bin ich wibber do — un dann vorwärts Postillon. (Ab.)

Höflich (nachrufend). Verspäte Se sich net, Herr Hampelmann — denn es werd uff Niemand gewart. — Ah do kimmt ja des lieb klän Medche, uff die ich acht gebe soll. Arwer e bös Zäche, der Voyageur kimmt aach mit. Weil se mir anvertraut is, so wern ich se nicht aus be Aage verliere.

———

Scene 3.

Mousseux, dann Victorine, Höflich, der auf dem Wagen sein Gepäck ordnet.

Mousseux. Aber liebe Victorine —

Victorine. Das ist sehr unrecht von Ihnen, Herr Mousseux.

Mousseux. Gesagt, gethan; dabei bleibts, und alles was Sie auch dagegen einwenden mögen, bedeutet bei mir nichts.

Victorine. Aber bedenken Sie doch —

Mousseux. Bedenken, ma foi! das that ich nie; gesagt, gethan. — Sie sind jung, ich bin nicht alt, Sie sind anziehend, ich bin angezogen, Sie find liebenswürbig unb ich liebe Sie, unb folge Ihnen so lange meine Börse reicht — unb — so weit als Champagner getrunfen wirb — bas heißt, burch bie halbe Welt.

Victorine. Aber wenn auch — wozu fann bas führen? Sie finb noch nicht Ihr eigner Herr, Sie finb an Ihre Principale gebunben, unb ich hänge von meinem Onfel ab. — Vor Kurzem schrieb er mir, baß er sehr franf sei, unb mich zur Erbin seines Vermögens einsetzen wolle, boch wünschte er mich vor seinem Hinscheiben noch zu sehen.

Mousseur. Der brave Mann! benft er balb bie Reise in jene Welt anzutreten?

Victorine. Ich fonnte seinem Wunsche nicht wiber= stehen —

Mousseur. Unb ich nicht bem Drange meines Herzens Sie zu begleiten.

Victorine. Wer weiß, ob Sie es auch ernstlich meinen, Sie — ein Champagner=Reisenber? Bei Ihnen heißt es vielleicht auch, „ein anbres Stäbtchen, ein anbres Mäbchen."

Mousseur. Grausame Freundin! Sie greifen sehr bis= harmonisch in bie Saiten meines liebevollen Gemüths. Ein Champagner=Reisenber fann seine Schwächen haben; aber fann er barum nicht zärtlich lieben. Wir Franzosen stubiren jetzt bie beutsche Philosophie — wir lernen auch beutsch treu sein — unb bin ich benn nicht eigentlich ein Teutscher?

Victorine. Still, still! Wollen Sie meine Achtung, unb mein Vertrauen sich erwerben, unb soll ich in Ihre Aufrichtig= feit feinen Zweifel setzen, so beweisen Sie es nur baburch, baß Sie es mir nie mehr sagen.

Mousseur. Liebenswürbige Victorine! Sie wollen es, es sei. Ich will mein Gefühl gewaltsam unterbrücken, unb sollt ich baran ersticken — Aber ich ruhe nicht, bis Sie mir Ihre schöne Hanb reichen, unb wir burch bie Dornenpfabe unb Labyrinthe des Brautstandes, und endlich in den dritten Himmel der Ehe gelangen. (Halb bei Seite:) Donnerwetter! das war schön gesagt.

Victorine. Aber warum wollen Sie mich denn durchaus begleiten?

Mousseux. Ich will mich dem alten Herrn vorstellen, er soll mich sehen, und sich überzeugen, daß ich mit meinen zahllosen Bekanntschaften (bei Seite) und mit seinem Gelde, ein Geschäft zu gründen, im Stande bin — und dann — bedenken Sie — ein schönes junges Mädchen allein auf der Reise, im Eilwagen, welchen Gefahren ist sie nicht ausgesetzt.

Victorine. Still mein Herr, davor schützt mich meine Tugend.

Mousseux. Item, es kann nichts schaden, wenn die Tugend noch einen Helfershelfer hat.

Scene 4.

Die Vorigen. Mr. Teabox (ist schon während den letzten Reden ins Postbureau gegangen, aus welchem er nun wieder auftritt. Er ist mit Podagra geplagt, sein Anzug ist originell, in der einen Hand hält er den Postschein, in der andern ein Buch).

Teabox (ohne alle Höflichkeitsbezeugungen hart an Mousseux antretend). Mein Herr, machen Sie mir eine Explicäschen, ich habe gewollen einen Platz nach Würzburg für zwölf Gulden, und man will mir geben nur für acht Gulden. Ich will für zwölf, nicht anders als wie in mein Book gedruckt. Der Postoffice sagen, es seyen ein Druckfehler — und ich will reisen wie ist in England für die tour on the Continent bestimmt.

Mousseux (bei Seite). Sonderbarer Kauz. (Laut:) Dem Uebel kann schnell abgeholfen werden, wenn Sie die Differenz dem braven Mann da (auf Höflich zeigend) zahlen.

Teabox. Well — Conducteur, wollen Sie die vier Gulden annehmen, damit ich kann strictly reisen nach dem Poketbook für Zwölf Gulden.

Höflich (sieht ihn groß an). Warum nicht?

Teabox (giebt ihm das Geld). Nun so sorgen Sie auch daß ich haben einen guten vis-à-vis, vielleicht dies schöne Frauenzimmer. (Lorgnirt Victorinen.) Ah! Sie gefallen mir sehr gut.

Mousseur (dem nach dem Wagen gehenden Höflich einen derben Schlag auf die Schulter gebend). He! Herr Conducteur!

Höflich (erschrocken umsehend, und sich die Achsel reibend). Donnerwetter! Was wolle Se?

Mousseur. Wo sind meine Pistolen?

Höflich. Im Wagen, Herr Mousseur. Kinftig wern sich so Späß verbitt!

Teabox (nähert sich Victorinen). Reisen Sie auch mit, schöne Miß?

Mousseur (der wieder hinzutritt). Ja wohl! Geht Sie das etwas an? Sie Herr Englischmann.

Teabox. No, No, durchaus nicht.

Victorine (zu Mousseur). Ums Himmelswillen, fangen Sie keinen Streit an.

Mousseur. Ich wollte Ihnen nur zeigen, daß ich Sie beschützen kann, wenn ich will.

Teabox. O, I beg your pardon, der Herr hat die Ehre von Ihnen Bekanntschaft. O ich versichre Sie, daß ich will nicht anfangen Dispute.

Scene 5.

Vorige. Servatius tritt eilig ein. **Catharine.**

Servatius (läßt durchweg kein R hören). Da teff ich ja e chamant Eisgesellschaft, weit besse, als im Bief=Post=Cuie, be mich von Damstabt he gebracht hat.

Catharine. Ach! Herr Servatius — Sein Sie do? wo geht dann die Rähs hin?

Servatius (herablassend). Sich emol an, Cathe=ine — des is scheen von ih — Ich hab gement, sie wä imwe alle Bege — Wohin?

Catharine. Ich geh wibber nach Seeligenstabt zu meine Eltern — (seufzt) ich hab genug an Darmstadt.

Servatius. Des glab ich wohl, — Du ame Wum! (Zu den Reisenden:) Ich feie mich seh, in so scheene Gesellschaft zu fahe — Seh angenehm.

Mousseux. Aha! Herr Regierungsrath.

Servatius. Egieungs=Accessist, wenn ich bitten daf.

Mousseux. Nun, Herr Accessist, wenn Sie so wollen — Kennen Sie mich nicht mehr?

Servatius. Ei, Herr Mousseux, sehr efeut.

Mousseux. Nun, wie ist es Ihnen ergangen, seitdem wir uns nicht sahen; ich glaube in Gießen wars das Letztemal, da kosteten Sie meinen Champagner.

Servatius. So, so; — Seitdem ich als Accessist auf der Egieung baltizi(r)e, un die Spezial=Confeenze mache, liebe Himmel, nit zum Beste. Es hat sich viel veännet, die Accidenzien sind eingegangen. Zuest die Dintefäffe, un Febbemesse, un späte die Robbel*) Gott, wann ein Accessist blos uff sein Salaium rebuziet is, da ist es schlimm.

---

*) Binbsaben.

Mousseur. Sie wollen sich wahrscheinlich um eine andere Stelle umsehen?

Servatius. So ag is es nicht; die Besogung könnte feilich besse sein. Abe die Arrweit is doch im Justizfach, un auch nicht zu viel. Man beeitet sich ganz bequem zum Staats= dienst voh. Feilich, es gibt noch ga zu viel Accessiste, un wie lang bauets, bis me gut vesogt is.

Mousseur. Nun, einem Mann wie Sie —

Servatius. Ach Gottche! die letzt gohs Oganisation hat seh viel Hoffnunge danibbe geschmettet. Vom Assesse rrebe is ga kein [R]eb. — Die Besogung als Assesse is seh gut.

Mousseur (bei Seite). Daß Du mit deiner Besogung! — (Zu Servatius:) Apropos, wie stehts in Darmstadt? immer lustig — ein angenehmer Ort. Wenn nur die Gegend —

Servatius. Ah! die Gegend hat sich auch veschenet. Gott was e scheen Efindung die Ludwigshöh, die Aussicht is subbeb, subbeb! Ohne sichs zu vesehn, bemett me buchs Gebüsch Häuse un en Tempel. Die Aussicht wib da noch subbebe; Fankfut könnt me sehn, wanns nicht so tief läg; arve me sieht die Begitaß bis Speie, wo sonst das Wetzlae (R)eichskammegeicht war; Mannheim mit seine Maskebäl, un Woms wo unse bitt (R)egi= ment liegt — Gosgeau, wo e Landgeicht is. De Henngatte*) soll auch veännet we(r n, un be Winte k(r)ie me wibbe e Deate.

Höflich. Herr Darmstädter, vergesse Se immer die Herr= lichkeite all', als Ihren Nachtsack net, un wolle Se Ihren Mantel net gefälligst selbst in Wage lege. Sie sitze im Kabriolet Nro. 8.

Servatius. Ah! en Kabiolett Platz. (Geht zum Wagen.) We sitzt noch meh drinn?

Höflich. E Frauenzimmer Nro. 7, un Ich.

_____

*) Herrngarten.

Servatius. Gut. Netwohr Catheine, da gibts auch kän Gespäche irrwe Politik, wo me duch Aeußeunge höhen Ots bös escheine könnt. Politik is nix so mich.

Mousseur. Doch die Versorgungspolitik, nichtwahr? hahaha!

Höflich (die Liste in der Hand). Vorwärts meine Herrn und Damen, es is eingespannt!

Scene 6.

Vorige. Madame Hampelmann, ein Hündchen unter dem Arme, kommt eilig gerennt, ihr folgen Madame Boa und Madame Fleiß.

Mad. Hampelmann. Ach Herr Höflich — da bin ich, ich komme doch noch recht?

Höflich. Was Deiwel, Madam Hampelmann, rähse Sie dann aach mit?

Mad. Hampelmann. Allemal. Mein Mann meent er kennt allän rähse; ich will em weise, daß ich aach rähse kann.

Höflich. Sinn Sie dann eingeschriwwe?

Mad. Hampelmann. Des versteht sich; ich hab noch vor ere halwe Stunn en Schein hole losse. Meim Mann will ich en Bosse spiele. Wisse Se was — ich gehe her, un nemme sein Platz, er kann sich uff mein setze.

Höflich. Mir kanns recht sein, wann ersch's zefribbe is.

Mad. Hampelmann. Oh! er muß! — Wart nur fataler Mann, jetzt will ich dich ertappe. Es hot mer schonb lang geschwant. Die Männer! die Männer!

Höflich (nach der Uhr sehend). Nun meine Herrschaften, alleweil is Zeit — Wenns Ihne gefällig wär, eingestiegen. (In seine Liste sehend.) Nro. 1 Herr Hampelmann.

Mad. Hampelmann. Hier! Herr Conducteur, nemme Se des Hindelche zu sich. (Steigt ein.)

Höflich (den Hund einem Packer gebend, unwillig). Bind en orwe an, die Kanallie, zu meim — Madam Hampelmann, wenn Sie's net wäre — Katherine Blum — vorwärts Nro. 7 Cabriolett — eingeftigge (bei Seite) Jungfer Säägam. — Madam Fleiß, Nro. 2 innwendig. —

Mad. Fleiß. Hier bin ich! Ach helfe Se mer doch in den Wage, daß mein Hut net verknutscht werd.

Höflich. Der werd schon drinn verknutscht wern. — Nro. 3, Madam Boa.

Mad. Boa. Hier! (einen Brief aus dem Busen holend und ihn an eine Freundin, die als Begleiterin mitgekommen ist, gebend). Da besorg mer den Brief an sein Abbreß; den hätt' ich bald vergessen. (Heftige Umarmung, dann zum Wagen gehend.) Ach lieber Herr Conducteur, werfe Se uns ja net um.

Höflich. Des leit mer uff. Nro. 8. Vorder-Coupé — Herr Servatius. — — Herr Servatius. — No, wo is er? — Herr Servatius! Nro. 8. Cabriolett.

Servatius. Hie! hie!

Scene 7.

Vorige. Servatius. Langeselbold.

(Servatius kommt hastig gelaufen, ebenso Langeselbold, welcher nach dem Bureau eilt. Beide rennen stark aneinander, sehen sich dann von Kopf bis zu Fuß an.)

Langeselbold. Karambolirt.

Servatius. No! No! We(r) wib dann so unvenünftig (r)enne.

Langeselbold. Nu, der Weeg nach dem Kuntor werd doch frei sein — Sie hawe mer gestoße — ich losse mer nicht stoße — ja — mer losse uns nicht mehr stoße!

Servatius. Gut, gut! Halts Maul du Ju —

Langeselbold. Mein Maul soll ich halte? Wie Sie befehle — Nu, un womit soll ichs halte? ich hab doch kän Stiel dran. — Herr Conducteur, is der werzborjer Wage schon abgefahre?

Höflich. Zum Deiwel! Nein! awwer es is die hechste Zeit; steige Se ein — Sie hawwe Nro. 5 — — Nro. 4 wollt ich ja . . . Nein Nro. 5.

Langeselbold. No, Herr Conducteur; ich glawe, Se wolle ihr Stuß mit mer treiwe? — Ich haße Mayer Hersch Langeselbold.

Höflich. Richtig! Hirsch Mayer Langeselbold. — Ja, ja, es war e Versehe; steige Se nur ein.

Langeselbold (zum Wagen gehend.) Ja, awwer — ich bitt um Verzeichniß! Erlawe Se, ich hab doch en Eckplatz. (Laut.) Wer hot mer mein Eckplatz genomme?

Höflich. Ja, s'is wohr. Sie hatte Nro. 4. (Bei Seite.) Bin ich denn heut ganz confuß?

Langeselbold (schreiend). Wer hot mer mein Eckplatz genomme? Mein Nro. 4.

Höflich. No, no! beruhige Se —

Langeselbold. Ich frage: Wer hat mer mein Eckplatz genomme?

Höflich. Hier, die Madame, hot Ihne Ihr Platz genomme. — Ja liewe Madame, do kann ich net helfe!

Mad. Fleiß (im Wagen). Ach der Herr ist viel zu galant um eine Dame zu geniren.

Langeselbold. Galant — von hier bis Werzborg — is ehr weit for die Galanterie — for mein Geld — gallant? im Eilwage! wie komm ich mer vor?

Höflich. Allons erwische Se denn ihr Nro. 4.

Langeselbold (steigt in den Wagen).

10

Höflich (indem er die bezeichneten Plätze nachsieht). Die Passagiere im Hintercoupé sin eingestigge — die Vordercoupé sin drinn.

Servatius (aus dem Wagen schreiend). Sinn drinn —

Katherine (eben so). Alleweil!

Mousseur (der einen Platz oben auf dem Wagen eingenommen hat). Mamsell Victorine. Ich wache über Ihnen.

Höflich. Eingestigge! uff der anner Seit. Nro. 3 un 6.

Ein Passagier (von innen). Hier ist's nicht zum aushalten!

Höflich. Es is die höchste Zeit. — Jetzt Mamsell Keller, Sie — dann Herr Engelänner. — Sie Herr Mousseur komme zu mir in's Cabriolett.

Mousseur. Ich behalte Ihren Platz hier oben, da kann ich meine Cigarre rauchen, und genieße die Aussicht — Wenns regnet —

Höflich. Is ezt alles in Ordnung? Was Deiwel! der Herr Hampelmann fehlt ja noch — Herr Hampelmann! Herr Hampel= mann! der hot's richtig versäumt. (Die Glocke schlägt sechs Uhr.) Alle= weil schlägts sechs Uhr; da kann ich net helfe! (Sich aufsetzend; der Postillon bläst.) Vorwärts Ludwig! (Der Wagen fährt ab; während dem steht Langeselbolb nochmals aus dem Wagen, läßt unversehens seine Mütze fallen und schreit:) Mein Kapp! mein Kapp! Sein se so gut un gewwe Se mer mein Kapp! (Einer der Umstehenden reicht ihm die Mütze.)

Matthes (nachrufend). Ludwig geb acht, do vorne hot die Wasserleitung widder des Plaster uffgerisse! — des ritscht ornb= lich — Ja wann der Matthes den Wage schmeert — Awwer der Herr Hampelmann, hahaha! des is zum Todtlache! Ich bin neu= gierig was er seegt, wann der Wage fort is. — Aha, do kimmt er, un noch derzu ganz langsam! — No, du werscht scheene Aage mache!

———

Scene 8.

Matthes. Hampelmann (kommt ganz gemächlich angeschlendert, hat einen Nachtsack übergehängt, in der einen Hand einen Mantelsack, in der andern eine Hutschachtel. Unterm Arm einen Regenschirm).

Hampelmann. No Matthes, do bin ich. Mein Frää hab ich net mer angetroffe, die mecht wahrscheinlich e Visit, bei der Madam Zahm. — Da kann ich er net helfe, da is se um den Abschiedskuß gekomme. Ich hab er behäm e Babierche hinnerlosse un druffgeschriwwe:

„Leb wohl mein Schatz und wein nicht sehr,
Vergeß mich nun und nimmermehr!"

So e Verscht is wollfel, un mecht er doch Plesir. No, Matthes, trag mer mein Sach in Wage.

Matthes. In Wage? Der is schon lang immer die Sachseheiser Brick.

Hampelmann. Was? (Sich umsehend.) Alle Dun — des is e scheen Bescheerung. (Zu Matthes.) Ruf, daß er inhält!

Matthes. Dazu is mein Brust ze schwach, daß dersch noch höre kennt.

Hampelmann. Awwer in's drei Deiwels Name, ganz infam is des! (Kommt ruhig in den Vordergrund.) Es is iwwrigens nit des Erstemal, daß mer so was bassirt, erscht noch vor zwä Johr, wie — — —

Matthes. Awwer Herr Hampelmann — So halt er sich doch net uff — wann er den Postwage einhole will. Do newe die Lehnkutscher, die hunn immer e Kotsch for die Saumselige in Baratschaft — fahr er nach — He holt en noch ein, es is trucke Wetter — die Feldweg sein gaut — do kann he abschneide.

10*

Hampelmann. He! Kutscher! Um Gotteswille — is denn kän Kutscher bo?

Matthes (in die Coulisse zeigend). Do in des klän Häusi muß Er gehn — bo wend He sich an selle Herrn bo.

Hampelmann. Fort, es is kän Zeit zu verliere. — Zu Matthes.) Da, bo hoste was forn gute Roth un ben Trost. — Da, trag mer e bissi mein Sack — Gott, was mer net in be Bän hot, beß muß — Dunner — verrebt ich mich ääch noch — was mer net im Kopp hat, muß mer in be Bän hawwe, wollt ich sage — Vorwärts — fort im strengste Gallopp! — Sie Herr Kutscher! — (Beide ab.)

Ende des ersten Bildes.

Zweites Bild.

(Platz an der Grenze. Links im Vordergrunde das Mauthamt. Vor demselben sitzen drei Mauthbeamte an einem Tisch, Wein trinkend.)

Scene 1.

Mautheinnehmer. Mauthbeamte.

Einnehmer (kommt aus dem Hause, eine lange Pfeife im Munde, eine Feder hinterm Ohr, am rechten Arm einen sogenannten Schreib-Ermel). Es ischt wieder eine neue Verordnung vom General-Mauthamt ankomme; passet auf, i will se euch vortrage.

Mauthner. Wir hören.

Einnehmer (nachdem er sich geräuspert, liest er mit einem starken Anklang des schwäbischen Dialekts:) „Das General-Mauthamt, nachdem es in Erfahrung gebracht hat, daß mehrere Reisende aus benachbarten Städten sich beigehe lasse, verbotene Gegenstände über die Grenze zu bringe suche, befiehlt sämmtlichen Grenz- und Mauthbeamten, die die Grenze passirende Reisende zu diesem Behuf zu visitire, wobei jedoch Milde un Ahnstand empfohle wird." (Das Papier zusammenlegend.) Habt ihr gehört, Milde und Ahnstand.

Mauthner (gleichgültig). Ja, ja. Milde und Ahnstand.

Scene 2.

Vorige. Hampelmann (kommt mit seinem Gepäck von der Seite).

Hampelmann. Net emol am Haus kann mer anfahre; muß ich bo mein Kutsch an der Chaussee stehn losse!

Einnehmer. He da! Wer ist der Herr? Was will der Herr?

Hampelmann. No, was werd er wolle, der Herr? den Eilwage nach Werzborg abwarte, denn ich rähse mit nach Nernberg.

Einnehmer. Der Herr reist mit dem Eilwagen, und kommt zu Fuß?

Hampelmann. Erlawe Se gitigst, ich bin von Frankfort, wann Se erlawe, un mein Kutsch steht uff der Chaussee; ich mußt aussteie — weil mer vor dene viele Frachtwäge gar net bei kann. — Sie kenne sich selbst dervon immerzeige. —

Einnehmer. Das geht Jahr aus, Jahr ein hier so.

Hampelmann. Es is mer selbst läd, daß ich hab fahre misse, net wege be Unkoste — wähs Gott — nor wege der Uzerei — Ich wollt mit dem Eilwage gehe, war ääch prezis da; mein Frää hat mer awwer mein Sache noch net fertig gepackt, ba gung ich häme, um se selbst ze hole — un bis ich widder kam, war der Eilwage immer alle Berg. Glicklicherweis' falle so Sache mehr vor, so daß die Herrn Lehnkutscher schonb bruff gericht sein. — Ich nemme e zwäspennig Chaise, un e gut Trinkgeld, un e näherer Weg durch den Wald, hawwe mich noch vor dem Eilwage hergebracht. Ja, im Fahre, un in be Trinkgelder, bo bin ich e Deiwel — Ich könnt Ihne Geschichte erzähle, Geschichte! — Awwer erscht bitt' ich um en Schoppe Wein, ich hab en kriminale Dorscht.

Einnehmer. Verzeihe Se, hier ischt kein Wirthshaus, das ischt die Mauth!

Hampelmann. Mauth? — Ich bin ja doch schonb an ere Mauth gewese.

Einnehmer. Sie werde noch an mehrere komme, wenn Sie weit reise. Aber, erlaube Se — habe Se etwas zu declarire? Was habe Sie denn da brinn? Ich muß visitire, — strenger Befehl. Aufgemacht, wenn's gefällig ischt. —

Hampelmann. Im Ernst? Ach Gottche, ich hab ja nix da brinn, als was mer so in der Haushaltung braucht. —

Einnehmer. Aufgemacht. S'ischt allerhöchster Befehl. .
(Mauthner visitiren.)

Hampelmann. Langsam, meine Herrn! Langsam! net so hitzig. — Sie schmeiße mer ja Alles dorchenanner. Mein Frää hat sich die Mih mit dem Packe gewwe. — Ja, ja so is es mit bene Mauthe, nix wie Unannehmlichkeite — Sinn die Herrn aach noch so charmant, so visitire se ähm doch. (Man hört ein Posthorn und Peitschegeknall.) Alleweil kimmt der Wage. — — (Sieht nach der Uhr.) Doch gut gefahre — Ich awwer doch noch besser. — (Der Eilwagen fährt an.)

Scene 3.

Vorige.   Höflich.   Alle Reisende.

Einnehmer. Halt! — Alle Reisende ausfteige lasse!

Höflich (am Schlag des Wagens). Meine Herrn un Dame, wenns gefällig wär!

Hampelmann. Ach, Herr Höflich — hieher, Freindche, do bin ich. (Schwengt die Mütze.)

Höflich (vortretend). Ei schlag — — Herr Hampelmann! kenne Se here? Mer meent des Janche von Amsterdam het Ihne doher practeziert.

Hampelmann. He? Netwohr? Ihr kennt fahre — ich kann awwer ääch fahre. Net wohr, des ärgert Euch, wann so e Lehnkutscher aach emal lääfe läßt? (Zu dem Wagen gehend.) No meine Dame, wie hat Ihne mein Nro. 1, mein Eckplatz geschmeckt? (Den Damen, welche im Aussteigen begriffen, helfend.) No, meine charmante Frauenzimmer, hawwe Se gut gesesse? (Führt sie galant in den Vordergrund.) Bedauere unendlich, daß ich net das Vergnige hawwe konnte, in Ihne Ihrer angenehmen Gesellschaft herzufahre. — (Zu seiner Frau, welche schon früher, als er zum Wagen ging, ausgestiegen, und in den Vordergrund getreten ist.) Schönes Weibche, Sie misse wisse — — (Er sieht sie an und erkennt sie.) Alle Neun und Neunzig! mein Frää. — Lisett' Du bist's? Engelche?!

Mad. Hampelmann. Ja ich bins, Deiwelche. Des hättst be der net bräme losse?!

Hampelmann. O warum nicht — ich bräme als viel scheenere Sache. No komm. (Breitet die Arme zur Umarmung aus.)

Mad. Hampelmann (wendet ihm unwillig den Rücken). Nix do! So also timmt mer hinner die Schlich vom Herrn? — Also die Jungfer Victorine wollte mer begläte? So?

Hampelmann. Victorinche — was, unser Ladejungfer ääch uff dem Eilwage — Bravo — Bravissimo!

Mad. Hampelmann. So recht! Spiel nor den Unwissende. (Weinerlich.) Mich arm Frää so ze hinnergehe — Ach! die Männer! die Männer!

Hampelmann. Ach, etzt flennt se gar; soll mer sage!

Mad. Hampelmann. Also Geschäfte hatte der Herr, — Hannelsgeschefte — scheene Geschäfte — die klän Rotznas do zu begläte.

Einnehmer. Sinn Sie nun alle heraus? Meine Herrn und Dame? — Ich muß Sie prevenire, daß Sie sich müsse visitire lasse.

Mad. Hampelmann. Ich losse mich nicht visitire.

Einnehmer. Ruhig, Madame, nicht widerspenstig. S'ischt allerhöchster Befehl!

Langeſelbold. Donnerwetter! Ich hab Cigarre bei mir. (Nimmt die Cigarren aus der Taſche und practizirt ſie unbemerkt in die Hampelmanns.)

Erſter Grenzbeamter (zu Mad. Hampelmann). Was hat die Madame da in ihrem Ridikül? (Viſitirt.)

Mad. Hampelmann. Kläuigkeit — was mer als uff der Rähs braucht. E Gläſi Ottekollonn*), Zahnpulver ꝛc. ꝛc.

Einnehmer (der unterdeſſen zu Hampelmann getreten iſt, und das aus der Taſche vorſehende Paket Cigarren bemerkt). Was hat denn der Herr hier in der Taſche? (Nimmt die Cigarren heraus.)

Hampelmann. Ich —?

Einnehmer. Ja Sie. — Hundert Cigarren; (riechend) ächte Havanna — Cigarre ſind Contrebaud; wird confiscirt. —

Hampelmann. Vor mir — ich raache blos irdiſche Peife — Wie Deiwel awwer komme die Sigarn —

Einnehmer. Sie zahlen Zehn Gulbe Strafe.

Hampelmann. Was? Zehn Gulbe? Mit Nichte!

Einnehmer. Bezahlt.

Hampelmann. Gott bewahre.

Einnehmer. Mache Sie keine Umſtände, oder ich muß Sie arretire laſſen.

Hampelmann. Deß muß ich ſage; des ſinn theure Cigare — zemol, wann mer kän Liebhaber is. (Zahlend) Hier mein Herr Mautheinuehmer ſinn vier Browenner; — bitt mer 48 Kreuzer retour. — Wann ich nor wißt, wie die verdammte Cigarre in mein Sack komme ſin.

Langeſelbold (bei Seite). Ich weiß es doch!

Hampelmann. Es muß mer ſe äner enein geſteckt hawwe.

Einnehmer. Das müſſen Sie aber doch geſpürt haben.

Hampelmann. Ich hab ääch, meen ich, e Hand in meim Sack geſpirt, ich hab awwer geglabt, es wär ähn von meine Hänb.

---

*) Eau de Cologne.

Einnehmer (der unterdessen zu Madam Hampelmann getreten ist). Was hat Madame unter ihrem Mantel?

Mad. Hampelmann. Des is mein Hindelche.

Hampelmann. Sie könnens glawe, s'is nix wie e Hindelche, nix annersch, kän Conterband.

Einnehmer (Hampelmann stark ansehend). Der Herr hat ja so ein struppiges Haar — Am Ende eine Perücke? (indem er sie ihm abnimmt) und Contreband darunter verborgen? (Untersucht die Tour.)

Hampelmann (steht in der Glatze da). Jetzt awwer werd mersch ze toll! — Herr! Sinn Sie denn des Deiwels? Vor Ihne sinn ja die Haar uff em Kopp net sicher. Gewwe Se mer mein Tour wibber, oder ich aarte aus! un wann ich ausaarte, bin ich viehmäßig.

Einnehmer (giebt ihm die Tour zurück). Da arte Sie gar nicht aus.

Hampelmann (die Tour aufsetzend). Frää, wie sitzt se?

Einnehmer (ist zu Victorinen getreten). Was hat die Mamsell da in ihrem Körbchen?

Victorine. Nichts von Bedeutung — meine Brieftasche, worin einige Familienpapiere. (Hält die Brieftasche in der Hand.)

Mad. Hampelmann. Liebesbrief! Billé doux! ganz gewiß; (ihr die Brieftasche aus der Hand nehmend) Contreband, werd confiscirt und weggenomme.

Hampelmann. Frää! bist Du denn ääch bei der Mauth angestellt?

Mousseux (zu Madame Hampelmann). Halt, Madame! Das geht nicht! Ich ersuche Sie sehr, diese Dame nicht zu kränken, und ihr die Brieftasche zurückzugeben. Sie ist eine junge anspruchslose Blüthe, deren Beschützer ich bin. Sie sind eine reife Frucht, und ich würde dasselbe für Sie thun, wenn Sie einige dreißig Jahre jünger wären.

Hampelmann. O ja, in dem Fall ich ääch.

Mad. Hampelmann. Wie? Du kannst mich beleidige losse?

Hampelmann. Baß uff, ich wern mer den Herrn bo zum Feind mache, ehe ich die Ehr hab ihn ze kenne. (Zu Mousseur) Frät mich ausnehmend. (Bei Seite) Der hot so ebbes von eme Cravaller.

Einnehmer (der unterdessen mit den Mauthbeamten die übrigen Reisenden visitirt hatte). Nun meine Herrschaften, wenn sie jetzt reise wolle, die Visitation ist beendigt. (Zu Hampelmann:) Hier sind auch die 48 Kreuzer, ich wünsche glückliche Reise.

Hampelmann. Lebe Se wohl, Sie mit ihre Zehn Gulde. — Etzt meine Herrn und Damen, mer wolle einsteije.

Höflich. Halte Se e bissi — die Schnickehäuser Brick werd rebarirt, immer die Nothbrick wern die Herrschafte doch liewer zu Fuß gehe. Owe am End der frisch inverschitte Chaussee, laß ich still halte un da kenne Se einsteije.

Hampelmann. Wanns net weit is, bin ich berbei — Awwer mit so ere Fußgeherei kann mer scheen ankomme — do kennt ich e Gschicht von ähm verzehle — (Während dieser Rede ist Höflich zum Wagen gegangen, er fährt fort, auf dem Einsteigbrett stehend, der Postillon bläst.)

Mousseur. Im Wagen, mein Herr, da hören wir alle zu. — Ich gehe gern ein Stückchen zu Fuß. Kommen Sie, Mademoiselle Victorine! (Bietet ihr den Arm.)

Hampelmann. Komm Frää! — Was Deiwel, kimmt mersch doch vor als behts e bissi regne. (In die Höhe blickend:) Wahrhaftig!

Mad. Hampelmann. Ach Gott! was e Bescheerung; es regnet.

Mad. Fleiß. Ach Gott! mein schöner Hut!

Mad. Boa. Mein Schaal!

Langeselbolb. Es hot lang nit geregnet.

Servatius. De Teifel — mein neu Kiskapp!

Langeselbolb. Was is bermit; ich lehne Ihne mein, die is alt — ich setze die neue uff. (Thut es.)

Hampelmann. Da lob ich mer en Barbleh — (Zu den beiden fremden Damen) Meine Dame — kann ich die Ehr von Ihne hawwe? (Er bietet ihnen den Arm, indem er den Schirm ausbreitet.)

Mad. Hampelmann. Un ich soll do stehn bleiwe — als wie die Salzsäul? (Sie drängt eine der Damen weg, und stellt sich unter den Schirm, drohend) Hampelmann!

Teabox (hat den Schirm aufgespannt, und will eben gehen).

Moussexr. Erlauben Sie, hier die Dame. Sie können sich wohl ohne Schirm behelfen. Sein Sie galant! (Er spannt den Schirm über sich und Victorine auf, und geht ab.)

Teabox. Dam'd frenchman! He! Halt! (Sucht von allen Seiten unter den Schirm zu kommen.)

Servatius. Man soll nie ohne Schim und Mantel, auch nu sechs Stunden weit (r)eisen, des hat mi ein F(r)eind geathe.

Hampelmann. No ja, ganz recht, un da hawwe Sie's net gedahn, weils Ihne e Feind gerathe hat.

Servatius. Nä, kein Feind — e F(r)eind. (Bemüht sich das R auszusprechen.)

Hampelmann. No, ja, e Feind!

Servatius. Sie verstehn mich net, e Freind! —

Hampelmann. Ah e Freind — daß du un der Deiwel mit beim R.

(Es regnet sehr stark. Donner und Blitz. — Allgemeines Verwünschen des Conducteurs, des Wetters xc. xc. Jeder verwahrt sich so gut er kann gegen dasselbe. — Die Damen nehmen Tücher über den Kopf. — Alles geht zum Thorweg hinaus.)

Servatius (ist der Letzte). Des is ein schönes Donne-Wetteche — Ein schön Vergnügen des Eisen.

Ende des zweiten Bildes.

Drittes Bild.

Zimmer in einem Wirthshause.

Scene 1.

Zwei Kellner sind um eine vollständig servirte Tafel beschäftigt. — (Etwas später hört man ein Posthorn blasen.) Wirth.

Wirth (eintretend). Nun seid ihr bald fertig? der Frankfurter Eilwagen kommt eben an. Es muß etwas passirt sein, denn der Conducteur flucht, und die Passagiere sehen sauber aus. — Es regnet aber auch nicht übel. (Den Tisch revidirend.) No, was soll denn das? Zwei Gabeln bei einem Couvert. — Sollen sie mich vollends auffressen. (Zu einem Kellner) Gieb acht.

Scene 2.

Wirth. Alle Reisenden (treten ein und drücken Mißvergnügen über das üble Wetter aus).

Hampelmann (im Eintreten). Des will ich mer merke, e scheen Plesir — den Eilwage bezahle, un ze Fuß dorch den Dreck batsche ze misse — E scheen Werthschaft in dem Land, — Die General-Chaussee-Bau-Brick- un Weg-Commission kennt ääch was geſcheiterſch buhn, als Bricke auszebeſſern un Chauſſee ze rebariere — bo lob ich mer boch mein Frankfort.

Mab. Hampelmann. Un was braucht der ähnfällig Poſtillon grab in den dickſte Dreck ze fahre, baß mer beim Einſteige mein Schuh balb ſtecke gebliwwe is.

Mouſſeu. Das hätte nicht viel zu bebeuten gehabt, aber der Wagen war nahe baran beim Abfahren von der Nothbrücke umgeworfen zu werden, wenn ich nicht ſo gehalten hätte.

Hampelmann. Un ich — Von mir Freindche rebbe Se net? Ich meen ich hätt gehalte! Mein Schulter buht mer noch weh. — Awwer jetzt miſſe mer e gut Mittageſſe hawwe, meine Herrn, ich hab en Hunger wie e Ochs!

Alle. O wir auch, wir auch.

Höflich. Eſſe Se ja recht geſchwind, benn mer miſſe eile, die Verſeimniß einzebringe. (ab.)

Hampelmann. Keller! die Supp!

Wirth. Sie verzeihen. Wir erwarten noch den Würzburger Wagen, unb bann ſpeiſen bie Herrn Paſſagiere zuſammen.

Mouſſeu. Aber Herr Wirth, was hat unſer Appetit mit bem Würzburger Wagen zu thun? Wir haben Hunger!

Hampelmann. Ich ääch — bebeutenb. (Zu ſeiner Frau) Netwohr, Schätzi?

Teabor (ber früher leiſe bei einem Keller ein Glas Extrait d'Abſynthe beſtellte, wirb ſolches gebracht).

Hampelmann. No, Herr Engelänner — Was brinke Se bann bo?

Teabor. Extrait d'Abſynthe, bas macht guten Appetit.

Hampelmann. Scheen; ich wern mer ſo zwä Gläſercher nach Tiſch ausbitte, bann jetzt hab ich Appetit genug. —

Scene 3.

Vorige. Polizeibeamter.

Polizeibeamter. Ihre Pässe, meine Herrn!

Hampelmann. Ich froge nach der Supp, do kimmt der un frogt nach de Bäß.

Polizeibeamter (zu Mousseur). Mein Herr, ist's Ihnen gefällig?

Mousseur. Ich bin Mousseur, Reisender von Sandroc. père, fils, frère ainé, Veuve et Comp. in Epernai, und in der ganzen Gegend wegen meines guten Champagners bekannt.

Polizeibeamter. Alles in Richtigkeit. (zu Servatius) Und Sie, mein Herr?

Servatius. Hier ist mein Paß, von de goßherzogliche Egierung und vom Baiesche Gesandte visit. Ich gehe nach München in de Absicht —

Polizeibeamter. Geht mich nichts an. (Nachdem er den Paß durchgesehen hat.) Nichts zu erinnern. — Der Herr hier, ich sehe schon ist ein Engländer — braucht keinen Paß.

Hampelmann. Guck emol an! So e Engländer — is es doch wahr, was ich emol gehört hab; in bene Engelänner ihre Bäß, do stinb, daß sie se nicht vorzezeige bräuchte.

Polizeibeamter (zu Hampelmann). Und Sie — Herr Frankforter?

Hampelmann. No, no, no! Wie komm ich mer vor? — Die Bolizei riecht doch Alles — sogar daß ich aus Frankfort bin — steh ich vielleicht ääch uff der List? —

Servatius. Ei, ei! Als wenn me en Fankfote nicht gleich an be Spach —

Hampelmann. O gehn Se! Sie Damstäbte! Ihne kennt mer vielleicht nicht? baß Gott erbarm! Mir Frankforter rebbe im gewöhnliche Lewe zwar nicht das angenehmste Deitsch;

arrwer der gebildete Frankforter, (mit Würde) un namentlich aus dem Haunelsstand, würd sich jederzeit in einem, wenn auch nücht ganz vollkommenen — doch aber in einem Hochdeutsch von bester Qualität auszudrücke wisse. Zumal (mit Beziehung auf Servatius) da er — was das R anbelangt, von der Natur nicht als Stief= mutter behandelt worden ist. — (Bei Seite) Do host es! Spargel!*)

Polizeibeamter. Ruhig meine Herrn. — Schlichten Sie Ihren Streit im Eilwagen — Viel Stoff zur Unterhaltung. — Machen Sies kurz. (Zu Hampelmann) Ihren Paß.

Hampelmann. O, ich hab den vortrefflichsten Paß — ich hab mich vorgesehe — in jetzige Zeite, wo die Bäß so e groß Roll spiele, bin ich mit meim ganz in der Ordnung. Ich hab en dorch un dorch visire losse. — (Nach dem Paß suchend.) No des weer scheen — Frää, host Du vielleicht mein Paß?

Mad. Hampelmann. Ich vergreife mich niemals nicht an denjenige, was Ihne is.

Polizeibeamter. Wissen Sie, daß wenn Sie keinen Paß haben, Sie per Schub in Ihre Heimath transportirt werden können?

Hampelmann. So! der Dausend! So was derft mer ääch im Gaarte wachse. Do wor gleich 1811 emol —

Mad. Hampelmann. Do leit e Babier, is es des viel= leicht?

Polizeibeamter. Wir wollen sehen. Das Signalement muß es ausweisen.

Hampelmann. Kalbskopf — Schweinsohren — Rinds= zunge — des wer e scheen — des is der Speisezettel. Alleweil fällt mersch ein, ich hab en im Eilwage gelosse.

Servatius. Ach, des wa vielleicht des Papie, woin ich den (R)est be guten geäucheten sanftote Batwoscht eingewickelt habe.

---

*) In Frankfurt ziemlich übliche scherzhafte Benennung der Darmstädter, die sich von den, in dortiger Gegend wohl gedeihenden Spargelpflanzen herleitet.

Hampelmann. Wahrscheinlich. — Here Se, die Brot=
werscht, die brauche awwer kän Bäß, die finne den Ort ihrer
Bestimmung ohne Baß. Do will ich Ihne e Geschicht erzähle,
die mer 1817 uff der offebächer Dilegence be — Hawwe Se
denn des Babier noch bei sich?

Servatius. Da liegts glaub ich auf de Ebe.

Hampelmann (hebt es auf und gibt den beschmutzten Paß dem
Pollzeibeamten). Hier!

Polizeibeamter. Sehr in Ordnung. (Zu Langeselbolb) Und
Sie Herr — wie stehts mit Ihrem Paß?

Langeselbolb. Paß! Was Paß! ich hab kan Paß, ich
hab mein Lebtag kan Paß.

Polizeibeamter. Aber in Teufelsnamen! Wie können
Sie jetzt ohne Paß —

Langeselbolb. Ich schleppe mich mit kaner Violin — Wie
komm ich zu e Baß.

Polizeibeamter. Sie können nicht weiter reisen — Die
Sache wird hier untersucht. (Beide ab.)

Wirth. Eben wird die Suppe aufgetragen. Der Würz=
burger Wagen ist da, es ist aber niemand drinn.

Hampelmann. Desto besser — do kimmt uffen jeden von
uns so viel mehr. Gesetzt!

Alle. Zu Tische, zu Tische!

(Jeder der Passagiere reicht seinen Teller um Suppe zu empfangen. —
Augenblickliche Stille.)

Hampelmann (der vorlegt). Sie scheint gut — awwer ze
viel Zeugs drinn — die Kleßercher schenk ich dem Herrn Werth.

Scene 4.

Dorige. Höflich.

Höflich. Meine Herrschafte, wanns gefällig is?

Teabox. Wir haben noch nicht einmal Beefsteak.

Servatius. Wi haben noch nichts gespeist.

Hampelmann. Ich hawe ewe erst vorgelegt. — Erst muß gesse wern.

Höflich. Wann Se net gesse hawwe, bes is Ihr Schuld; Sie hätte net die Zeit vertremple solle — Mer misse noch vor Nacht dorch den Spessert. — Es soll wibber net richtig sein, seit= dem die Schmuggelei so imwerhand genumme hot.

Teabox. Ich will essen — ich fürchte mich nicht.

Mousseux. Auf mich können Sie nicht zählen. Ich habe bei dem Postmeister am Eingange des Waldes Geld einzu= lassiren. — Ich halte mich da ein wenig auf. Der Postmeister läßt mich nachfahren — er wird schon sorgen, daß der Wagen nicht zu schnell geht; und da er die Chaise als Beichaise wird gelten lassen wollen, so hole ich den Wagen zeitig ein. — Essen wir mit Ruhe.

(Ein Kellner tritt mit einer Schüssel ein.)

Hampelmann (erhebt sich von seinem Sitze und steht langhälsig darnach). Spinat mit Eier — O weh! Ich esse kän Gemieß. — Von Grinem eß ich blos Rothkraut, Blaukraut und weiße Riewe.

Servatius. E(r)st wi(r)d gespeist — Conducteu, setze Se sich zu uns, trinke Se e Glas Wein.

Hampelmann. Ja Herr Conducteur! Hier is noch e Platz frei. — Sie presibire.

Höflich. Ich hab schon was aus der Faust gesse. — Ich fahre ab, wer net will, der hot gesse. (ab.)

Alle. Das ist schändlich!

Mousseux. Sich nicht satt zu essen.

Hampelmann. Vielmehr gar net ze esse — Er kann ja arrwer net abfahre, der ganz Eilwage is ja hier.

Kellner. Meine Herrn, wenns gefällig — Ein Gulden vier pro Mann.

Mad. Hampelmann. Aach noch zahle?

Wirth. Das Essen ist aufgetragen worden, das ist gerade als ob es verzehrt worden wäre.

Hampelmann. Erlawe Se Herr Werth, das ist nicht änerlei — bes wähs ich besser!

(Die Gäste zahlen.)

Alle. Ja, der Herr Frankforter hat Recht!

Hampelmann (ißt eilig seine Suppe, schneidet ein großes Stück Brot dazu). Hier gilts meine Herrn, daß Jeder zugreift!

Höflich (ruft zur Thür herein). Vorwärts! vorwärts!

Mousseux (nimmt den Braten vom Tisch). Ich nehme den Braten.

Teaboy. I take the Beefsteak.

Hampelmann. Un ich, ich hab ewe so gut mein Zwä Gulde acht bezahlt; ich will diesmol den Welsche un net blos die Sooß rieche, wie mers emohl in Kenigstein bassiert is. O ich kennt Ihne die Geschicht erzähle.

Mousseux. Später, später, Herr Erzähler!

(Ein Kellner nimmt die auf dem Tisch stehen gebliebenen Speisen.)

Hampelmann. He! nemme Se doch net alles. (Auf den Salat sehend.) Es is Schabb um den scheene Kartoffelsalat; jetzt sollt mer en gut eingerichtete Rocksack hawwe. (Der Postillon bläst.)

11 *

Die Passagiere (von außen). Herr Hampelmann, Herr Frankforter! kommen Sie doch! Wo bleiben Sie denn? Sie verspäte sich gewiß wibber.

Hampelmann (den Mund voll Speise.) Ja, ja, ich komme! Steige Se nor eweil ein! Apropos Herr Werth, was koft der Wein, den ich hab stehn losse misse?

Wirth. Vier und zwanzig Kreuzer.

Hampelmann. So?! — No, da hawwe Se noch 24 Kreuzer derzu, die gewwe Se demjenige, der en austrinkt — pfui Deiwel — scheme Se sich, Sie lang Hoppestang! (Stürzt ab.)

Ende des dritten Bildes.

Viertes Bild.

(Tiefer Wald; der Eilwagen steht nahe an der dritten Coulisse rechts, so vom Gebüsch gedeckt, daß nur die Wagenthüre und der hintere Theil desselben sichtbar wird.)

Scene 1.

Alle Reisende liegen im Halbkreis mit dem Gesicht zur Erde gekehrt nieder
Hampelmann rechts im Vordergrunde, seine Frau neben ihm. Außerhalb
um die Reisenden her, im Kreise, fünf bis sechs Strohmänner aufgestellt, Räuber
vorstellend, grotesk gekleidet; theils mit Knitteln bewaffnet, welche, angeschlagene
Flinten vorstellend, auf die Reisenden gerichtet sind. Aus dem Eilwagen tritt in
den Kreis der Reisenden **der Räuber** mit einem Quersack über die Schulter,
worin er die gestohlenen Sachen steckt.

Räuber. Still! nicht gemuckst! Gesichter auf die Erde, sonst
geben meine Leute Feuer.

Hampelmann (sich auf den Knien aufrichtend). St! Still! Ich
bitt ums Wort! — Ich wäs genau, wie mer mit dene Herrn
ze spreche hot. Es war gläb ich 1807, in ere Winternacht, do is
emol der Postwage in der Gegend von Camberg, von ere aus-
gezächnete Gesellschaft, grad so wie heunt, bedient worn. Einer
von dene Herrn kam uff mich zu, und sagt mit Heflichkeit —

Räuber (sich ihm nähernd). Geld heraus!

Hampelmann. Wähs Gott! Grad wie 1807. Oh in
solche Vorfallenheite wähs ich mich zu benehme. Do bin ich korz

bei der Hand. — Do is es, ich bedaure recht sehr, daß ich net mit mehr uffwarte kann. — Wenn ich aber gewußt hätte —

Räuber (rauh). Die Dose!

Hampelmann. Hier! In solche Fälle is des des Beste. (Er giebt ihm die Dose, nachdem er eine Prise genommen hat.) Wann Se erlawe, sie geht e bissi hart uff.

Räuber (ebenso). Die Uhr!

Hampelmann. Ääch in der Ordnung; grab wie Anno 7. (Die Uhr seufzend hervorziehend) Do is se, Herr Waldbereiter — es is e sehr gutes Cylinder=Werk; ich hab se im Derkeschuß kääft — Nor muß ich die Ehr hawwe zu bemerke, daß der Minutezeiger als am Stunnezeiger e bissi henge bleibt — Sie hawwe vielleicht nie e so vortrefflich Uhr gestoh — gekääft wollt ich sage (schlägt sich auf den Mund) Herr Waldintendant. — Es is nor, wann Se se for Ihrn Privatgebrauch sich Ihne zu bediene winsche. — Ich wähs Ihne ääch en gute Uhrmacher. (Giebt ihm die Uhr) Ich bin so frei.

Räuber (steckt die Uhr ein). Sie sind ein charmanter Mann!

Hampelmann (sauer freundlich). Ich bitt Ihne.

Räuber. Haben Sie sonst noch etwas?

Hampelmann. Nix von Bedeutung. (In eine Westentasche greifend) En Zahnstocher.

Räuber. Den können Sie behalten.

Hampelmann. Ich dank Ihne — (bei Seite) des muß ich sage — e großmithiger Reiber, e wahrer Rinaldo Rinaldini.

Räuber. Der hat Lebensart. — Laß sehen, ob ihm die andern gleichen. (Zur Madame Hampelmann) Sie alte Schachtel!

Hampelmann. Erlawe Se — des is mein Frää, un kän alt Schachtel. Ich bächt doch wahrlich, ich derft einige An= sprich uff Ihne Ihr Heflichkeit mache, Herr Fra Diavolo.

Mad. Hampelmann. Die Geschicht brengt mich unner die Erd.

Hampelmann (zu seiner Frau). Des geschieht der Recht, Du heft dehäm bleiwe kenne! (Zum Räuber) Denke Se emol, Herr Reiber — die Frää — —

Räuber. Den Shawl ausgezogen, vorwärts! — her damit! — Ich kann grab einen für meine Frau brauchen.

Hampelmann. Mit Vergnige — steht zu Dienste. Siehst de Settche, sie is for Ihne Ihr Frää Gemahlin.

Mab. Hampelmann. Ach Gott! Sie is erscht die letzt Ostermeß vom Herrn Knoblauch kääft worn, un noch net emol bezahlt.

Räuber. Ich bitt mir sie aus, ohne Umstände.

Hampelmann. Des mecht Ihne nix. St. Stille! Du hörst, er bitt' ja. (Bei Seite) des is e merkwerdiger Buschklepper. (Laut, indem er den Shawl übergibt) Ächt terkisch — Terneaux. — Es fängt schon an kühl zu wern. — Uebrigens dank ich Ihne, Namens der ganze Gesellschaft vor den genußreichen Abend, den Sie uns verschafft hawwe.

Teaboy (rappelt zufällig mit seinem Regenschirm).

Räuber (der es hört). Wer klappert denn da mit einer Flinte?

Hampelmann. Erlawe Se, es sinn dem Herr Engelänner sein Barbleh.

Räuber. Barbleh! Ist das englisch?

Hampelmann. Regebarbeleh, wollt ich sage Regeschirm.

Räuber. Her da! die Börse! die Uhr! den Regenschirm!

Teaboy. Hier ist Beides; doch muß ich die Bemerkung machen —

Räuber. Schon gut — ich verbitte mir alle Bemerkungen.

Hampelmann. Still Herr! — ohne alle Bemerkungen, ganz ähnfach — wie bei Camberg 1807.

———

Scene 2.

Mousseur mit seinen Pistolen. **Vorige.**

Mousseur (von der Seite kommend, sieht was vorgeht). Tonnere de Dieu! Was giebts hier?

Hampelmann. Herr Voyageur, um Gotteswille, sehe Se net, mer sinn von ere Reiberband immerfalle!

Mousseur. Und Ihr wehrt Euch nicht?! Sacri — (Er zieht eine Pistole.)

Räuber. O, der Herr will hier den Couragirten spielen, aber — (in die Coulisse entrinnend) he da! Schwarzenberger, langer Peter, Nickes! her zu mir, herbei! (Ab.)

Mousseur (ihm eine Pistole nachfeuernd). Ja, laßt sie nur kom=men, ich will Euch zeigen! (Er feuert das zweite Pistol ab und geht dem Räuber nach.)

Alle (stoßen bei jedem Schuß einen durchdringenden Schrei aus).

Hampelmann (fällt der Länge nach zur Erde, seine Frau vor Schrecken halb auf ihn). O weh! o weh! ich bin des Todes — ach Herr Jeche! — ich sterb! es liegt e todter Spißbub uff mer! Helft! Helft!

Mousseur (mit dem Quersack des Räubers zurückkehrend). Das war ein Glück, daß der Postmeister so zufahren ließ, daß ich noch zu rechter Zeit kam euch zu retten.

Hampelmann. Komme Se Freundche! Helfe Se mer von dem Kerl — (sich halb aufrichtend) Was? der Kerl is mei Frää?

Mad. Hampelmann. Was?

Mousseur. Ei, wer wird denn so furchtsam sein, seht doch um Euch, es ist ja Niemand da!

Hampelmann. Niemand? Ei, da soll ja e Dausend Don=nerwetter (sich ganz aufrichtend und einen Strohmann bemerkend) Herr je! da steht ja noch ähner.

Mousseur. Aber hat sie denn die Furcht blind gemacht; was glauben Sie denn, wer die Kerls sind?

Hampelmann. Spitzbube, Straßereiber un Consorte!

Mousseur. Ei was, Spitzbuben? — Strohmänner sinds — da sehen sie sämmtlich her. (Einen Strohmann umwerfend.) Das ist ein abgedroschener Spaß. — (Zu Victorinen) Erholen Sie sich Mademoiselle Victorine. — Es freut mich, daß ich Sie wenigstens von der Angst befreien konnte.

(Alle Reisende richten sich auf.)

Hampelmann (sich aufrichtend, halb noch in Furcht). Was? Strohmänner?! Glawe se uns hier ins Bockshorn ze jage — In der That, des muß ich sage — (Couragirt) Also Strohmänner? (Er geht langsam auf einen los) Du miserabler Kerl, du bist e Stroh= mann? Du? — (Giebt ihm eine Ohrfeige) Da, ähnfälliger Kerl! die Näsende vor Rindviehcher ze halte —

Mad. Hampelmann (faßt ihn beim Rockschoß, um ihn abzuhalten.)

Hampelmann (erschrickt heftig). Was ist — (bemerkt seine Frau) So mach doch kän Dummheite. Diesmol warn mer awwer geuhzt meine Herrn. — Sehe Se! (Er nimmt einen Strohmann bei der Brust, schüttelt ihn und wirft ihn in die Coulisse.)

Höflich. Meine hochzuverehrende Herrschafte, mer wolle wibber einsteije. — Vorwärts!

(Die Reisenden steigen ein.)

Hampelmann. No, Herr Höflich! Sie sinn mer ääch der Recht. — Und Sie Herr Engelänner, Sie hette sich wohl mit dem Kerl bo e bissi boxe kenne. — Sie wehrn gewiß mit em fertig worn, dann er hot sich ja schond vor Ihrem Barbleh gefercht.

Teabox. What do you say? — Buarbuolé — I don't know indeed. — Man hat mir genomme mein Regenschirm. Was rathen Sie mir zu thun?

Hampelmann. Rääfe se sich en annern. — Ich bin zwar nor e Frankforter Berjer und bämwollener Waarenhänneler, un bin nicht bodervor bezahlt Courage ze hawwe! (Bramabaſirend auf= und abgehend) Awwer wenn ich mein Mitmenſche in Gefahr erblicke — Donnerwetter! In meim Lewe is mer ſo was net vorkomme, ſich vor Strohmänner ze ferchte! (Er bemerkt einen ſtehen gebliebenen Strohmann) Herr Je! da ſteht ja noch ähner! (Er ſpringt in den Eilwagen.)

Mouſſeuy (oben auf dem Wagen). Ich fahre im Triumph als Sieger in die nächſte Station ein.

Hampelmann (im Wagen). Wann Se erlawe, ſo triumphir ich e biſſi mit.

(Der Wagen fährt unter hellem Gelächter der Reiſenden ab.)

Ende des vierten Bildes.

Fünftes Bild.

(Ein Zimmer in einem Wirthshaus. Abend. Links eine Seitenthür zum Kabinet. Auf dem Tische links ein Toiletten-Spiegel, Nachtsack, Hutschachtel des Herrn Hampelmann, nahe am Tisch ein Stiefelknecht ꝛc. ꝛc. Rechts auch ein Tisch, einige Stühle.)

Scene I.

Victorine. Mousseux.

Victorine (mit brennendem Licht). Sie ersuchten mich, Sie auf das Zimmer des Herrn Hampelmann zu führen; ich habe Ihren Bitten nachgegeben. Was wollen Sie nun hier?

Mousseux (mit dem Quersack des Räubers). Während sich's die beiden alten Herrschaften unten an der Wirthstafel wohl sein lassen, will ich ihnen hier eine kleine Ueberraschung bereiten.

Victorine. Wie so?

Mousseux. Geben Sie Achtung. Hier ist erstens —
Er nimmt die Sachen aus dem Quersack und legt sie, wie er sie greift, auf den Tisch, indem er sie nennt.)

Victorine. Wie? Wär es möglich? Das Alles haben Sie dem Räuber wieder abgenommen?

Mousseux. Wie Sie sehen.

Victorine. Ach lieber Herr Mousseux, wie vielen Dank sind wir Ihnen schuldig!

Mousseur. Hat nichts zu bedeuten. Es freut mich herzlich, daß ich gegen Ihren Willen, dennoch mitgereist bin; so konnte ich Ihnen dennoch nützlich sein. —

Victorine. Auch ich hab es Ihnen zu danken, daß man mir nichts genommen hat.

Mousseur. Aber nichtsdestoweniger bin ich in Versuchung, Ihnen etwas zu stehlen.

Victorine. Was? stehlen wollen Sie?

Mousseur. Nu, nu! was ich Ihnen stehlen will, dafür komme ich nicht vor Gericht.

Victorine. Und das wäre?

Mousseur. Einen Kuß von ihren Rosenlippen.

Victorine. Lassen Sie das; ich höre kommen. Wenn Sie mich achten, so —

Mousseur. Nein, ich lasse mir es nicht nehmen, ich bin später so kühn.

Victorine. Später ja. Jetzt gehen Sie.

Mousseur. Morgen in Nürnberg in Gegenwart Ihres Onkels — den ich bestürmen werde, mir Ihre Hand zu geben. Mein Glück und (zärtlich) nicht wahr, auch Ihr Glück zu gründen. (Ab.)

Scene 2.

Victorine (allein).

Ach Gott! Was hab ich da versprochen? — Ich will mein Versprechen halten. Er ist ein braver Mann, so kühn als bescheiden; und ich kann mir's nicht verhehlen, daß er mir sehr wohl gefällt; sollte es mir ja gelingen, die Einwilligung des Onkels zu erhalten, so — doch, da kommt das edle Paar.

Scene 3.

Hampelmann. Mad. Hampelmann. Victorine.

Mad. Hampelmann. Na, hör' Hampelmann, wann be anfängst bein alte Geschichte ze verzehle, so kannst be gar net fertig wern.

Hampelmann. No, no, des is ber pure Neid; ich verzehle gut, es is mein schwach Seit.

Mad. Hampelmann. Awwer dabei vergeht die Zeit.

Hampelmann. A loß; sie soll vergehe. Zu was is dann die Zeit bo als zum Vergehe. Uebrigens hawwe mer vier bis finf Stunn Zeit, hat der Conducteur gesagt, bis die Geschichte mit dem Räuber und bene Strohmänner zu Protokoll gebracht is. Die Gerichtsperfone schlofe alleweil so gut in Ochsefort, als wie in Frankfort.

Mad. Hampelmann. Mann, mer sollte die Zeit benuße, um uns von dem Schrecke un bene Strapaze e bissi auszeruhe, denn ich bin werklich sehr mid.

Hampelmann. Ich vielleicht net? Ach sich! bo is jo des Victorinche! — Bist Du ääch bo? Was suchst Du dann hie?

Victorine. Ich wollte nur fragen, ob Madame vielleicht mich bei ihrer Toilette nöthig hat.

Mad. Hampelmann. Ich danke Dir mein Schaß. — Heut soll mein Mann Dein Stell bei mir vertrete.

Hampelmann (bei Seite ein Gesicht schneidend). Ach Herr Je!

Mad. Hampelmann. Wo hat mer Dich dann unnergebracht?

Victorine. Gleich hier neben Nro. 5.

Hampelmann. Was for Nummer?

Mad. Hampelmann. Was gibt bes Dich an?!

Victorine. Ich wollte Sie bitten, mich in mein Zimmer zu begleiten, es hinter mir zu verschließen, und den Schlüssel zu sich zu nehmen.

Mad. Hampelmann. Ach des vorsichtig Mädche! — Ja, ja! recht gern! — Komm! (Zu Hampelmann) Ich begläte des Victorinche in ihr Zimmer. Mach Du eweil —

(Beide ab.)

Hampelmann (allein). No, wanns als nor e paar Stunn sinn; es is ewe doch immer ausgeruht. — Ich bin des Fahre ääch net mehr so gewöhnt mehr, als in meiner Jugend. — Un doch fährt sichs net immel in bene Wäge. — Arower die Kläber krigt mer uff so ere Rähs net vom Leib.

Scene 4.

Hampelmann. Mad. Hampelmann.

Mad. Hampelmann. Des hätt ich hinner dem Mebche nicht gesucht; ich hab se doppelt eingeschlosse; jetzt kann der Lieb= haber an der Thier kloppe, so viel als er Lust hat, enein kimmt er nicht. — Hier ist der Schlissel. (Sie legt ihn auf den Tisch rechts.)

Hampelmann. Was Thier zu? Pah! — Giebts dann kän Fenster? — Uffs Fenstereinsteije versteh ich mich; bo wähs ich e Geschicht, die mer Anno 30 bassiert is — —

Mad. Hampelmann. Schonb wibber e Geschicht?! baß be! — Sag emol, wie viel Uhr is es denn?

Hampelmann. Wie viel Uhr? No ebb guck emol an? Was e malitiöse Frääg — Hot mer dann der Herr Spitzbub net mein Uhr genomme? — Schenblich! — Es is so angenehm uff Rähse, wann mer des Nachts wisse will wie viel Uhr es is, und greift uff sein Tisch, und brickt an sein Repet — (Er greift von ungefähr auf den Tisch, wo die Sachen liegen.) Was is dann des?! Frää! Guck emol! do is ja mein Uhr, wie se leibt un lebt, un mein Dos', un mein Geldbeutel! — Des is ja charmant.

Mad. Hampelmann. Un mein Shawl, un mein Ridekil. Herrlich! des hawwe mer gewiß Niemand annerschter ze danke, als dem französche Räsende.

Hampelmann (der unterdessen seine Dose untersuchte). Ei, des Dunn — Mein Dos' is frisch gefüllt. — (Riecht.) Herrlich — Macuba. (Nimmt eine Prise.) Des is Melange (nimmt noch eine Prise) es is werklich zu viel Aufmerksamkeit von Attention.

Mad. Hampelmann. Mer wern uns doch bei dem Herrn Mousseur bedanke misse. (Nimmt eine Prise und nießt.)

Hampelmann (nießt auch). Guck emol an, Frääche, was e Sympathie; wann Du nießt, muß ich ääch. — Gott, ich will so froh sein, wann mer emol in dem Nernberg sein!

Mad. Hampelmann. Wann komme mer dann hin?

Hampelmann. Der Conducteur meent um elf Uhr. — Ich denke es kann wohl ääch e bissi später wern, denn mer kann doch net wisse, ob ihm net widder was bassirt.

Mad. Hampelmann (die unterdessen das Licht nahm und nach dem Cabinet ging). No, Peter, ich will e bissi ruhe. — Hoste be dann des Wecke bestellt?

Hampelmann. Ja, e halb Stunn vorm Abfahre.

Mad. Hampelmann (indem sie abgeht). Gute Nacht!

Hampelmann. Ich komme gleich nach, Settche, ich will nor mein Nachttoilette e bissi in Ordnung bringe. (Er öffnet während des Folgenden seinen Nachtsack, nimmt seine Nachtmütze, seine Pantoffeln heraus, zieht sich die Stiefel aus und macht sichs bequem.) Wo is mein weiß Barchent Nachtkamisekche, un mein Nachtunnerwest? — bo — — mein Nachthalsbind, mein Nachthose und Nachthemb. — Ich bin werklich neugierig, ob ich mein alte Freind noch am Lewe finne wern. — Er soll sehr schlecht sein — Wann ich noch dran denke in Bawehause — No es war e merkwerdig guter Kerl — un

was hat der die derre Quetsche so gern gesse! — Un en annern
scheene Zug in seim Lewe is der, daß er unmenschliche Sticke uff
mich gehalte hot — un hauptsächlich wege meiner Fertigkeit im
Dutte babbe. — Ja, mer hawwe uns als in die Cantorgeschäfte
gethält — ich hab for ihn Dutte gebabbt, un er hat — — no!
wo Deiwel is benn mein Nachtkapp? — So gehts, wenn mer in
der Jugend mit enanner gelebt hat, so sucht mer sich im Alter.
— Besonnersch die Teiwelssträhch, die mer als Buwe gemacht
hawwe. — Ja, mer warn schonb e paar alte Kerl, un hatte
ausgelernt, der alt Keller un ich — da hammer noch an die
Heiser geschellt un die Schlinke mit Wageschmier — — Ei wo
hat benn mein Frää mein Leibbind hingedahn? — No, es is
bei alle bem boch e reicher Mann worn — ob er wohl 60,000 fl.
hat? — wann ich em sein Sache besorge soll — so werd er boch
ääch e Legatche vor mich — Frää! ich seh ja vor morje kän
Chabothemb — Frää! — Wähs Gott, sie schläft. — Die Reiber=
geschicht muß er boch e bissi in die Glibber gefahre sein, denn
sonst schläft se als gar net so bald ein! (Nimmt die Tour ab, setzt eine
Nachtmütze auf, und sieht in den Toilettenspiegel.) Meiner Seel! for mein
Alter net irrwel! (Er nimmt das Licht und betrachtet sein Gesicht) Recht
gut conservirt vor so viel Strapaz — un e Frää — Wann ich
morje meiner Pupill als Vormund vorgestellt wer, so muß es
boch en angenehme Eindruck uff se mache.

Mad. Hampelmann (von innen halb im Schlaf). Hampel=
mann! Peter!

Hampelmann. O weh! mein Frää is wibber wach. —
Ich komme, Schätzi, ich will nor mein Kopp erscht vollends in
Ordnung bringe. — No, wie schläft sichs — sinn die Better gut,
Schätzi? die Leintücher ääch mit weißer Sääf gewesche? Frää!
— sie is wibber eingeschlafe — no etzt will ich mich ääch e bissi
zur Ruh begewwe, ich fall fast um vor Mibigkeit. (Will ab.)

———

Scene 5.

Eine Magd. Die Vorigen.

Magd (klopft). Heda! aufgemacht!

Hampelmann. No, no! was gibts? Es ist ja uff.

Magd (tritt ein). Ach lieber Herr, Sie sind ja noch nicht einmal angekleidet?

Hampelmann. Warum dann?

Magd. Es geht ja im Augenblick fort! — Die Postpferde sind schon aus dem Stall, und man fragt nach Ihnen.

Hampelmann. Aehnfällig Zeug! der Conducteur hot deutlich gesagt, mer behte uns drei bis vier Stunn hier uffhalte.

Magd. Ach warum nicht gar! — Der Eilwagen muß seine Zeit halten. — Die Sache mit dem Bürgermeister war bald in Ordnung. — (Gegen das Cabinet) Madam!

Mad. Hampelmann. Ja! Ja! Ich hab schond alles gehört.

Magd. Eilen Sie sich, sonst wird abgefahren. (Ab.)

Hampelmann. Mein Lebtag rähß ich net mehr mit dem Eilwage! — Des is e infam Werthschaft. Kaum, daß mer e bissi ausruht, so gehts wibber weiter fort.

Mad. Hampelmann. Hampelmann, eil Dich!

Hampelmann (sucht sich möglichst schnell anzukleiden). Den Aage= blick! ich geh schon — schmeiß mer nor Alles in Nachtsack.

Mad. Hampelmann. Ich geh erweil! — (Packt ein, was sie kann und geht ab.)

Hampelmann. Gott im Himmel! wo sinn denn mein Stiwwelhacke — Gott — in so eme Ageblick!

Höflich (von außen). Herr Hampelmann!

Mehrere Stimmen. Herr Hampelmann!

Hampelmann. Sogleich! So werds doch net preffire?

Stimmen (von außen). Herr Hampelmann!

Scene 6.

Höflich. Hampelmann.

Höflich. Awwer Herr Hampelmann! Ins drei Deiwels= name! miſſe Se dann immerall den Nachtrapp mache? — Ge= ſchwind, obber ich fahre ab. (ab.)

Hampelmann. Herr Höflich! Herr Conducteur! — Sie wern doch net des Deiwels fein?! (Hat ſich nach Möglichkeit angezogen, kann aber die Stiefel nicht ankriegen.) No, etzt reit der Deiwel die Stiwwel! des fehlt noch! —

(Er hinkt an einem Fuß, indem er an den andern den Stiefel zieht, aber nicht anbringen kann, auf dem Theater herum.)

Mouſſeur ſtürzt herein. Mord Element! Herr! Sie haben ſich unterſtanden, Mademoiſelle Victorine einzuſchließen? Wo iſt der Schlüſſel?

Hampelmann. Da, uff dem Tiſch — Lieb Schätzi, helfe Se mer doch e biſſi in mein Stiwwel.

Mouſſeur. Ich glaube, Sie wollen mich inſultiren? Be= ſorgen Sie Ihren Stiefel ſelbſt, verſtehen Sie mich, Herr! (Eilt ab.)

Servatius (von außen). Ei, He Hampelmann, mache Se doch fott.

Hampelmann. Da, der fängt ääch noch Krakehl an, des fehlt noch. (Zieht immer an dem Stiefel.)

Servatius (ſteckt den Kopf zur Thüre herein). Mache Se doch fott. — Wenn Sie net gleich enunne komme, ſo nemm ich Ih Eckplatz!

Hampelmann. Daß Du, mit Deim Eckplatz! (Er läuft mit seinem Stiefel und einem Pantoffel ab, die übrigen Kleider über den Arm werfend.) Ich kann die verdammte Stimwel net ankrieje. (Er ist eben mit seinem Stiefel im Reinen. Servatius tritt ein; Hampelmann der ab will, rennt wider ihn und tritt ihm auf den Fuß.)

Servatius. Au weh! (Beleidigt) Is des vielleicht mit Vorsatz geschehen?

Hampelmann. Nä, mit dem Absatz. —

Von außen. Herr Hampelmann! Herr Hampelmann!

Hampelmann. Ja, ich komme! Is denn kän Ruh ze krieje! (Läuft hurtig ab.)

Ende des fünften Bildes.

Sechstes Bild.

(Straße.)

Beim Aufrollen des Vorhangs hört man ein allgemeines Geschrei und Gekreisch, so wie das Geprassel des umgestürzten Eilwagens, der an der dritten Coulisse rechts liegt.

Volk (steht umher und läuft hinzu Hülfe zu leisten).

Die Reisenden (im Wagen). Ah! Oh! Oh!

Höflich (der halb unter dem Wagen liegt, hervorkriechend). Hundsfott von Postillon! Muß grade uff den Eckstein fahre.

Mousseur. Mamsell Victorine, Mamsell Victorine! Leben Sie noch?

Victorine (aus dem Schlag tretend). Wie Sie sehen, ja.

Mousseur. Unbeschädigt?

Victorine. Ich glaube.

Keller. Ach meine Nichte —

Victorine (ihm um den Hals fallend). Mein Onkel? Wie? Sie sind hier?

Keller. Liebes Kind, hast du keinen Schaden genommen?

Mousseur. Nicht im Geringsten. — Die Götter beschützten die Liebe.

Höflich (in den Wagen redend). No meine Herrschafte da brinn, wie stehts? Is Jemand dot? Wer dot is, der sags.

Hampelmann (steckt den Kopf aus dem Wagen). A was dot? So geschwind geht des net. — Ich mache mer aus so was nix, wenns ohne Halsbreche abgeht. — Wann mer emol uff der Rähs is, do muß mer alles gewärtigt sein. — Es is net des Erstemol, daß mer so was baffirt is. Anno 1812 bei der Reterad —

Höflich. Denke Se jetzt net an's Verzehle, denke Se an Ihre Fraa Liebste.

Hampelmann. A der Deiwel! Mein Frää. (An den Wagen gehend.) No, Settche, wie is es? Lebst be noch?

Mad. Hampelmann. Ach ja. — Des is noch e recht Glick, daß des Unglick ohne Unglick abgange is.

Hampelmann. Ich bin frisch un gesund, sei ruhig Schatz.

Mad. Hampelmann. Wo is benn mein Hund?

Höflich. Der is todt unnerm Wage.

Mad. Hampelmann. Ach! — (Sie sinkt in Ohnmacht.)

Mousseux (fängt sie auf). Erholen Sie sich, Madame.

Hampelmann. Was werd der Nero sage?

Keller. Aber Hampelmann, alter Freund kennst Du mich dann nicht mehr?

Hampelmann. Gehorsamer Diener — mit wem hawwe Se die — hab ich die Ehr, wollt ich sage.

Keller. Was? Kennst Du Deinen alten Freund Keller nicht mehr? —

Hampelmann. Wie? Du lebst? — des freut mich von ganzem Herzen. — Du bist nicht todt?

Keller. Sehr krank bin ich gewesen! die Aerzte hatten mich schon aufgegeben, doch, Gott sei Dank, meine gute Natur siegte — und ich bin glücklich wieder hergestellt.

Hampelmann. Des freut mich. Awwer bei so bewandte Umstände is es nix mit der Vormundschaft.

Keller. Es bleibt bennoch dabei; Du wirst Vormund von meiner Nichte Victorine.

Alle (Victorinen ansehend). Seine Nichte?

Hampelmann. Des Victorinche is die Nicht — oder is es des Victorinche nicht? Ich wähs gar nicht —

Keller. Nein, sie ist nicht meine Nichte, sondern —

Hampelmann. Gott was e Genichts — mer werd ganz ähnfällig —

Keller (fortfahrend). Meine Tochter! —

Alle. Was? Wie?

Hampelmann (mit ironischer Geberde). Alter Sünder, hammer dich.

Keller. Freund Hampelmann, sie durfte von unsrer frühern Bekanntschaft nichts wissen. Ich richtete Alles so ein, daß sie zu Dir kam; mich überzeugte, Du seiest der Alte noch — und nur nach meinem Tod solltest Du erfahren —

Hampelmann. Gott! Gott! Ich wähs schond Alles; in dere Schul sinn noch ganz annere Leut krank.

Victorine (zu Madame Hampelmann). Jetzt, Madame Hampelmann, werden Sie mir doch glauben, daß ich nur deßhalb Ihr Haus verließ, die Pflegerin meines guten Onkels zu werden, und alles, was in meinen Kräften steht, zu seiner Genesung beizutragen — doch er ist gesund, das macht mich sehr glücklich, und gerne kehre ich auch ohne Erbschaft zurück.

Keller. Meine Tochter! Du sollst dennoch von mir bedacht werden; ich gebe Dir fl. 10,000 Aussteuer, sobald Du einen braven Mann findest.

Mousseur (vortretend und militärisch salutirend). Hier!

Hampelmann (beinahe mit ihm zugleich). Hier!

Mad. Hampelmann. Du?

Keller. Wer sind Sie mein Herr?

Victorine. Ein recht tüchtiger Mann, dem wir alle vielen Dank schuldig sind.

Hampelmann. E Champagner=Räsender. Un marchand en vain.

Höflich. Un Capitän der Nationalgarde in Straßburg. — Sie wissen Herr Keller, daß ich heut e Paket von Werth von fl. 10,000 in Staatsbabiere an Ihr Abreß hab, die warn futsch,

wann uns der Herr nicht von de Spitzbube befreit hätt'. — Sie
kenne sich bei ihm bedanke, denn nur er —

Hampelmann. Un ich — —

Keller (ihn wohlgefällig betrachtend). Brav, junger Mann. —
Sie gefallen mir. — Victorinen scheinen Sie auch zu gefallen?
— Wohlan! nehmen Sie sie — und die fl. 10,000.

Mousseur. Herrlich! Was Mamsell Victorine betrifft,
die, (ihr die Hand hin haltend, — kleine Pause — Victorine schlägt ein)
nehme ich, und die fl. 10,000.

Hampelmann. Die nähm ich.

Mousseur. Die nehme ich auch. — Ich werde nicht mehr
reisen. In einem soliden Geschäft, in dem schönen Frankfurt
will ich sie zu Hunderttausenden machen. Nichtwahr?

Hampelmann. So werd die Tugend belohnt. (Zum
Publikum) No, meine Herrn, war des net e äußerst merkwerdig
Rähß? — den Eilwage versäumt, e Mauthvergnüge ausgestanne,
die Barrick genomme kriet, e Mittagesse, des mer bezahlt hawwe,
un nir gesse, Reiber un Strohmänner, e exzellent Bett, wo ich
net enein komme bin, un des Ganze krent e umgeschmissener
Eilwage un e Heirath. — Wann Se des Stick heut net unwerfe
losse, so hoffe ich des Umschmeiße mit dem Eilwage vor Ihne
Ihre Aage noch öfters zu produziere.

(Der Vorhang fällt.)

E n d e.

Herr Hampelmann

sucht ein Logis.

Lokal=Lustspiel in fünf Bildern.

———❧◦◦❧———

15

Personen.

Herr Hampelmann, Rentenirer.

Madame Hampelmann (vorher verehelichte Sauer, geb. Süß), seine Frau zweiter Ehe*).

Sophie, seine Stieftochter.

Herr Hübner, sein Freund.

Carl Neumann.

Mademoiselle Aurora Wachtel, Sängerin.

Herr Ganz.

Madame Ganz.

Louise, ihre Tochter.

Regine, Stubenmädchen bei Ganz.

Herr Wackelmann, Ganz Schwager.

Mariane, Kammermädchen bei Aurora.

Ein Stadtgerichtspedell.

Ein Schneidergesell.

---

*) Es lag in der Absicht, die Rolle der Mad. Hampelmann sowohl, als einige andere in der Frankfurter Mundart zu geben, der Mangel geeigneter Darsteller jedoch machte die gegenwärtige Redeweise nöthig, welche, gehörig motivirt, bei der Darstellung von keiner üblen Wirkung ist. Bei Aufführungen (z. B. in Privatgesellschaften), wo dieses Hinderniß wegfällt, kann ja leicht der Dialekt, da wo es nöthig, für die Schriftsprache substituirt werden.

Erſtes Bild.

(Ein nicht elegantes, aber reinliches Zimmer, mit Mittel= und Seitenthüren rechts ein praktikables Fenſter, in der Wohnung des Herrn Hampelmann.)

Scene 1.

Sophie (allein, am Fenſter ſtehend und hinaus redend).

So? Zu einem Familien=Diner gehen Sie? — Darum ſind Sie ſo geputzt? Nun, ich wünſche Ihnen viel Vergnügen. — Es werden wohl eine Menge ſchöner Damen dort ſein, bei denen werden Sie mich ſehr leicht vergeſſen. — O werfen Sie nur Küſſe, ſo viel Sie wollen, ich ſende Ihnen doch keinen zurück! ich traue Ihnen nicht mehr; Sie ſind ein häßlicher, unbeſtändiger Menſch, der — ach, meine Eltern kommen! — (Sie macht das Fenſter zu.)

Scene 2.

Vorige. Herr und **Madame Hampelmann.**

Mad. Hampelmann. Und genug, ich ſage Dir's, Hampel= mann, ich bleibe nicht länger hier wohnen; das Logis iſt mir unausſtehlich!

Hampelmann. Wähs Gott, merkwerdig! Wann Du Dir emol was in Kopp setzt, brengt derich kän Menich eraus — Seitdem ich mich in Ruh gesetzt hab, sind mer des Geld aach net uff der Gaß — meenst Du vielleicht ich kennt firwe hunnert Gulde for e Logis ausgewwe? — Ja, wann dausend Deiwel Batze weern. — E Mann, der von seine Zinse lewe muß. —

Mad. Hampelmann. Du könntest ja doch eine Bedienung bei der Stadt annehmen.

Hampelmann. Ich will kän Bedienung — Guck emol an — Ke was wern se mich dann mache? — Korz, ich hab mich zur zwätt Frä entschlosse um emol Ruh ze hawwe — un jetzt bringelirschte mich in ähm fort mit eme große Logis.

Mad. Hampelmann. Du willst blos hier wohnen bleiben, um mir zuwider zu handeln. Aber diesmal gebe ich nicht nach! Ich habe wahrhaftig meinen glücklichen Wittwenstand nicht geopfert, um hier in Frankfort schlechter zu wohnen, wie in meinem Hanau.

Hampelmann. Mein Settche seelig, hat sich doch brinn gefunne. Wie ich um Dich gefreit hab, Adelheit, do haft be annersch geredt — Du haft ägentlich nichts von mir verlangt, als daß ich mer Dein schönes Casselaner Deutsch, was uffe Hanauer Gelerib gebrobt is, angewehne sellt. — Un bernochender — ich kann derich sage — haft be mich dahin gebracht, daß ich — blos um Dir angenehm zu erscheine — auch in die scheene Wissenschafte so e bissi gepuscht hab — un des kost aber alles Mees — Ei die Lectihr kost ja allän e Häbegeld! All die Pennings-magaziner un Hellermagaziner, un Konversationsblätter — des nemmt ja gar kän End — die Buchhänneler schicke ehm ja Hänzler-Wäge-weis des Zeug ins Haus.

Mad. Hampelmann. Aber Hampelmann ich bitt Dich! —

Hampelmann. Netwohr! — nä — hern sollst des! — Sieh — Guck — hätt ich e Frä aus Frankfort genomme, die nach ihrm Schnawel geredt hätt un nicht Dich hochbeitsche Person, so wäre mer die Art Bosse all net beigefalle. — No, freilich es kommt aach daher, daß ich e je Ruh gesetzter Mann ohne Geschäfte bin — dann ebes muß der Mensch doch buhn. Die Gelegenheit mit dem Theater, die mer aach je häufig frequentirn — die scheen Oper — die scharmante Sänger un Schauspieler, manch= mol trifft mer se in de Werthshäuser — mer amesirt sich — drinkt en Schoppe mehr — un so — un des kost awwer alles Geld.

Mab. Hampelmann. Schwatze doch nur nicht so ein= fältiges Zeug! wer hat je so etwas von Dir verlangt — Gott, in Gegenwart meines Kindes. — Du findest es also sehr angenehm, drei Treppen hoch zu steigen? und was für Treppen? Unser Freund Hübner, der die Gicht hat, besucht uns blos darum jetzt so selten. — Ueberhaupt leben wir so erschrecklich eingezogen, kein Mann darf zu uns. Wäre ich eitel, müßte ich glauben, Dich plage die Eifersucht.

Hampelmann. Eifersucht! — Mach mer mein Gaul net scheu, Abelheit! Ich Peter Hampelmann eifersichtig!? — Ich warsch bei meiner erschte Frää net, un solls jetzt bei Dir seyn? — des wer je spet. Nä, ich baue uff Dein Tugend, uff Dein Bildung — uff Dein Exterieur — uff dein Fisonomie und uff Dein 50 Jahr, un uff was mer sonst noch baue kann. — No! un was wärsch, wann ich aach als emol eifersichtig wär? Worscht wibber Worscht. — Bist Du dann net aach als eifersichtig? No, no! Du kannst ehnder Ursach hawwe. — (Eitel scherzend) Mer war emol e scheener Mann — mer hat sich conservirt, — un die Weiber —

Mab. Hampelmann (verdrießlich). Lachen den eitlen alten Gecken aus.

Hampelmann. Des is purer Aerger, Schatz — Awer lasse mer jetzt alles ruhe, un bleibe mer wohne — hörst be? un was host be dann gege des Logis? bedenk nor an, mer hawwe die Sonneseit, die Kich raacht net, en scheene Alkov zum Schlafe. — Die Fensterrahme sin freilich e bissi wackelig —

bes mecht bie Wetterſeit. Die Laag is lebhaft. — Guck nor
emol bem Fenſter enaus. — Wie e Gukkaſte. Do in ber Nachbar=
ſchaft wohne zwää Schmibt, bie kloppe ehm bes Morjenbs um
vier Uhr aus be Febbern — bo in ber Näße von be ſcheenſte
Werthshäuſern — bo ber Pariſer Hof — ber Weibebuſch — ber
Schwane — be ganze Tag rumple bie Eilwäge vorbei — bo
verzehl ich ber als von meiner Nürnberger Rähs.

Mab. Hampelmann. Sei mir nur von beiner Nürn=
berger Reiſe ſtill. — Dummes Zeug! Suche nur, unb bu wirſt
ſchon eine beſſere finden.

Hampelmann. Ja ſuch nor äner hier in Frankfort e
Logis — vielleicht borch bie Nachricht! bo wird mer meeſt geuhzt.
Do ſteht als: eine freinbliche Wohnung in ber ſchönſten Lage
ber Stabt. — Wann mer ſein Baze zum Nachfrage ausgewwe
hot un kimmt hin, — ſo is es in ber Kaltelochgaß; e annermol
häſts: in ber Mitte ber Stabt — un bo is es uff em Klapper=
felb, obber aach, wann ſteht: auf einer Wallſtraße mit ber Aus=
ſicht ins Freie — bo is es gewiß am Affethor, un manchmol gar
häßßts: uff ber Sonneſeit in ber Roſegaß.

Mab. Hampelmann. Man muß einem Makler Auftrag
geben. — Am liebſten wäre mir eine Parterre=Wohnung.

Hampelmann. Ganz wohl! baß ähm alle Ageblick in bie
Fenſter enein geguckt werb, un mer jeb Wort hört, was mer
rebb — Du wäßt, ich fihre als garſtige Rebbe — un zu bem
bin ich als e Haupt=Liberaler bekannt — Un bes Awenbs kloppe
ähm bie beeſe Bume am Fenſter, un ſellts nor ſein um ze
frage wie viel Uhr es is.

Mab. Hampelmann. Hampelmann, mit all Deiner hoch=
geprieſenen Klugheit biſt Du boch ſehr kurzſichtig. Bebenkſt Du
benn nicht, baß Sophie alle Tage heirathen kann.

Hampelmann. Des wähs ich — un bes Mebche is e
Schaz for en jebe Mann — Es is e braves, beſcheibenes —
wohlerzogenes, ſparſames Mebche — es is ja — unner Deiner

Leitung — so ze sage unner Deine Fittig uffgewachse. In Hanau, fern vom Getöse der Welt, mit beständig vor Auge habendem Beispiel. — Sophiche, Du brauchst Dich net ze schäme, Du kannst Dich in Frankfort sehe losse — un wann be Dein Mäulche uff duhst, se hält mer Dich for e Hanoveranern.

Scene 3.

Vorige. Herr Hübner.

Hübner. Guten Morgen, Guten Morgen, wie stehts? wohl auf?

Hampelmann. Ei, ei! Freind Hibner — noch eme halwe Johr, endlich emol von Angesicht. — E! hawwe ber net die Ohrn geklingelt? Ewe hawwe mer von dem Herrn geredd — No? wie gehts mit der Gesundheit, alter Düringer Du?

Hübner. Ei nun, recht erträglich — habe seit ein paar Tagen keinen Gicht-Anfall gehabt, und fühle mich neu belebt. — Sie sind doch allerseits wohl? Madam und Mamsell? — Sieh, sieh, sieh! wie das Kind herangewachsen ist. — Bei meinem letzten Besuche waren Sie nicht zu Hause, aber so groß habe ich Sie mir nicht gedacht! — Ja Freund, da merkt man, daß wir alt geworden sind.

Hampelmann. Des hot mein Frää ewe aach bemerkt. Ja, ja, des Sophiche hot sich eraus gemacht; kann alle Dag heirathe. — Aus Kinner wern Leut.

Hübner. Heirathen? ei wie alt ist sie denn?

Sophie. Siebzehn Jahr, Herr Hübner.

Hübner. Schon? ja, ja, die Zeit vergeht; freilich, da kann man schon auf einen Mann denken. (Bedauernd) Hm, hm, hm! Das ist ja recht verdrießlich!

Hampelmann. Was dann?

Hübner. Ich hatte euch eine prächtige Parthie vorzu= schlagen.

Mad. Hampelmann. Nun, dabei sehe ich doch nichts verdrießliches.

Hübner. Doch, doch! denn ich habe bereits einer andern Familie den Antrag gemacht. Der Familie Ganz, wenn Ihr sie kennt.

Hampelmann (nachdenkend). Ganz? Ganz?

Mad. Hampelmann. Lieben sich denn die jungen Leute?

Hübner. Von heute Nachmittag an. Der Vater des jungen Mädchens hat ein Diner arrangirt, dabei sollen sie sich kennen und lieben lernen. (Bedauernd) Ei, ei, ei! schade! das wäre so etwas für Deine Tochter gewesen.

Sophie. Ach, lieber Herr Hübner, ich bin wohl noch zu jung.

Mad. Hampelmann. Jung bist Du, das ist wahr; aber heut zu Tage muß man sich ja keine Gelegenheit entschlüpfen lassen, unter die Haube zu kommen.

Hübner. Es ist ein junger Mann, dem seine Eltern gern eine einfache, wirthschaftliche Frau geben möchten.

Hampelmann. O, des is des Medche; — e sanftes, be= scheidnes, sparsames Medche — in Hanau uffgezoge — nix von Frankforter Bosse im Kopp — gibt emol e prechtig Hausmitterche, — natürlich, unner be mitterliche Fittige uffgewachse, des tägliche Beispiel, dann gute Sitte verderbe beese Beispiel — obber beese Beispiel — —

Hübner. Schon gut. So eine grad thut ihm Noth. Er ist, wie alle hiesige junge Leute, ein wenig windig, macht jedem hübschen Gesichtchen den Hof, verschwendet sein Geld, stellt Wechsel aus — ist mit einem Worte ein loderer Zeisig!

Sophie. O, lieber Herr Hübner, ich kann die gewöhn= lichen Zeisige nicht leiden, geschweige dann die loderen. Ich danke sehr.

Hübner. Aber dieser hat ein gutes Herz, wird sich beffern, und — wohl zu merken — fragt nicht nach einer Ausfteuer, denn er wird Erbe eines Vermögens von fechzig Taufend Gulden.

Mad. Hampelmann (zu ihrer Tochter). Denke Dir fechzig Taufend Gulden.

Sophie. Was würden mir die nützen, wenn ich ihn nicht liebte!

Hampelmann. No, no, des werd fich fchon finne — Du werfcht doch des Kind net immerrebbe wolle?

Mad. Hampelmann. Ach was, in ihrem Alter muß man von vorzugsweifer Neigung noch gar nichts wiffen. Wenn wir nur eine andere Wohnung hätten, daß wir Gefellfchaft geben könnten.

Hampelmann. Ahache! alleweil merk ich den Schnuppe — will des bo enaus!?

Mad. Hampelmann. Ja, ja, dahinaus. Und bildeft Du Dir denn ein, ein reicher junger Mann werde in folcher Spelunke, wie diefe hier, wohnen wollen?

Hampelmann. Spelunke — vous même Spelunke — guck emol an! — Alles vor fimwe Jahr erfcht fcheen mit Oelfarb an= geftriche — e einfallend Licht uff die Steeg gemacht, en neue Bufchifche Ofe, un en Mackifche Heerd, friedlich neberenanner fetze loffe, den Alfov neu tapeziert.

Hübner. Aber der junge Mann bedürfte Eurer Wohnung gar nicht; der würde feine Frau fchon brillant logiren.

Hampelmann. Nän, Freindche — bo wärfch ohnehin nix mit der Barbieh — wann des Sophiche heirath, muß der Mann zu uns ziehe. — Die Mutter buhts net annerfcht, und ich, e Mann ohne Gefcheft, will mein Amifement hawwe — In käm Fall — fonft liewer —

Mad. Hampelmann. Sonft bekommt er fie nicht, das haben wir feft abgemacht. Sophie muß bei uns bleiben, fonft

wären wir unglücklich. Und aus diesem Grunde schon müssen
wir eine andere Wohnung haben.

Hampelmann. So bleibts derbei.

Hübner. Nun Kinder, lebt wohl! es hat mich gefreut, Euch
so gesund und munter gesehen zu haben.

Hampelmann. Abieu! Freund Hübner — Wann der
wibber emol e Schwiggersohn mit fl. 60,000 uffstößt — un es is
der Mamsell recht — so sage mer aach ja — Netwohr, Adelheit?

Mad. Hampelmann. Gewiß.

Hübner. Verlaßt euch auf mich, Leutchen! was ich für
Euch thun kann, geschieht gewiß.

Hampelmann. Ich wähß, Du bist e guter Kerl — wann
Du ähm was ze Gefalle thun kannst —

Hübner. Also — Abieu Madame — Mamsell — auf
hoffentlich baldiges Wiedersehen. — (Er geht.)

Mad. Hampelmann (begleitet ihn). Gehen Sie nur ja recht
behutsam die Treppe hinab — die Gicht schlägt Ihnen sonst
wieder in die Beine.

Hübner. Ich werde mich ans Geländer halten. Abie! (Ab.)

Hampelmann. Des werd wibber blos gesagt um mich ze
ergern.

***

Scene 4.

Herr und Madam Hampelmann. Sophie.

Mad. Hampelmann (kommt wieder vor). Nun hast Du's
doch gehört — er ist gezwungen, sich ans Geländer zu halten.

Hampelmann. Geschicht em Recht! warum hat er des
Gicht.

Mad. Hampelmann. Ein schönes Raisonnement.

Hampelmann. Aach noch! Ich hab kän Mitleid mit em —
Er hot in seine junge Jahrn e bissi gebollt un hot aach net emol

geheirath — un wiſſe meegt ich, warum der Mann net aach ſein
Kreiz uff'm Buckel treegt wie e annerer ehrlicher Berjersmann
aach. So e Junggeſellelewe, ſo lang es geht, is es recht commod.
For niemand ze ſorge — als for den ägene Leichnam — da
bränge ſe ſich in ordentliche Ehemänner Häuſer — mache ſich an
die Weiber — renne und laafe durch dick und dinn, dorch Rege
un Schnee vor lauter Scharmanteteet — und krieje ſe dann am
End des Podagra — dann kenne ſe käner borgerliche Trepp
mehr enunner. — Ja! ja! gerechte Straf! prenez ein Exempel.
    Mad. Hampelmann. Hampelmann! nimm den Mund
nicht ſo voll, hörſt Du! — Man weiß, daß, troß Deines kahlen
Kopfes, Dich jedes leibliche Geſicht entflammt.
    Hampelmann (lächelnd). O Adelheid.
    Mad. Hampelmann. Ich frage Dich jeßt übrigens zum
leßten Male: wollen wir uns nach einem andern Logis umſehen,
oder nicht?
    Hampelmann. Sie läßt net nach, un läßt net nach —
Sophiche — hol mer mein neue Frack.
    Sophie. Gleich lieber Vater. (Sie geht ins Nebenzimmer ab.)
    Hampelmann. Was will mer mache, der Geſcheidſt gibt
nach — un der Geſcheidſt bin ich. — Eßt wolle mer gehn un
alle Heuſer angaffe — wo e Logis zu verlehne ſteht — uffs
Miethbireau; imwerall hin.
    Mad. Hampelmann. Hampelmann! das iſt brav! ſo
biſt Du vernünftig! (Ab ins Nebenzimmer.)
    Hampelmann. Bin ich jeßt verninftig — Scheen!
    Sophie (kommt mit dem Frack zurück). Hier lieber Vater.
    Hampelmann. Geb her (zieht ihn an) Kind — helf mer —
Dein Mutter — Du hältſt mer ja den Ermel ebſch — mecht
mer den Kopp ſehr warm — ſitzt er ordentlich? (In den Spiegel
blickend) Der Frack ſteht mer wähß Gott net bes — wo is mein
Hut — der mit dem ſchmale Rand — der mecht e biſſi jung —
Ich glab gar kän Rand, mecht noch jünger — bleib da, ich hol

en felbft, ich buh mer zegleich mein Sammetkrage e biffi mit der Sammetberfcht ausberfchte. (Geht feiner Frau nach.) Wer kann net wiffe, wie mer unner Frauenzimmer kimmt. (Ab ins Nebenzimmer.)

Scene 5.

Sophie (allein, geht ans Fenster).

Ob er wohl fchon ausgegangen ift? — (Das Fenster öffnend) Nein, da fteht er! — (Hinausredend) Ein Billet wollen Sie mir herüber werfen? worin fie mir wieder vorlügen, daß Sie mich lieben, nein, nein! — Sie find ein Schmetterling! fliegen von Einer zur Andern! Er wickelt das Papier um einen Stein — (Zum Fenster hinausredend) Ja unterftehen Sie fich! wenn Sie die Scheibe treffen — (Sie macht das Fenster weit auf und tritt bei Seite.) So — nun werfen Sie! — (Es fliegt ein Papier, an einen Stein befeftigt, durchs Fenster in das Zimmer.) Das ift ein zubringlicher Menfch! — (Sie nimmt das Papier und lieft) „Theures, ewig geliebtes Mädchen!" — (Spricht) Ewig! das ift eine Lüge! Mutter fagt: es gibt keine ewige Liebe. (Lieft) „Empfangen Sie den Schwur" — (Sprechend) Ha! die Eltern kommen! — (Sie ftellt fich gleichgiltig ans Fenster.)

Scene 6.

Herr und Madame Hampelmann. Sophie.

Hampelmann. Du guckft nach dem Wetter, net wohr? bleibts fcheen.

Sophie. Hm — nein — es ftehen Regenwolken am Himmel!

Hampelmann. No, da geb mer nor mein Barbeleh eraus, fonft krije ich mit Deiner liewe Mutter en Strauß uff der Gaß.

Sophie. Hier lieber Vater! — (Sie giebt ihm den Regenschirm.)

Mad. Hampelmann (zu ihrem Mann). Da, trage meinen Shawl, meinen Ribicule.

Hampelmann (seufzt). Ja, Dein Rebicüle ze trage, is mein Schicksal. — Ich beht liewer aach noch die Katz mitnemme.

Mad. Hampelmann. Mache nur keine unnütze Be= merkungen. Hier die Nachricht, worin die valanten Wohnungen stehen — nun gieb mir den Arm! So!

Hampelmann. Aach noch — no ezt hab ich uffgepackt wie e — — (Er will mit seiner Frau abgehen.)

Mad. Hampelmann (kehrt um). Und, Sophie, verwahre das Haus ordentlich, und sieh manchmal in die Küche, daß das Mädchen nichts anbrennen läßt.

Hampelmann. Un sie soll net so ferchterlich Feuer mache — for was is dann der abscheulich Holzconsumo? (Er geht wieder mit seiner Frau.)

Mad. Hampelmann (kehrt um). Kommt Jemand, so sag, wir kämen zu Tische wieder nach Haus. Und sieh nicht zum Fenster hinaus, wenn wir weg sind, das rathe ich Dir — (Sie geht mit ihrem Mann.)

Hampelmann (kehrt um). Guck mer e bissi uff's Holz, mit dem letzte Gilbert is die Mähd in drei Woche fertig worn.

Mad. Hampelmann. Nun komm endlich! — (Sie geht wieder mit ihrem Mann.)

Hampelmann (kehrt um). Das kann ich net prestire. Ja wann ich mein Gescheft net verkäft hett. Des Holz is so so theuer, mer selt werklich Torf obber Braunkohle — die rieche awwer wie der Deiwel.

Mad. Hampelmann. Peter, willst Du mich böse mache.

Hampelmann. Des werd e Kunst sein. — Ich muß des Geld herbeischaffe — un wanns der Köchin gefällt, wege eme Pannekuche e Feuer wie e Hell ze mache, als wollt se en Ochs

brote — so wern ich doch aach e Wort rebbe derfe. — Wart
emol Abelheit, hab ich dann aach mein Geldbeutel? — (Er zieht
seinen Geldbeutel hervor, der in einem andern Geldbeutel steckt.) So! —

Mad. Hampelmann. Ei, Du hast ja zwei Geldbeutel
in einander stecken?

Hampelmann. A Närrche! des is, wann ich ähn ver-
liehrn, so hab ich doch noch en annern. (Er ist mit seiner Frau hinaus,
Sophie begleitet ihn.)

Ende des ersten Bildes.

Zweites Bild.

(Ein sehr elegant möblirter Salon bei der Demoiselle Aurora Wachtel.)

Scene 1.

Carl Neumann. Mariane.

Carl (eilig mit Marianen eintretend). Rasch, rasch, liebe Mariane! sage Deiner Gebieterin, daß ich hier sei; sie soll kommen, sogleich!

Mariane. Hu! wie ungestüm! was haben Sie denn heut?

Carl. Eile, Eile, große Eile! ich kann keine fünf Minuten hier bleiben. Also thue mir den Gefallen und melde mich.

Mariane. Ich gehe schon! — (Geht ins Nebenzimmer ab.)

Carl (allein). Mir ist sonderbar zu Muthe! wohin ich sehe, nichts als Trübsal und Verwirrung! Hier eine Geliebte, dort eine Geliebte, vor mir eine Heirath, hinter mir Gläubiger und Gerichtsdiener! im Herzen ein Doppelgefühl von Liebelei und wahrer Empfindung, im Kopfe Thorheit und wiederkehrende Vernunft — wie soll ich das alles ordnen! —

14

Scene 2.

Aurora. Carl. Später **Mariane.**

Aurora. Willkommen, Herr Neumann! Mariane erzählt mir von Ihrem Ungestüm, Ihrer Eile —

Carl. Von meiner Sehnsucht nach Ihnen, himmlische Aurora! Ich mußte Sie sehen, mußte mir Rath und Trost in meiner peinlichen Lage von Ihnen erbitten.

Aurora. In Ihrer peinlichen Lage? Was widerfuhr Ihnen?

Carl. Das Entsetzlichste! Man gibt mir heute ein Diner, und zum Desert — eine Frau.

Aurora. Eine Frau.

Carl. Ja — eine Frau. Hören Sie ganz kurz den Zusammenhang; meine Eltern haben hier einen Freund, der ihnen über meine Handlungen regelmäßige Berichte abstatten muß. Dieser findet nun, daß ich ein lockerer leichtsinniger Jüngling sei, der sein Geld verschwende, unnütze Schulden contrahire, zu nichts führende Amouren anspinne und dergleichen mehr. Um mich an ferneren Tollheiten — so nennt der Murrkopf meine reinsten Leidenschaften — auf ewig zu verhindern, hat er den Plan gemacht, mich zu verheirathen. Heute Mittag soll ich meine Zukünftige zum erstenmale sehen, und da deren Eltern durchaus nur eine Verbindung aus Neigung zugeben wollen, sie prima vista lieben.

Aurora. Und was sagen Sie dazu?

Carl. Bis jetzt habe ich mich geduldig leiten lassen — das Ding sieht aus, wie ein Roman, und der Freund meiner Eltern hat auch wirklich bereits die ersten Kapitel geschrieben, denn er hat, ohne mich weiter zu fragen, für mich um das Mädchen geworben, den Heirathscontract entworfen, und die Gäste zur Verlobung gebeten; — aber das letzte Kapitel werde ich anfertigen, und das soll zum Titel haben: die Braut ohne Bräutigam.

Aurora (freundlich und herzlich). Lieber Carl, Sie wollen meinen Rath?

Carl. Ja, ja, Göttermädchen! rathen Sie!

Aurora. So erfüllen Sie den Wunsch Ihrer Eltern!

Carl. Wie?

Aurora. Ihr Verlangen ist billig und gerecht!

Carl. Das können Sie mir rathen? Sie, die ich anbete, ewig, unaussprechlich liebe?

Aurora (lächelnd). Darin täuschen Sie sich, lieber Freund; Sie schätzen nur mein Talent, meine wenigen Vorzüge haben Ihr Herz ein wenig ergriffen, aber — Liebe empfinden Sie nicht für mich.

Carl. Aurora!

Aurora. Jetzt wenigstens nicht mehr! — Ein anderer Gegenstand fesselte Sie, Ihr vis à vis — am Fenster.

Carl (beschämt). Aurora!

Aurora (gütig). Ich zürne Ihnen nicht deshalb; — auch wird Ihre Neigung zu der hübschen Nachbarin eben so rasch vergehen, wie die zu mir. Und darum heirathen Sie; (lächelnd) es wird Ihnen gut thun.

Carl (wehmüthig). Welch ein Thor war ich, mir einzubilden, Sie liebten mich.

Aurora. Ich war Ihre Freundin und will es bleiben, — fern von hier. Carl — eine Offenheit erfordert die andere. Auch ich werde heirathen.

Carl. Heirathen? Sie?

Aurora. Den jungen, talentvollen Tonkünstler Wilson aus London, den Sie einigemale in Concerten hörten. Morgen reisen wir in sein Vaterland!

Carl. Morgen schon?

Aurora. Wünschen Sie mir Glück!

Carl. Darum kündigten Sie diese hübsche Wohnung auf! Darum waren Sie Tagelang auf dem Lande! O Aurora! Sie haben mich hintergangen.

Aurora. Niemals! — Sie selbst haben sich getäuscht. Wilson liebt mich! —

Carl. Ich ja auch!

Aurora (lächelnd). Romanenliebe! — Wilson liebt mich aufrichtig! — (Es klingelt draußen.)

Aurora (erschrickt heftig). Ha! mein Gott!

Carl. Was ist Ihnen?

Aurora. Es klingelt — das ist Wilson — er wollte um diese Zeit hier sein.

Mariane (tritt ein). Fräulein, es klingelt — (Besorgt auf Carl sehend.) Soll ich öffnen! —

Aurora (hastig). Allerdings — und sogleich — daß er keinen Verdacht schöpfe! —

Mariane (geht ab).

Aurora. Um Gotteswillen verbergen Sie sich — nur einen Augenblick — ich führe ihn sogleich in mein Zimmer —

Carl. Aber wo, wo?

Aurora. Hinter den Fenstervorhang — nein — da könnte er Sie sehen — hier in diesem Wandschrank — er ist tief genug — Mariane soll Sie gleich wieder befreien — (ängstlich) Er kommt — ums Himmelswillen.

Carl. Ruhig — ich bin schon drinnen. (Er steigt in den Wandschrank.)

Aurora. Wie soll ich Fassung gewinnen! ich zittre und bebe!

————

Scene 3.

Vorige. Mariane. Herr und Madame Hampelmann.

Mariane. Der Herr wünscht das Logis zu besehen!

Hampelmann. Ja; — gehorsamster Diener — Madam obber Mademoiselle — Adelheit, faites votre compliment — wenn Sie's erläwe, so wolle mer so frei sein, und des Logis e bissi besehe (bei Seite) e charmantes Frauenzimmer!

Aurora (gezwungen höflich). Wenn Ihnen gefällig ist — Mariane, zeige Ihnen die Zimmer — (für sich) Widerwärtige Verpflichtung. —

Mariane (das Nebenzimmer öffnend). Belieben Sie —?

Mad. Hampelmann. Na, komm, Hampelmann.

Hampelmann. Gleich, den Ageblick — geh Du nor voran; ich beguck mer e weil den Salon.

Mad. Hampelmann. Was das nun wieder für —

Hampelmann. Ich verlaß mich ganz uff Dein Geschmack — Schatz — der is erprobt an mir, also —

Mad. Hampelmann (im Abgehen für sich). Ich weiß recht gut, warum er hier bleibt, der alte Geck! — (Sie geht mit Mariane ins Nebenzimmer.)

Scene 4.

Aurora. Hampelmann. Carl Neumann (im Wandschrank).

Aurora (für sich). Fataler Zufall! Der arme Carl!

Hampelmann (für sich). Alleweil is se fort. — Jetzt wolle mer uns emol e bissi bei dem Frauenzimmer herbei mache. (Laut) Also des is hier der Saal? —

Aurora. Ich benützte ihn zum Boudoir.

Hampelmann (zärtlich). Boudoir — Ihr Boudoir? — Ach Gott! wo so viele Reize — da wern ich künftig schla —

Aurora. Wie Ihnen beliebt! — (Für sich) Der Mensch ist sehr zudringlich.

Hampelmann. Wohnen, leben und weben — Gott! wann ich da an die Ex-Besitzerin zurück denke. (Bei Seite) Ich muß mein Worte aartlich setze, vielleicht kann ich mich bei dem Engel e bissi insinuire.

Aurora. Er geht nicht vom Fleck!

Hampelmann. Finfhundert Gulde soll des Logis jährlich koste? N'est ce pas — meine charmante Madame?

Aurora. Ich weiß wahrlich nicht — ich zahle monatlich.

Hampelmann. Monatlich — hm, dann is fl. 500 viel Holz — beaucoup de bois —

Aurora. Wie, mein Herr?

Hampelmann. Geht der Hauseigenthümer net ebbes erunner? die Finfhunnert-Gulde-Logis falle alleweil im Preis — Was sage Sie derzu?

Aurora. Wohl möglich! — (Bei Seite) Welche Marter! —

Hampelmann. Un warum — wenn mer froge derf, ziehe Se aus?

Aurora (erstaunt). Warum?

Hampelmann. Hätt des Logis vielleicht e Untugend an sich.

Aurora (verdrießlich). Ich reise nach London; um mich dort zu verheirathen.

Hampelmann. O, ich bitt Ihne, Sie verstehe mich falsch, meine Hochzuverehrende, ganz falsch — ich bin nicht von der Bolezei — daß ich mer eraus neme deht — Rechenschaft von Ihne Ihre Hannlunge ze verlange. Nein — Gott bewahre! — Ich will nicht wisse, ob des Ihne Ihrige Herz vor en Engellenner brennt; ich winschte blos ze erfahre, ob die Rich net räächt?

Aurora (ungeduldig). Nein, mein Herr!

Hampelmann. Sehr angenehm; so wer ich dann muth=
maßlicher Weise des bevorstehende Glück hawwe, in die Wohnung,
die die drei Grazie verlassen hawwe, einzuziehe.

Aurora (bei Seite lachend). Ich glaube gar, er sagt mir
Schmeicheleien?

Scene 5.

Vorige. Mad. Hampelmann.

Mad. Hampelmann. Nun? Du kommst nicht?

Hampelmann. Ich verlaß mich ganz uff Dich Adelheit
— Wie mecht sich des Logis?

Mad. Hampelmann. Nicht übel, aber der Preis ist
horrent; dazu gehört ja ein Einkommen von wenigstens jährlich —

Hampelmann. Die Demoiselle odder unbewußter Weis'
Madam — sin der unmaßgebliche Meinung — mer sollte mit
dem Hausherrn rebbe — Awwer jemehr ich die Madam betrachte — je mehr ich se von Angesicht zu Angesicht — je mehr
kimmt mersch vor, als wärn mir diese reizende Gesichtszüge schon
irgend wo uffgestoße — diese griechische Fisonomie schwebt mer
vor be Auge — vorm Kopp — vorm —

Aurora. Besuchen Sie vielleicht öfter die Oper.

Hampelmann. Die Oper? uffzewarte — wann abonnement suspendu, e Benefiz odder so was is — dann sonst kriet
unser ähns kän Loge, unb in der Wolfsschlucht mich bricke ze
losse, davor bedank ich mich.

Aurora (lächelnd). Nun, so werden Sie mich wohl dort
gesehen haben.

Hampelmann. Richtig, — richtig — jetzt besinn ich mich
— in äne von de erste Loge rechts, so zwische der dritte unb
achte vom Orchester.

Aurora. Nicht doch, mein Herr, ich bin Künstlerin.

Hampelmann. Künstlerin? Dun — — verzeihen Sie — ach! (Er verbeugt sich.) Adelheit! Soyez sage, verneig Dich — Künstlerin — Sie werden wahrscheinlich der Engel sein, der in der Stumme von Portizi des Publikum, als Flenella, dorch ihr graziose Bewegungen, dorch ihr so dorchaus stummes Spiel, in ere Gastroll so hingerisse hat?

Aurora. Nein ich bin Sängerin und gab hier mehrere Gastrollen.

Hampelmann. Ah! Sängerin! (Zu seiner Frau) Du Schätzi — des is die berihmte Künstlerin von der mer in der Didaskalia gelese hawwe, daß se bis ins dreimol gestrichelte ff enuff singt — und is eine Erscheinung, Nota bene eine hechstliebliche. (Zu Aurora im Enthusiastenton) Bravo Bravissimo! Aber, hochgefeierte Kinstlerin, Sie heirathen? — Sie wolle von dem Kunst= horizont sich entferne, und ihre himmlische Persenlichkeit dem gesammte Publikum entziehe? — Oh! Sein Sie nicht so grau= sam — oh! do bleiwe! do bleiwe! wird Ihne die Volksstimme zurufe. Gott, mir hawwe erscht kerzlich mehrere Verlüste in diesem Genre erlitte, die dorch Ihne Ihr Verschwinde um so sichtbarer for des musikalische Publikum wern.

Aurora (bei Seite). Ich ärgere mich und muß doch lachen.

Hampelmann. Oh, gehn Se — o bleiwe Sie da — ich bin hiesiger Berjer un sprech im Name des Publikums, lasse Se sich erwäche.

Mad. Hampelmann. Aber Hampelmann, bist Du denn ganz und gar wahnsinnig.

Hampelmann. Also Frääche, des Logis behagt Dir net? No dann wolle mer nicht länger incommodiren, dann wolle mer uns empfehle! Behalt — was Du hast — Du findst nix Besserch — ich hab's gleich gesagt — komm nach Haus. (Man hört leise donnern und stark regnen.)

Mad. Hampelmann. Ei, warum nicht gar! das wäre der Mühe werth gewesen! — wir gehen weiter — von Haus zu Haus.

Hampelmann. Brav! bo is mein Arm — Mademoiselle — obber vielleicht Madame unbewußt, wann Sie net morje stande bene nach dem englische London, nach der Lordstadt reif'te, so werd ich so frei sein, Ihne um Erlaubniß ze bitte, Ihne als dann und wann mein Uffwartung mache ze derfe, um mich nach Ihrem erlauchte Wohlbefinde zu erkundige. — Dann ich bin der Mann, der Zeit derzu hat, ich bin e Rentbier un hab kän Gescheft. So aber kann ich nur mit der Versicherung schließe, daß ich mich der Ehre Ihrer persönlichen Bekanntschaft ewig erfreuen werde, und meine Hochachtung Ihne ins Dampf= schiff bis immers Meer, in die Themse und dem Tunnel —

Mad. Hampelmann. Wirst Du endlich aufhören, ab= geschmackter Mensch! — (Sie zieht ihn fort.)

Hampelmann (bücklingt sich rückwärts hinaus). Aeußerst schmeichelhaft — unschätzbar Old Ingland for ever zeichne mit Achtung und Ergebenheit wery well — puff. (Mit seiner Frau ab.)

(Es donnert und regnet.)

Aurora. Endlich sind sie fort! das war ja ein unaus= stehlicher Mensch! — Jetzt, armer Carl, befreie ich Sie; Sie haben wohl viel ausgestanden? — (Sie geht an den Wandschrank.)

Hampelmann (von außen). Schätzi — des is net meglich! in dem Wetter kenne mer net fort. — Es schitt ja nor wie aus Zimmer. (Kommt mit seiner Frau zurück.) Bitte dausendmal um Ver= zeihung — der Regen führt uns widder zurück, hochzuverehrendste Mademoiselle — Mer bitte noch um einige Ageblicke Gastfreind= schaft — bis der triebe Himmel sich in en heitern verwandelt hat und des geschwengerte Gewelk — —

Aurora. Oh — ich bitte — (Für sich) Das ist zu arg — kaum behalte ich die Fassung! (Ruft) Mariane!

Scene 6.

Vorige. Mariane.

Mariane. Sie befehlen?

Aurora (leise zu ihr). Diese Leute ennuyiren mich auf's äußerste: sie wollen hier den Regen abwarten. Ich gehe in mein Zimmer, bleibe Du hier, bis ich zurückkomme. (Mit einer kurzen Verbeugung gegen die Fremden ins Nebenzimmer ab.) Der arme Carl! (Ab.)

Hampelmann (am Fenster). Gott, was des trätscht — wie mit Kiwel — No, nor zugeregnet, mir sitze hier im Trucene un lache derzu. Bis uff be letzte Troppe kenne mersch hie abwarte.

Mariane (für sich). Das wird sehr amüsant werden.

Hampelmann. Awwer ich wähs gar net, warum ich steh! (Setzt sich.) Du kannst Dich aach setze Adelheit, wann Du willst.

Mad. Hampelmann. Ja, ich muß wohl, der fatale Regen! (Setzt sich.)

Mariane. Nun, dann setze ich mich auch! (Thut es.)

Hampelmann (zu seiner Frau). Verhalt Dich nor ruhig — Die Kinste verlange Ruh, bedeutende Ruh. — Eine Sängerin muß studiren, muß denke — des Singe is ääch Kopparbeit. — Des Logis gefällt Dir also net? Antwort mer, mein Schatz, aber langsam — St.

Mad. Hampelmann. Ich wüßte nicht, wo Sophie schlafen sollte?

Hampelmann. No, die werd mit Gottes un unserm Freind Hibners Hilf en Mann krieje.

Mad. Hampelmann (laut). Hast Du schon wieder vergessen —

Hampelmann (hält ihr den Mund zu). St! piano — pianissimo — Du kreischt ja als wie — —

Mad. Hampelmann (leiser). Haft Du vergeſſen, daß ich meine Tochter ſchlechterdings nicht aus dem Hauſe laſſe, wenn ſie heirathet? — Der Schwiegerſohn muß zu uns ziehen. — Ich kann mich von Sophie nicht trennen, ſie macht mein einziges Glück — und beſorgt ganz allein die Haushaltung.

Hampelmann. No, ſo werd ich mer die Gelegenheit e biſſi genauer ausgucke. (Steht auf.) Des Zimmer worin mer do ſinn, des giebt e herrlich gut Stub — Ach! un do rechts do ſinn Kabenettercher; die be gar net beſehe haſt. (Er öffnet eine Seitenthüre.) Ei — recht geräumig — freilich zum Schlofe e biſſi klän. — Was buhn mer denn do enein? Richtig! — do werd e klän Kanteerche eingericht, wo ich als arweite beht. — Wann mer aach kän Geſcheft mehr hat, ſo muß mer doch e Kanteerche hawwe — es hot gleich e beſſer Anſehe. — Zum Couponsabſchneide is es ääch groß genug. — Do newe wern Benkel angeſchlage, do kannſt Du Dein eingemacht Obſt hinſtelle, mer mecht en Vorhang dervor, do kanns die Hannelungsbicher obber e Bibliothek vorſtelle. — Du wähſt, mer hawwe ja noch die alte Regale, wo vor Zeite die bämwollene Strimp un Unnerhoſe druff gelege hawwe, un do an dem Fenſter uff der Sunneſeit, do ſetze ich mer e Botell Kerſchebranbewein an — un bernewe kimmt unſer Lääbfroſch der grin Wetterprophet. (Er ſieht ſich im Zimmer um.) Ei — ei — ei — is des net vielleicht e Wandſchank?

Mariane. Das iſt ein Wandſchrank.

Hampelmann (zu ſeiner Frau). Des is e Wandſchank. — Guck emol an, wie aartlich. Un wozu hat Ihne Ihre liebenswürdige Herrſchaft dieſen Wandſchank benutzt.

Mariane. Sie verwahret ihre Kleider darin.

Hampelmann (für ſich). O glicklicher Wandſchank! (laut) for meiner Frää ihre Kläder megt er wohl ze klän ſein — dann die hat e formidable Garbrob — Net wohr, Adelheit, Dein Garderob is bedeutend? — un die Ermel nor allän — Was dähtſt be denn in den Wandſchank, wann er Dein wär?

Mad. Hampelmann. Ich müßte doch erst wissen, wie tief er ist.

Hampelmann. Richtig. — Des wolle mer gleich wisse.

Mariane (für sich). Umstände machen sie gerade nicht!

Hampelmann (öffnet den Wandschrank, sieht den jungen Mann darin, erschrickt, und sagt halb leise) Bitte dausendmal um Entschuldigung, wenn ich Se incomodire! —

Carl (mit erstickter Stimme). Aber Herr —

Hampelmann. Scht! ich kann schweije. (Er schließt die Thüre des Wandschranks zu und zieht in der Zerstreuung den Schlüssel ab.)

Mad. Hampelmann. Nun, ist er tief?

Hampelmann (mit dem Schlüssel spielend, für sich). Die Wand= schenk — des is e Warnung, des kennt ähm aach bassiere.

Mad. Hampelmann. No, so antworte doch! ist er tief?

Hampelmann. O! tief — tiefer, — wie ich gemeent hab, un hot e scheen Manneshöh; awwer nix for dich. — Es hot uffgeheert ze regne — wann ääch net ganz — mer hawwe ja en Bareleh. — Komm Schatz! (Er führt seine Frau.) Abieu Mamsell! empfehle Se mich Ihrer Herrschaft. (Für sich) Der Musje im Schank, is ganz gewiß ääch e Kinstler — e Tenorist. (Er schielt immer nach dem Wandschrank und stolpert an der Thürschwelle.)

Mad. Hampelmann. Na, Hampelmann, was machst Du denn? Du stolperst ja.

Hampelmann (lacht). Hahaha! hie leit der Musikant be= grawe, seegt mer im Sprichwort. — (Für sich) Es werd wohl e Musikant sein, der do brinn begrawe leit! — (Laut) Abieu! Abieu! (Mit seiner Frau ab.)

———

Scene 7.

Carl (im Wandſchrank). **Mariane.** Bald darauf **Aurora.**

Carl (ſchreit im Wandſchrank). Nun, macht mir endlich auf! ich halte es nicht länger aus.

Mariane. Was hör ich? — Herr Neumann ſteckt im Schranke! — (Sie läuft hin um zu öffnen.) Aber er iſt ja verſchloſſen — und kein Schlüſſel daran.

Carl. Wie? — kein Schlüſſel? — ſo hat der Satans= menſch ihn mitgenommen.

Aurora (tritt ein). Sind ſie endlich fort?

Mariane. Fort, und der fremde Herr hat in der Zer= ſtreuung den Schrankſchlüſſel mitgenommen, nun kann ich Herrn Neumann nicht heraus laſſen.

Aurora. Mein Gott — aber wie konnteſt Du erlauben, daß er den Schrank anrühren durfte!

Mariane. Er hat gar nicht um Erlaubniß gefragt, der zudringliche Menſch! —

Aurora. Nun, ſo eile ihm wenigſtens nach, forb're den Schlüſſel zurück.

Mariane. Sogleich! (Will gehen.)

Carl (ſchreit). Das dauert mir aber zu lange. Können Sie denn das Schloß nicht aufbrechen?

Aurora. Nicht möglich! eile Mariane, eile!

Mariane (geht eilig ab).

Carl. Nun ſo ſchlage ich die Thüre mit den Füßen ein.

Aurora. Um des Himmels willen, Carl — wenn jemand käme.

Mariane (kommt athemlos zurück). Fräulein — Ihr Bräuti= gam — er iſt ſchon auf der Treppe!

Aurora. Ha! — Carl — wenn Sie je einen Funken Liebe für mich empfanden, so halten Sie sich nur noch wenige Minuten ruhig. Es gilt meine Ehre und mein Glück! —

Carl. Nun, es sei, aber fliege Mariane, hole den Schlüssel, sonst beschließe ich mein junges Leben in einem Wandschranke, und das wäre zu prosaisch.

(Während Mariane eiligst abgeht und Aurora ängstlich den Kommenden erwartet, fällt der Vorhang.)

Ende des zweiten Bildes.

Drittes Bild.

(Ein reinliches, aber nicht sehr elegantes Zimmer bei Herrn Ganz.)

Scene I.

Louise tritt aus der Seitenthüre, ihr folgen Regine und der Schneider-geselle. (Letzterer sehr bleich mit einem großen Schnurrbart.)

Louise (zu dem Schneider). Sie haben Ihre Sache sehr gut gemacht.

Regine. Die Taille sitzt süperbe.

Schneider. Erlauben Sie gütigst — hier ist noch eine Quetschfalte, die werde ich wegstecken. (Faßt sie an der Taille und versteckt die Falte.)

Louise. Sie arbeiten meisterhaft, nun ist mirs auch er= klärlich, warum die hiesigen Meister Ihnen so sehr auf der Ferse sind.

Regine. Wann Se von der Bollezei gefragt wern, ob Se Puscharweit gemacht hätte, so kenne Se leck sage: Nän, dann die Arweit kann sich vor jedermann sehe losse.

Louise. Und wenn sie wieder kommen, lieber bester Herr Friedrich, mir mein Brautkleid zu machen, schließen wir Sie dreifach ein, damit Sie ganz sicher sind.

Schneider. Ich würde gerne das Kleid an einem sichern Orte außerhalb machen, allein es ist so eine Sache mit dem Anprobiren, wenn man da nicht stets zur Hand ist — eine gemessene Taille und eine auf den Leib gepaßte — — wie Tag und Nacht.

Regine. Gott! ich glab es kimmt jemand erein.

Schneider (versteckt sich plötzlich erschrocken hinter einem Tisch, oder sonst einem Möbel). Geschworne?

Regine. Es war in der Kich! Ich will emol gucke. (Sieht zur Thüre hinaus.) Es is nix. So! jetzt kenne Se gehn.

Schneider (eilig). Gehorsamer Diener.

Regine. Halte Se, bo guckt Ihne noch e Moos dem Sack erraus — wann des gesehe werd, bo is ja bewisse daß Se gepuscht hawwe.

Schneider (ab).

Louise. Wie findest Du meine Frisur?

Regine. Pumpees. Arrwer e bissi zu viel Blume un Kämm.

Louise. Mein Gott, an einem Tage, wo man den künftigen Gatten empfangen muß.

Scene 2.

Vorige. Herr Ganz.

Ganz (aus dem rechten Nebenzimmer kommend). Ei, ei, Louischen, Du tränbelst hier herum und die Gesellschaft da brinnen fragt nach Dir. — Recht charmant — siehst Du aus. — Nun Kind, ich brauch Dir wohl nicht erst einzuschärfen, daß Du Dich recht liebenswürdig gegen Deinen Zukünftigen benimmst, und ihm gleich mit einem freunblichen Gesicht entgegen gehst?

Scene 3.

Vorige. Madam Ganz. Gleich darauf Herr Wackelmann und die Gäste. Herrn und Damen.

Mad. Ganz. Aber um Gotteswillen, wo nur der Hübner mit dem Bräutigam bleibt? — Die liebe Verwandtschaft fängt an bedeutend Appetit zu verspüren. Ich kann sie kaum mehr im Zaume halten. — (Zu Louisen) Louise, ne soyez pas si plié — tenez vous droit — avez vous jamais vu ainsi quelque chose à votre mère — poitrine dehors, taille dedans — comme ça. (Sie richtet sie.)

Herr Wackelmann (tritt auf mit den Gästen, mehrere Herrn und Damen). Hierher, hierher, meine Herrn und Damen! Mer wern doch endlich erfahrn, woran des hengt, daß mer nix ze esse kriefe. — Awwer lieber Herr Schwager, sage Se mer nor, wo stickt dann dein kinftiger Schwigersohn? Schond bei der Braut? He?

Herr Ganz. Nein, er ist noch nicht hier.

Herr Wackelmann. Ei, ei, der läßt lang uff sich warte — bei mir hots schond lang ze Mittag geläut. (Er klopft sich auf den Bauch.)

(Es klingelt draußen.)

Ganz. Es klingelt eben — das wird er sein.

Wackelmann. Nun Gott sei Dank!

Louise. Endlich!

———

Scene 4.

Vorige. Herr Hübner.

Hübner. Gehorsamer Diener meine Damen und Herrn!

Ganz. Wie, Herr Hübner, Sie kommen allein? und der junge Neumann?

Hübner. Ist er denn noch nicht hier?

Ganz. Mit keinem Auge haben wir ihn gesehen. Ei, dieses Ausbleiben kommt mir ein wenig sonderbar vor.

Louise. Es ist ihm vielleicht ein Unfall begegnet?

Mad. Ganz. Haben Sie ihm denn nicht ausdrücklich gesagt, daß wir punkt Eins zu Tische gehen wollten?

Hübner. Was fällt mir ein — ich trage die Schuld. Ich bestellte ihn zu mir — da sitzt er und wartet, bis ich ihn abhole.

Wackelmann. Ei, ei, ei! un deswege misse mer hungern?!

Hübner. Bitte tausendmal um Verzeihung — ich laufe, es ist ja in der Schnurgasse — gleich bin ich wieder zurück. (Er geht eilig ab.)

———

Scene 5.

Vorige. (Ohne Herrn Hübner.)

Ganz. Das ist doch ein wenig zu arg von dem Hübner — läßt den Bräutigam in seinem Hause sitzen!

Louise. Der arme junge Mensch! die Sehnsucht mag ihn gewaltig quälen.

Wackelmann. Wann se ihn so plagt, wie mich der Hunger, dann bedaur ich en.

Mad. Ganz. Das traurigste ist dabei, daß die Speisen verkochen, unschmackhaft, vielleicht ungenießbar werden.

Wackelmann. Ach, do sei Gott vor.

(Es klingelt wieder draußen.)

Ganz. Horch! schellt's da nicht wieder?

Mad. Ganz. Ja — Er wird's nicht haben aushalten können — hat sich allein auf den Weg gemacht! — Ja, ja, er ist's! — (In ein Nebenzimmer rufend) Regine, bring rasch die Suppe!

Wackelmann. Des war e Wort zu seiner Zeit! — Allons meine Herrschafte, stelle se sich in Schlachtordnung — mer wollenen feierlich empfange.

Alle (stellen sich erwartend gegen die Thür).

Scene 6.

Vorige. Herr und Madame Hampelmann, dann Regine, welche die Suppe über die Bühne trägt.

Hampelmann. Gehorsamer Diener allerseits! — (Er hat den triefenden Regenschirm in der Hand, von dem das Wasser auf den Fußboden läuft.)

(Allgemeines Erstaunen.)

Wackelmann (zu Herrn Ganz). Wer sinn die Leut? —

Ganz. Ja, ich kenne sie nicht.

Hampelmann (zu Regine, welche mit der Suppe über die Bühne geht, schnuppernd). Jungfer, Jungfer! Ihne Ihr Supp is angebrannt. Sie hawwe gewiß in der Kich mit dem Mexterborsch gebabbelt.

Wackelmann. Was? die Supp ist angebrannt?!

Hampelmann. Merkwürdig angebrannt; ich hab's schonb uff der Steeg geroche. Ich versteh mich uffs rieche — ich kennt sogar Riecher häße.

15*

Ganz (verdrießlich). Was steht zu Ihren Diensten, mein Herr?

Hampelmann. Des Logis is zu vermiethe? Der Haus= herr — der Herr Klebscheib schickt uns eruff — daß mersch ansehe — un do bin ich so frei — un bitte — wenn Sie's er= lawe um Verzeihung, wann mer incommodirn sellte, obber un= gelege kemte.

Mad. Hampelmann (knigt).

Wackelmann (für sich). Ja, verdammt ungelege.

Ganz (gezwungen höflich). O — ganz und gar nicht.

Hampelmann. Arwwer doch — ich sehe, Sie hawwe hier e Familie=Esse. — Es ist interessant, mer siehts dene Herr= schafte an, daß se zu äner Familie gehere, viel egale Nase. (Schnuppert.) Arwwer here Se, ich glab, ich hab die feinst Naas, dann ich bariere, net allän die Supp is angebrennt, sonnern aach der Brote — es riecht ganz vermaledeit brenzelicht.

Wackelmann. No, dann kenne mer fafte!

Mad. Ganz (verdrießlich). Sie können sich doch wohl irren, mein Herr.

Ganz (der mißbehaglich auf Herrn Hampelmanns triefendes Paraplüe sah). Wenn sie mir Ihren Regenschirm erlauben wollten, könnte man ihn draußen auf dem Vorplatz aufspannen.

Hampelmann. Bitte, bitte, incommodire Sie sich net — ich wern selbst so frei sein. (Er spannt den Regenschirm auf und stellt ihn mitten auf das Theater.)

Ganz (kopfschüttelnd). Hm! Hm! Wenn's Ihnen nun gefällig ist, mir zu folgen — die Wohnung zu besehen —

Hampelmann. Mit Vergnige — Setz Dich Adelheit, ich komme gleich wibber. (Er geht mit Herrn Ganz ab.)

Mad. Ganz. Ich sollte meinen, Madam, der Regenschirm würde sich vor der Thüre viel besser ausnehmen, als hier mitten im Zimmer. — (Sie hebt ihn auf.) Es ist ein förmlicher Bach ent=

ſtanden, und zu einer Badeanſtalt ſind wir hier nicht ganz ein=
gerichtet.

Mad. Hampelmann. Mein Mann iſt auch ſo unbelikat —
ich bitte —

Mad. Ganz (ruft nach der Thüre). Reginche!

Regine (von innen). Gleich Madam. (Kommt heraus.) Was
ſoll ich?

Mad. Ganz. Trag einmal den Regenſchirm hinaus.

Regine. Es is kän Stub ſauber ze halte, un wann mer
ſich dobt reibt. En Barbeleh in der Stub ablafe ze loſſe! (Sie geht
mit dem Regenſchirm ab.)

––––––––

Scene 7.

Vorige. Herr Ganz mit Herrn Hampelmann zurückkehrend.

Hampelmann. Richtig — ganz richtig! Sie hawwe an
der Eck gewohnt an der Kannegießergaß, wo der Spengler Raſſel
ſein Lade hat, un ich drei Heiſer weiter, bei dem Verſchtebenner.

Ganz. Liebe Frau, der Herr hat uns gekannt, als wir noch
unſere Lyoner Seidenwaaren=Niederlage hatten.

Hampelmann. Ja, ich hab mer emol zu ere Weſt bei
Ihne kaaft — wähſte Adelheit — die chang chang mit bene reh=
farbigte Sträfe — — und mit einem gewiſſen Ganz war ich
emol in Correspondenz in Elwerfeld.

Ganz. Ei, in Elberfeld? Das war der Vater meiner Frau.

Hampelmann. Erlawe Sie — deß is doch net gut meg=
lich — ich ſag Ihne ja, der Mann hat Ganz gehäſe wie Sie.

Ganz. Ganz recht; ich habe meine Couſine geheirathet —
meine Frau iſt eine geborne Ganz.

Hampelmann. Ach — Sie sinn e geborne Ganz, ja, dann werd die Sache klar — So, so, so. Also der Ganz in Elberfeld war Ihne Ihr Herr Vatter. — Hat er sich dann widder e bissi eraus gemacht?

Mad. Ganz. Herausgemacht? wie so? —

Hampelmann. No, er war ewe vor Acht Johr gewaltig uff'm Hund — des Bankerottche war net immel.

Mad. Ganz (betroffen). Mein Herr, Sie irren sich.

Hampelmann. Gott bewahre; Friedrich Ludwig Ganz in Elberfeld — ich hab ja mit em ze thun gehabt — ich wähs, er hot finf und dreißig Prozent gebotte, wann ich Ihne sag, er war so erunner, daß kän Hund kein Stick Brod — —

Die Gäste (zischeln untereinander).

Mad. Hampelmann. Hampelmann — Du bist heut über alle Begriffe indiscret —

Mad. Ganz (will das Gespräch ablenken). Wie finden Sie das Logis?

Hampelmann. Oh, net immel, — e bissi dumpfig; es werd wohl net ordentlich uffgewäsche und gelüft?

Mad. Ganz (für sich). Das ist ja ein unausstehlicher Grobian!

Hampelmann. Des Zimmerche hier, werd sich recht gut mache, wann des Möbel e bissi besser wär.

Wackelmann (zu Ganz halblaut). Dunnerwetter! schmeiß doch den Kerl der Thier eraus!

Ganz (ebenso zu Wackelmann). Du hast Recht! (Laut zu Hampelmann) Mein Herr, Sie erlauben sich —

Scene 8.

Vorige. Mariane.

Mariane. Nein, nun kann ich's nicht länger aushalten, Bitte um Verzeihung, meine werthe Herrschaften —

Hampelmann. Ah! do is ja des Kammerkätzche der englische Sängerin.

Mariane (zu Herrn Hampelmann). Ich sah Sie von weitem hier ins Haus gehen, und wartete unten vor der Thüre auf Sie; da Sie aber gar nicht zurück kamen, war ich so frei einzutreten.

Hampelmann (leise und eilet zu ihr). Hawwe Sie vielleicht etwas von Ihne Ihrer einzige himmlische Herrschaft ebbes an mich auszerichte?

Mariane. Ich komme, um mir auf der Stelle den Schlüssel zurück zu erbitten.

Hampelmann. Welchen Schlüssel?

Mariane. Den Schlüssel vom Schrank! — Sie allein können ihn mitgenommen haben.

Hampelmann. Was dann for'n Schank — zum Deiwel — ich wähs net wie Sie mer vorkomme?

Mariane. Mein Gott, den Schrank, in welchen Sie den armen jungen Mann eingeschlossen haben.

Hampelmann (für sich). Ach verflucht! (zu Marianen) Scht! scht! (Laut) Ich hab awwer kän Schlissel mitgenomme — Wie komm ich mer vor?

Mariane. So suchen Sie doch nur in Ihren Taschen.

Hampelmann. Sag emol, Adelheit, hast Du ebbes gesehe, daß ich en Schlissel mitgenomme hab?

Mad. Hampelmann. Kapabel bist Du's! Bei Deiner Zerstreutheit —

Mariane (bringend). Suchen Sie, suchen Sie — der junge Herr muß ja ersticken!

Hampelmann. Arwer, liebes bestes Frauenzimmer, wann ich Ihnen arwer sage. (Er sucht in allen Taschen den Schlüssel.) Hollah! — is es vielleicht der?

Mariane (reißt ihm den Schlüssel aus der Hand). Nun freilich — Gott sei Dank! — (Sie rennt fort.) Bitte tausendmal um Verzeihung! — (Ab.)

Hampelmann (lacht). Ha! ha! ha! — des is e merkwürdiger Uhz.

Wackelmann. Des scheint mer so ein erzlorioser Patron zu sein.

Hampelmann (lacht). Tob kennt mer sich immer so e Geschicht lache — un wann mersch in drei Woche noch einfällt, so wern ich lächerlich — des giebt ebbes ze verzehle.

Mad. Ganz. Wie, mein Herr, Sie schließen die Leute in Schränke ein?

Hampelmann (lacht.) Ich sag Ihne, zum krepiere! un mein Frää hot aach net e bissi was gemerkt, ha, ha, ha!

Alle. Aber was ist dann geschehe?

Hampelmann. Des misse Se höre! Mein Frää und ich mer hawwe die Wohnung von ere Sängerin besehe, die ze vermiethe war.

Wackelmann. Wer? die Sängerin obber die Wohnung?

Hampelmann. Sie misse mich arwer aach net unnerbreche, sonst kann ich's ja net verzehle. No kurz un gut, mein Frää meent, sie hätt kän Idee zu dem Logis — arwer in dem Schlofzimmer obber besser gesagt, in dem Bouboir der Sängerin hat mersch zu gut — gefalle —

Mad. Hampelmann. Arwer ich bitte Dich! —

Hampelmann. Was is dermehr? ich bin e gefühlvoller Mensch — die Umgebung — das Feenhafte der Meubles — des Wolkenhafte von de Vorhäng — korz, wie ich mich dann so um-

sehe, entdeck ich linker Hand, en geheime Wandschank. Ich denke
bei mir selbst: Sieh emol, der Wandschank, der is net for die
Katze do, un wie ich so sein Volumen ausmesse will, mach ich
en uff, und stoß uff was, uff was awer meene Se, daß ich gestoße bin — hot mer der junge Herr e Gesicht geschnitte, dieser
jeune homme, wie er mich erblickt hat. — E Gesicht, sag ich
Ihne, — e Gesicht, verehrtester Herr Ganz — (er sieht ihn dabei
scharf an) e wahres Deiwelsgesicht.

Ganz. Aber, welcher junge Herr?

Hampelmann. Ja, kenn ich en dann? Zum erstenmol
hab ich en heut gesehe.

Mad. Ganz. Wo denn?

Hampelmann. Ich sag Ihne ja, in dem bewußte Schrank;
da stack er drinn.

Ganz. Im Schranke? Was that er dann da?

Hampelmann. Ja, des froge Se ihn selbst. — Wahrscheinlich — is er enein gewitscht, wie er mich hat komme höre
und hernachenber in der Distraction zieh ich den Schlissel ab —
un laß den arme Schelm drinn zappele.

Mad. Ganz. Pfui, mein Herr, schämen Sie sich? wie
können Sie im Kreise einer ehrbaren Familie eine so scandalöse
Geschichte erzählen! Sehen Sie denn nicht meine Tochter?

Hampelmann. Ah! ah! ja, in der That, Madam Ganz,
Sie hawwe ganz recht — Sie sind eine sehr wohlerzogene Mutter
von ere Mama. Ich hab aach ze Haus aach so e Tochter — en
sanftes bescheibnes Mädchen, ganz wie ihr Vatter, den ich die
Ehr hatt net ze kenne; in der Haushaltung vortrefflich — natürlich unter den Fittiche ihrer Mutter.

Scene 9.

Vorige. Regine. Balb darauf **Carl Neumann.**

Regine (eintretend). Alleweil komme der Herr Neumann; er hat gleich nach dem Herrn Hübner gefragt.

Ganz. Er kommt! nun Gott sei Dank.

Wackelmann. So wer'n mer endlich ze Tisch komme.

Carl (tritt ein und verbeugt sich). Meine Herrn, meine Damen, ein seltsames Mißverständniß —

Hampelmann (erkennt ihn). Ei, ei — des is ja mein junger Herr. Willkommen, willkommen! sehr angenehm! glücklich aus dem Schank? ha, ha, ha!

(Allgemeines Erstaunen.)

Ganz. Wie? das wäre? —

Hampelmann. Des is — des is mein Schankmennche!

Alle. Ist's möglich!

Carl (sehr verlegen). Mein Herr! —

Hampelmann. Ha, ha, ha! Sie nemmes doch net iwwel, daß ich den Schlissel mitgenomme hab — es war pure Zerstreuung! ha, ha, ha!

Ganz (ernst). Lachen Sie nicht, Herr, bei dieser höchst ernsthaften Sache. — An Ihrer Verlegenheit, junger Mann, sehe ich nur zu deutlich, daß die Erzählung jenes kuriosen — Herrn die reine Wahrheit ist. Sie werden begreifen, daß nun an eine Verbindung zwischen Ihnen und meiner Tochter nie mehr zu denken ist.

Carl. Mein Herr, — ich —

Louise (für sich). Schade um den hübschen jungen Menschen.

Carl (zu Herrn Hampelmann). Diese Beschämung verdanke ich Ihnen, mein Herr! — (Zu Herrn Ganz) Ich gehe, weil ich fühle,

wie peinlich mir und Ihnen mein längeres Verweilen werden
würde! — (zu Hampelmann) Wir beide treffen uns schon noch! —
(Geht ab.)

Hampelmann. Wahrscheinlich — zu biene — is wohl
möglich — uf der Mänluft odder im Weldche.

Mad. Ganz. Das kommt davon, wenn man unberufene
Friedensstörer so lange in seinem Hause dulbet, ohne —

Hampelmann. Liebe Madam Ganz, — erlawe Se, ich
bin sehr friedfertiger Natur und wenn ich gestört hab, so is
vielleicht meine Redsprechigkeit — —

Mad. Hampelmann. Ja indiscret is mein Mann, auf
eine unbeschreibliche Weise; — hätte der junge Mann in meinem
Wandschrank gesteckt, er würde es Ihnen auch erzählt haben.

Ganz. Solche Leute sind schädlich, ohne Nutzen zu bringen.
Ich empfehle mich Ihnen, mein Herr!

Hampelmann. Ebenfalls mein hochzuverehrender Herr
Ganz!

Louise (zu Herrn Hampelmann). Sie sollten sich schämen, mein
Herr, einen solchen Bräutigam finde ich sobald nicht wieder.

Hampelmann. Liebes Engelche! wann ich was derzu bei-
trage kann — mit meim Lewe, mit meiner Person Ihne en
annern — — —

Madelmann. Wann dorch Ihre Schuld die iwrige Speise
aach verdorwe sinn, Männche, dann hawwe Se's mit mir ze
thun.

Hampelmann. Daß der Brote schond angebrennt war,
dafor steh ich Ihne.

Mad. Ganz (sehr böse). Nun, mein Herr, werden Sie endlich gehen!!

Hampelmann. Ach! Sie wollen allein sein? schön, schön!
Familienroth — Hm, schön — Nun, es war mir außerordentlich

angenehm bei dieſer Gelegenheit Jhre perſönliche Belanntſchaft
gemacht gehabt ze hawwe. Wege dem Logis, — da loß ich Jhne
morje Antwort ſage. — Komm, Frää. — Empfehle mich beſtens.
(Jm Abgehen ſich wieder zur Geſellſchaft lehrend) Des miſſe Se awwer
doch ſelbſt ſage, merkwerdig lächerlich war die Geſchicht! No, no,
peß mich doch net, Adelheit — ſie war lächerlich — beß loß ich
mer net nemme. Ha, ha, ha! (Mit ſeiner Frau ab.)

Ende des dritten Bildes.

Viertes Bild.

(Carl Neumanns Zimmer mit einer Mittel= und Nebenthür. Rechts ein Fenster.)

Scene 1.

Carl (allein, tritt athemlos durch die Mitte ein). Das ist ein Tag! — Von einer Folter auf die andere! — Aus der Heirath wird nichts, das sehe ich nun wohl klar! Das hab ich dem drolligen Patron zu verdanken — und er verdient wirklich meinen Dank, denn er rettet mich von einer Verbindung, die mein Unglück gemacht haben würde. — Seltsam! mein Leicht= sinn scheint überwunden, mein Herz in wahrer Liebe gefesselt zu sein. — Zu ihr zieht es mich unaufhaltsam hin. — (Er tritt ans Fenster) Da ist sie! sie steht am Fenster — harret mein! — (Er öffnet das Fenster) Ein liebliches unschuldiges Wesen! — Aber wie? — sie scheint traurig! — was mag ihr fehlen? ich muß es wissen! — (Er ruft zum Fenster hinaus) Himmlisches Mädchen, kann ich nicht erfahren — Sie geht vom Fenster. — Was ist ge= schehen! — Hier gilts einen raschen Entschluß; — allein ist sie — ich gehe hinüber — erwidert sie meine Liebe, halte ich bei ihren Eltern um sie an. — Horch! — Lärmen auf der Treppe! hat der Satan vielleicht wieder einen Gerichtsdiener hergeführt, um mich in meinem Rendezvous zu stören.

Hampelmann (klopft von außen an der Seitenthüre).

Carl (ruft). Wer da?

Scene 2.

Vorige. Herr und Mad. Hampelmann.

Hampelmann. Is erlaubt? In der Nachricht steht des Logis zu vermiethe —

Carl. Wa — was sehe ich — das ist ja mein Verfolger!

Hampelmann. Is es möglich — mein junger Herr! — (Singt) Sein Se mer zum drittemol willkommen.

Carl. Herr, jetzt bitte ich mir denn doch eine peremptorische Erklärung aus! Haben Sie die Absicht mich zu verfolgen, oder mich zum Narren zu halten? Keins von beiden würde ich dulden!

Hampelmann (verlegen). Da hawwe Se vollkomme recht, so was braucht mer sich net gefalle ze losse. —

Carl. Sie sind ein drolliger Herr! Es lohnt sich kaum der Mühe, ernstlich böse auf Sie zu werden. Aber sagen Sie endlich, was wollen, was verlangen Sie von mir? Suchen Sie mich auf's neue in irgend einem Vorhaben zu hindern? Sind Sie noch nicht malitiös genug gegen mich gewesen? — Nun? Sie antworten nicht? Donnerwetter, Herr, warum sitzen Sie mir unaufhörlich auf der Ferse?

Hampelmann. Um Gotteswille, sehe Sie denn net, daß ich selbst briwwer ganz consternirt bin? — ganz ähnfällig perplex. Ich wähs gar net ob ich e Bibche odder e Medche bin —

Carl. Sie haben also die Wuth, zu aller Welt in die Zimmer zu bringen, wie ein Subscribentensammler.

Hampelmann. Wie e Suschkriwendesammler — gut gewwe — so wahr ich leb — heerst des Abelheit — Awwer junger Herr, buhn Se mer den Gefalle un sage des Wort noch emol — awwer — da zu der Verschon, ihr ins Gesicht, dann sie bringt mich in all die Fatalitäte, mit ihrm Logisgesuchs.

Carl. Ich verstehe Sie nicht.

Mad. Hampelmann. Die Sache ist ganz kurz die: wir suchen eine Wohnung; die Ihrige soll zu vermiethen sein, wie uns der Hausherr sagte, also —

Hampelmann. Also bitte mir um Erlaubniß, die Wohnung im Detalch sehe zu derfe; gütigst zu erlawe.

Carl. So, so, so, so! — Ja, das thut mir leid, ich selbst habe dazu keine Zeit, muß einen nothwenbigen Gang machen, an dem sie mich hoffentlich nicht hindern werden. (Leise zu Herrn Hampelmann) Zu einem herrlichen Mädchen von guter Familie, naiv, unschulbig, sittsam —

Hampelmann. Un bescheide; grab, wie Dein Tochter; eine tichtige Hausfrää, natürlich, unter den Fittige ihrer Mutter uffgewachse. —

Carl. Ich sage Ihnen, ein Engel; lassen Sie sich sie beschreiben —

Hampelmann (leise). Piano, Pianissimo, Sie junger Hitzkopp mit Ihrer Beschreibung, mein Frää is als emol eifersichtig.

Carl (laut). Damit Sie sich aber nicht umsonst bemüht haben, so bleiben Sie hier, besehen Sie das Local von hinten und vorn, und wenn Sie befriebigt sind, verschließen Sie gefälligst die Thür, und geben den Schlüssel unten beim Hausknecht ab. Ich empfehle mich bestens! — (Geht ab.)

Scene 3.

Herr und Mad. Hampelmann.

Hampelmann. Guck emol an! des is ja e ganz merkwerdiger junger Dausendsasa! Nachbem, was zwische uns vorgefalle is, hot er die ungeheuer Fibuz un läßt uns in seinem Eigenthum schalte und walte — wie mer nor wolle. — Daß die

Heirath in die Brich gefalle is, des scheint em gar net stark im Kopp erum ze gehn — er is ganz fideel — Ei no, er hot erwens e anner uff em Strich.

Mad. Hampelmann. Ach, was brauch ich das zu wissen. — Laß uns das Logis besehen.

Hampelmann. Ja, ja, mein Schatz. (Er öffnet die Seitenthüre und sieht in ein anstoßendes Zimmer.) Es is awwer gar kän inwoler junger Mann — recht feurig — es scheint hie ääch dichtig ze rääche — Gott im Himmel, die Baumääster sinn doch des Deiwels — un wann se alles kenne, so wisse se nix fors rääche — wähs Gott die Vorhäng sinn quittegelb dervon.

Mad. Hampelmann. Ach warum nicht gar, sie sind gelb von Natur.

Hampelmann. Wie Du — (hustet) wie Du meenst mein Schatz! Sich e mol, wie elegant. — Trimo=Spichel un e Allabaster Uhr —

Mad. Hampelmann. Und eine Mahagoni=Bettstelle, mit Bronze verziert.

Hampelmann. Alles Bronze, nix wie Bronze — ich gläwe wähs Gott — des Kluft= un Schipp=Gestell is aach von Bronze — Lampe von Bronze, Vorhangsring von Bronze, Matrazze von Bronze — von Roßhaar, wollt ich sage — — Gott im Himmel — was so junge Schlingel for e Lewe führe — wie e Nebucadnezer — Alleweil hab ich's, ei, ich wußt doch, daß sich an dem Logis ääch e Fehler finne werd!

Mad. Hampelmann. Nun, welcher denn?

Hampelmann. Ich dachte schon so bei mir selbst: korios, daß mer an dem Logis kän Fehler finne; un uff ähnmol hab ich ehn — un, wie! — die Schlafstub liegt nach Norde.

Mad. Hampelmann. Aber nun bitte ich dich, was schadet das? —

Hampelmann. Ferchterlich viel. E Schlafstub, ohne die Sonneseit — des is ja e Loch — Um kän Preis der Welt beht ich da brinn schlofe. —

Mad. Hampelmann. Du bist ein Narr!

Scene 4.

Vorige. Aurora. Mariane.

Aurora (tritt mit Marianen durch die Mittelthüre ein und erschrickt). Wie? fremde Leute hier?

Hampelmann (entzückt). Alle Dei — verzeihe Se — was seh ich — Sie hier, Nachtigall — Königin des Gesangs. (Sehr charmant) Is es vielleicht erlaubt ze frage — ohne unbescheiden ze sein — versteht sich, was for e Ursach Sie uff des Zimmer von eme ähnzelne Herrn führt?

Mad. Hampelmann (zu Aurora). Ich bitte, Madame, die Worte meines Mannes nicht auf die Wage zu legen, er ist heute verrückt!

Mariane (zu Aurora). Ja, das ist wahr!

Hampelmann. Adelheit — sei so gut und halt dein Mäulche! Dieser Stern erster Größe am Opernhorizont, wird sich herablasse mir zu antworten.

Aurora. Ich muß es wohl, um mich von einem Verdacht zu reinigen. Der junge Mann, der hier wohnt, hat mir die Ehre erzeigt, mich oberflächlich anzubeten; er hat ein treffliches Herz, und wird bald von seiner Schwachheit geheilt sein. Sie erfuhren bereits, daß ich mich in London verheirathen werde; heute Abend reise ich mit meinem Bräutigam dahin ab.

16

Hampelmann. Heut Abend schond?! Recht! Sie misse gewiß morje früh um sechs Uhr im Dampfschiff in Mainz sein — Gehts mit der Concordia — obber mit dem Prinz Friedrich Wilhelm — obber mit dem Prinz —

Aurora (schnell die Rede coupirend). Ich versprach dem jungen Neumann ein Andenken — ich glaubte ihn nicht zu Hause — wollte es heimlich auf den Tisch legen — hier, mein Bild — .

Hampelmann. Ah! Ah! E Rarität von Aehnlichkeit, wie ähn Droppe Wasser dem annern. (Sehr galant) Aber diesem ohnerachtet bleibt die Copie sehr weit hinner dem Orchenal (Original) zerück.

Aurora (lächelnd). Sie sind sehr galant, mein Herr!

Hampelmann (für sich). Sie hat gelächelt! ich hab se lächerig gemacht — Sie muß wähs Gott e Aag uff mich hawwe. Aber still — mein Frää. (Halblaut zu Aurora) Auf welchem Theater des engelennischen Londons werden Sie Ihre Flötentöne zuerst töne lasse?

Aurora (lächelnd). Ja, das weiß ich noch nicht.

Hampelmann (für sich). Der Deiwel, sie lächelt als noch!

Mad. Hampelmann (verdrießlich). Ach, was geht denn das Dich an.

Hampelmann. Frää ich bitt Dich! — (zu Aurora) Hörn Sie sie nicht an — ich bitte drum — E — die e — London — wollt ich sage, is eine sehr schöne Stadt. — Alles spricht englisch dort, sogar ganz gemäne Leut und Kinner — Viel Damp — Newel — Wo werden Sie dann hin ze wohne komme? ins Oberhaus oder ins Unnerhaus?

Mad. Hampelmann. Hampelmann, Dein Betragen ist unverantwortlich.

Hampelmann. Ich bitte Dich Adelaide.

Aurora (zu Mad. Hampelmann). Ich bedaure, die unschuldige Ursache dieses Auftrittes zu sein! —

Mab. Hampelmann (weint). Oh, das ist so seine Art. Immer erniedrigt er mich vor fremden Leuten.

Hampelmann. Flenn net, ich bitt Dich — Du wähst, Du bist net schön wann be flennst. Ze Hauf', bo flenn ad libitum.

Aurora. Ei, mein Herr, wer wird so unzart sein!

Hampelmann. Hohe Künstlerin, kann ich anders? Sie verbittert mer des Lewe mit Eifersucht.

Aurora. Ich will nicht länger Ihren häuslichen Frieden stören, und mich entfernen. Haben Sie die Gefälligkeit, dieses Porträt Herrn Neumann zuzustellen, und mit ihm mein Lebewohl. Er sieht mich nie wieder.

Hampelmann (nimmt das Porträt und küßt es). Dies Bildniß ist bezaubernd schön — Oh warum treten Sie in den heiligen Stand der Ehe — Huldgöttin!

Mab. Hampelmann. Hampelmann, willst Du noch nicht aufhören.

Hampelmann (dringender zu Aurora). Giebts eine Heirath aus Liebe? Inclinäschen? wie der Engelenner segt.

Aurora. Aus Liebe, mein Herr, und ich wünschte, daß Sie dasselbe Motiv geleitet hätte! — (Mit einem Blick auf Madame Hampelmann.)

Hampelmann. Wie war des?

Aurora. Abieu! (Sie geht mit Marianen ab.)

Hampelmann. Abieu, Göttin!

———————

Scene 5.

Herr und Mad. Hampelmann.

Mad. Hampelmann. Wenn ich mich nicht schämte, so fiele ich in Ohnmacht — mir ist ganz schwach — es ist zu arg mit Dir, Hampelmann. (Sie sinkt auf einen Stuhl.)

Hampelmann (bemerkt es nicht und geht jubelnd auf und nieder). Aus Liebe, und sie wünscht, daß mich dasselbe Motiv geleitet hätte! Das war ziemlich deutlich. — Ich hab ihren Beifall! — Ich muß er gefalle hawwe. Ja, in den Gusto der Weiber sinn sich der Deiwel — Ich so e Capricche for Se — (Seine Frau erblickend) Schätzi — was is der dann! (Nimmt sie bei der Hand) Frää! munter, Allegro!

Scene 6.

Vorige. Ein Pedell.

Pedell (in bürgerlicher Kleidung erscheint in der Seitenthüre; für sich). Nu, da ist er ja! mein College konnte ihn nie finden! ich habe ihn gleich erwischt! Der wird sonica Colle geschleppt. Aber pfiffig muß ich's machen, damit er gutwillig mitgeht. — — (Er hustet.) Hm! hm!

Hampelmann (der mit seiner Frau beschäftigt war, sieht sich um). No? schond wibber äner — Jetzt Adelheit, mach kän Sache un steh uff —

Mad. Hampelmann. Geh! Abscheulicher!

Hampelmann. Alleweil rebb' se wibber.

Pedell. Mein Herr!

Hampelmann. Was steht ze Befehl.

Pedell (winkt ihm geheimnißvoll). Unten wünscht Sie Jemand zu sprechen.

Hampelmann. Wie? Dunnerwetter — (Er hält dem Pedellen den Mund zu) Scht! Freind! scht! (Für sich) Des is heilig mein Sängern — sie hat e Aag uff mich — was e riesemeßig Glick! Ich habs gleich gemerkt, daß ich er nicht unangenehm war. — Ja so e Sängerin, sie is ganz annerscht, wie die annern Frauenzimmer, gleich harrwe se ähm am Sääl. (Zum Pedellen) Komme Se, Sie Postillon d'Amour. (Er geht auf den Fußspitzen bis zur Thüre.)

Mad. Hampelmann. Nun, und ich? bleib ich vielleicht allein?

Hampelmann. Natur! — Beguck der erweil des Logis, ich bin be Ageblick wibber do. (Eingend im Abgehen) Bei Harems Schönen (Calif von Bagbad). (Mit dem Pedellen ab.)

Mad. Hampelmann. Er ist toll! rein toll! mich hier allein zu lassen!! —

Hampelmann (braußen). Ei, ei, Freind Hibner! Du hier!? excellent! excellentissime — drinn sitzt mein Frää, Du kannst ihr Gesellschaft leiste!

Scene 7.

Herr Hübner. Mad. Hampelmann.

Hübner (noch braußen, ihm nachrufend). Aber warum gehst Du denn fort? — wohin läufst Du denn so eilig? — (Eintretend) Meine beste Madame Hampelmann! Sie hier? welch ein sonderbarer Zufall! Ich suche hier meinen jungen Freund, um ihn zu veranlassen, eine Uebereilung wieder gut zu machen, und finde Sie? und allein! was fehlt denn Ihrem Manne?

Mad. Hampelmann. Der Verstand — das Herz — die Tugend — die Moral — er ist ein Scheusal, ein Ungeheuer, ein Kanibal! — (Sie läuft ans Fenster) Da — da steigt er in einen Wagen — er fährt fort ihr nach! — o ich arme verlassene Frau!

Hübner. Ihr nach? — Wem?

Mad. Hampelmann. Einer Sängerin — einer Person, die ihn behext hat. Ach, ich bin schwach zum Umsinken, aber ich muß ihm nach — Ihren Arm — Ich prostituire ihn öffentlich — in seinen Jahren solchen Scandal zu geben — unerhört! (Sie tobt hinaus.)

Hübner (folgt ihr erstaunt, beide ab).

Ende des vierten Bildes.

Fünftes Bild.

— — —

(Herrn Hampelmanns Wohnung wie im erſten Bild.)

Scene I.

Sophie. Carl Neumann.

Carl. So grauſam wollen Sie ſein! mich wieder weg-
ſchicken! haben wir uns doch kaum ſagen können, daß wir uns
lieben.

Sophie. Das habe ich nicht geſagt! „Himmelſchreiend iſt
es von Ihnen, die Abweſenheit meiner Eltern zu benutzen, mich
hier zu überfallen, mir zu ſagen —

Carl. Daß ich Sie liebe, anbete! —

Sophie. Ja, wer's glaubt! wie vielen andern Mädchen
haben Sie das ſchon vorgeredet —

Carl. Ich that es, das iſt wahr. Ich ſuchte nach einem
weiblichen Weſen, das durch Beſcheidenheit, Sittenreinheit und
Anmuth mich feſſeln könnte, ich ſuchte lange vergebens — jetzt
habe ich es gefunden; Sophie heißt mein Ideal!

Sophie. Sie ſchmeicheln zu viel — ich traue Ihnen nicht.

Carl. Wenn ich Ihnen zuſchwöre, daß meine Worte meine
innigſte Ueberzeugung ausſprechen.

Sophie. Wie gerne möchte ich Ihnen glauben! —

Carl (feurig). Glauben Sie mir und reichen Sie mir Ihre liebe Hand!

Sophie. Meine Hand? — die müssen Sie von mir nicht fordern — ich bin schwach — ich würde sie Ihnen vielleicht geben — selbst ehe Sie sie verdient hätten —

Carl. O Sophie, was hör' ich — das Uebermaaß von Freude töbtet mich — Sie lieben mich — o besiegeln Sie diese Worte durch einen ersten Kuß.

Sophie. Nein, nein, nein, nein!

Carl. Himmlisches Mädchen — ich kann nicht widerstehen! (Er umarmt sie trotz ihres Sträubens.)

Hampelmann (öffnet in diesem Augenblick die Mittelthüre).

Sophie (schreit und flieht ins Nebenzimmer).

Scene 2.

Hampelmann. Carl.

Hampelmann. Wa — wa — was Deiwel — muß ich sehn!

Carl (erkennt ihn, erstaunt). Schon wieder mein Plagegeist! — (Für sich) Kein Zweifel mehr — es ist ein Exekutor des Gerichts, der mich arretiren will. — (Laut) Herr, was wollen Sie schon wieder von mir? — Erklärung! Erklärung!

Hampelmann. Soll Ihne mit uffgewart wern — un uffs Binbigste.

Carl. Verstellen Sie sich nicht länger, es wäre unnütz. Was thun Sie hier? wie kommen Sie hierher?

Hampelmann. Wie ich hierher komme? Guck emol an! bin ich dann bei Trost? odder hab ich recht gehört?

Carl. Ich will auf das Bestimmteste wissen, ob Sie mir etwa zu Leibe wollen?

Hampelmann (wird böse). Ja, zu Leib will ich Ihne gehen, sehr zu Leib, bedeutend ze Leib! un des von wege dem, was mer Ihretwege bassirt is —

Carl. Ohne Umschweife zur Sache!

Hampelmann. En junger, so charmanter Mann, den ich gleich so in Affection genommen hab, mit so eme coulante Exterieer — un hat — soll mer sage — des abscheuliche Laster, Schulde ze mache!

Carl. Ach! endlich weiß ich, woran ich bin. Nun denn, Herr, so erkläre ich Ihnen, daß ich dieses Zimmer nicht ver= lasse — (Setzt sich.)

Hampelmann. Glääwe Sie dann im Geringste, daß ich Ihne die Thier weise wern? Halte Se mich vielleicht vor en Mann ohne Lebensart, der nicht einmal weiß, was Höflichkeit, et cetera — He! (Setzt sich auch.)

Carl. Ei, was Kuckuck, Herr! so drängt man sich nicht in anständiger Leute Zimmer — denn Sie sind hier in anständiger Leute Zimmer.

Hampelmann. Ei, ins Deiwels Name, des wähs ich wohl.

Carl. Aber unter dem Vorwande zu miethen, schleichen Sie sich in fremde Wohnungen ein. (Er steht auf.)

Hampelmann (bleibt sitzen). Ich hab kän Vorwand nöthig, ich bin ohne Vorwand hie — awwer den Einwand bin ich so frei Ihne ze mache, daß ich mein Mieth auf den Tag zahl, und kän Vorwand brauch um hier ze sitze.

Carl. Wollen Sie diese Wohnung hier etwa auch besehen? Soll ich sie Ihnen zeigen? Dort ist wahrscheinlich das Wohn= zimmer, da das Schlafzimmer —

Hampelmann (sitzt noch). No bitte ich ähn's — was soll ich dazu sage!

Carl. Hier vermuthlich das Gesellschaftszimmer, das Eß=
zimmer.

Hampelmann. Ja, Ja, des is die gut Stub, des is die
Eßstub. — Zwä un zwanzig Persone kann mer drin setze un
wann mer se e bissi zusame rickt un e Hufeise deckt, drei un
dreißig — Notabene, wann die Frauenzimmer ihre abscheuliche
Ermel behäm losse.

Carl. Nun, wenn Sie das schon so genau wissen, so haben
Sie hier nichts weiter zu suchen — also — (Er zeigt an die Thüre.)

Hampelmann (für sich). Des is um des Deiwels ze wern
— wann ich nor wißt, warum ich net des Deiwels wern —
(Laut) Sie — Freindche — here Se emol — ich sehe schonb, mer
misse uns deutlich gege enanner explizire. Bei der Schrant=
geschicht heut Vormittag, da hatte Sie e Recht gege mich infam
grob ze sein. Sie ware —

Carl. Werden Sie nur nicht langweilig.

Hampelmann (lauter). Jetzt Herr, bin ich im Recht — obber
besser gesagt — jetzt bin ich uff meiner Gaß; jetzt kennt ich vice
versa grob sein. Awwer ich mag emol nicht grob sein, ich will
ganz gelosse frage: warum Sie sich hier desjenige herausnemme?

Carl. Warum? — weil Sie mich in dem schönsten Tête
à Tête meines Lebens gestört haben.

Hampelmann (springt auf). Tête à Tête — ganz wohl,
jetzt fällt mersch erst wibber ein. Sie hawwe sich unnerstanne,
wie ich do erein kam, die Jungfer Sophie Sauer ze umarme —
(Anspielend) Sie scheine mer e Liebhawer vom Saure —

Carl. Herr, worin mengen Sie sich? das geht Sie nichts an!

Hampelmann (außer sich). Nä, des halt der Deiwel aus —
des geht immer des Bohnelied — Ich laafe uff vor Zorn —
Salerment! Enaus! Herr! Enaus!

Carl (ebenfalls zornig). Unverschämter! Das ist zu viel!
hinaus! hinaus!

Scene 3.

Vorige. Sophie.

Sophie (eilt aus dem Seitenzimmer herein). Die Mutter kommt! ich sah sie vom Fenster aus! — (Sie eilt durch die Mitte ab.)

Hampelmann (für sich). Mein Frää! Dunnerwetter! bie ääch noch — bie werb mer aach was stecke — un wähs der Deiwel, ich bin net ganz sauwer. (Sich zusammennehmend) Ich bin beiwelsmäßig wild, loß se nor komme!

Carl. Hören Sie, ich will Ihnen Ihre Unverschämtheit verzeihen, aber schweigen Sie vor der Herrschaft vom Hause — ich werde sagen, ich sei gekommen, diese Wohnung zu miethen.

Hampelmann (schreit). Awwer sie is nicht zu vermiethe, Dunner un's Wetter!

Scene 4.

Vorige. Sophie. Herr Hübner und Mad. Hampelmann.

Hübner (zu Mad. Hampelmann). Nun, da sehen Sie, da ist er ja! Ihr Argwohn war ungegründet.

Mad. Hampelmann (spitzig zu ihrem Mann). Schon wieder zurück, abscheulicher Mann!?

Hampelmann. O, laß mich in Ruh — Du timmst mer grad recht.

Hübner. Ei, was seh ich? Herr Neumann hier? Mensch, wie kommen Sie hierher?

Carl. Herr Hübner! welch sonderbares Zusammentreffen?!

Sophie (für sich). Die kennen sich! — Ach, zuletzt wird vielleicht noch alles gut?

Hampelmann (dem seine Frau zusetzte). Loß mich zefribbe, noch emol, Othello in Weibsgestalt!

Carl (zieht Herrn Hübner bei Seite). Um Himmelswillen, bester Herr Hübner, bei wem bin ich denn hier?

Hübner. Bei meinem wackern Freund Hampelmann, dem Vater dieses lieblichen Mädchens.

Carl (wie versteinert). Ich bin des Todes!

Hampelmann. Aha!

Carl. O mein Herr — Sie sehen mich auf's tiefste be= schämt — womit soll ich mich entschuldigen? was soll ich Ihnen sagen?

Hampelmann. Vor alle Dinge — was Sie denn ägentlich hier wolle — un warum Sie sich bei mir hämlich eingeschliche hawwe — Aber die Wohrheit — kän Firfaxerei — wann ich bitte derf.

Carl. Ich liebe Ihre Tochter; hoffe auf Gegenliebe, und kam, um Sophie zu fragen, ob sie mir erlauben wolle, bei ihren würdigen Eltern um ihre Hand anzuhalten.

Hübner. Nicht möglich! — Hampelmann, freust Du Dich nicht, wie der Zufall die Dinge gestaltet?

Hampelmann. Dinge? Was for Dinge?

Hübner. Erräthst Du denn nicht?

Hampelmann. Was in drei Deiwelsname soll ich dann errothe — ich bin kän Rothsherr —

Hübner. Der junge Mann, von dem ich Dir heute, als von einer herrlichen Parthie für Deine Tochter sprach —

Hampelmann. No? —

Hübner. Der junge, reiche, etwas lockere, aber sehr ran= girte Mann.

Hampelmann. No? —

Hübner. Da steht er! —

Hampelmann. Was? des is der junge rangirte Mann?

Hübner. Nun ja doch!

Hampelmann (lacht). Rangirt —? ja im Wandschrank.

Carl (zu Hampelmann leise). Um Gotteswillen —

Hampelmann (leise zu ihm). Nor ruhig — brauche kän Angst ze hawwe — Mer sinn Mensche — ich hab jo ääch mein Schwachheite, — Mein Tochter soll kän Bibswertche erfahre — (Laut) So, so, so, so! Höre Se, junger Mann. — Heut Vormittag hab ich Ihne per Rencontre in em Wandschrank eingeschlosse — des verzeih ich Ihne — ich bin schuld dran, daß Ihne e ganz annehmbare Barbieh in die Brich gefalle is — des verzeihe ich Ihne aach — awwer was ich Ihne net verzeihe kann — des is — daß Se Schulde gemacht hawwe.

Hübner. Ja, das sage ich auch; bei Ihrem Einkommen! das war unrecht.

Mad. Hampelmann. Sehr unrecht.

Sophie. Aeußerst unrecht.

Hampelmann. No, jetzt hab ich's satt — Wann Ihr ihm den Text lese wollt — do will ich lieber enaus gehn. Ihr hört, daß ich dem junge Herr mit Anstand den Krage eraus mache will — un do kommt Ihr mit eure moralische Vor= lesungen angestoche. Ich bitt euch, behalts vor euch un wart bis Ihr gefrogt werd. (zu Carl) Was — e — Was — e — was hab ich Ihne dann geschwind sage wolle — ja ganz recht! — was ich Ihne nie verzeih, des sinn Ihne Ihr Schulde. — Sie misse wisse — hechst liftiger junger Herr — wohin mich Ihne Ihr Schulde gebrocht hawe? — rothe Se, — uff die Mehlwoog —*)

Alle. Auf die Mehlwaag!?

Hampelmann. Still — ruhig — es is merkwerdig — uff die Mehlwoog. — E Pedell vom Hochlebliche Stadtgericht oder lebliche Stadtamt, den ich gar net gekennt hab — wo kenn ich so Leut, — perschwabirt mich in e Kutsch — und liwwert mich ganz scheen uff der Mehlwoog ab. Wann mich der Herr

---
*) Schuldgefängniß.

Vorsteher der Anstalt, den ich als dann und wann in de drei Säuköpp treff, net zum Glück gleich erkennt het, daß ich derjenige Mann nicht bin der Schulde macht, un wann ich dem Herr Pedell — net immer die Solidität meiner Person net ins Klare gebracht hätt, so hätt ich wähs Gott brumme misse!

Carl. O mein bester Herr Hampelmann, Sie sehen mich zerknirscht! In Zukunft will ich der solibeste Mensch von der Welt werden — Sie können mich dazu machen — wenn Sie mir die Hand Ihrer Tochter nicht abschlagen!

Hübner (leise zu Herr Hampelmann). Weig're Dich nicht — denk an die sechzigtausend Gulden.

Hampelmann (leise). Ein erhabener Gedanke! (Laut) Arwer mein Gott! des Sophiche kennt Sie so wenig — es is e stilles, bescheidnes Mädchen, unner den Fittiche ihrer Mutter — —

Carl. Theure Sophie! sprechen Sie ein mildes Wort!

Sophie (schlägt die Augen nieder). Lieber Vater — wenn Sie nichts dagegen haben — ich kenne den Herrn — vom Fenster aus — er wohnt ja grade gegenüber —

Hübner. Ha ha ha! Nun Hampelmann, Fügung Gottes! Schicksals Wink.

Hampelmann. Du hast recht — arwer schweie mußt Du — hier, jeune homme — arwer ordentlich jetzt — wann ich bitte derf.

Carl und Sophie. O bester Vater! beste Mutter! tausend Dank! (Sie umarmen erst den Vater, dann die Mutter und Hübner.)

Hampelmann (greift, während die Uebrigen ihre Freude leise bezeigen, in die Tasche, um sein Schnupftuch zu holen, und findet das Porträt der Sängerin). Schon gut! schon gut! Ihr habt mich — soll mich der — gerührt, es is mer so wahr ich leb ganz flennerich. (Für sich indem er das Porträt der Sängerin findet.) Alle Neun und Neunzig — des Portrett der Sengerin! for mein Herr Schwiegersohn! Ja, prost die Mahlzeit, der kriegts nit. Des Portrett kimmt uff mein helfenbeinern Doos — un wann gefragt werd, wen stellt dann des schene Bild vor — so laß ich so e Wort falle — von ere einstmalige Geliebte — des is e unschulbig Vergnige des niemand was schadd — un ebbes muß ich doch for mein Strabaze all hawwe.

Mad. Hampelmann (nähert sich kleinlaut ihrem Manne). Hampel=mann!

Hampelmann (erschrickt und versteckt eilig das Bild). He?

Mad. Hampelmann. Du bist also nicht der Sängerin nachgefahren?

Hampelmann. Bild der doch so Sache net ein — kän Gedanke.

Mad. Hampelmann. Aber Du thatest ihr doch in meiner Gegenwart so schön?

Hampelmann. No, No, des war emol Dein Eifersucht uff die Prob gestellt. — Du Mäusi — Du bist in die Fall gange, (ernst thuend) künftig hin verbitt ich mer so Scenen — Un korz jetzt — es werd kän anner Logis gesucht.

Hübner. Bis zur Hochzeit kauft sich Dein Schwiegersohn ein Haus.

Carl. Und nimmt seine liebe Eltern zu sich.

Hampelmann. Des loß ich mer gefalle! An die heutig partie de plaisir wer ich so lang benke, als an mein König=stäner, — also wenn Du mich lieb hast — do redd mer net mehr von Logis suche, (halb laut gegen das Publikum) es mißte dann der Fall sein, daß es sonst gewünscht würde — — dann bin ich immer bereit — mein Promenade alle Tage zu wiederhole.

(Der Vorhang fällt.)

Ende.

Die

Jungfern Köchinnen.

Lokalposse in einem Akt.

17

Perſonen.

Herr Hammel.

Madame Hammel.

Frenz, ihre Köchin.

Frau Hannlapps, ihre Mutter.

Peter, ein Metzgerknecht.

Dorthee
Lißbeth } Köchinnen.
Suſann

Die Schwäbin.

Schmidt, ein Kutſcher.

Ein Kohlenträger.

(Ort der Handlung: in der Wohnung des Herrn Hammel.)

(Die Bühne stellt das Innere einer bürgerlichen Küche vor. In der Mitte gegen das Publikum ein großer Tisch (die Anricht), links der Herd ꝛc., rechts Küchenbänkel, Wasserzuber und der Eingang in die Zimmer, im Hintergrund die Thüre auf den Vorplaß.)

Scene 1.

(Beim Aufgehen des Vorhangs hört man auf dem Gang außerhalb klingeln.)

Mad. Hammel. Kohlenträger.

Mad. Hammel (in der Coulisse). Frenz! Frenz! — dreimol hot's schonb geschellt — heert se dann gar nix! Wer meent se hett Bänwoll in de Ohrn — (Sie tritt auf) No, no, wo is dann des Weibsbild nor? (Es klingelt wieder.) Wer is dann do?

Kohlenträger (außerhalb). Ich bins, der Kohleträger. (Nach geöffneter Thür) E Bitt Kohle! —

Mad. Hammel. Schonb wibber Kohle, mer hawe jo erscht krigt.

Kohlenträger. Die Jungfer Kechin hot se vor ere halwe Stunn bestellt — es geht gebiggelt wern.

Mad. Hammel. Ach Gott, ich bin ganz allän; sie mißte ägentlich uff be Bobbem — ich kann jetzt net; mer hawwe heut Leut — liewer Mann, er kimmt mer recht ungelege.

17*

Kohlenträger. A, wiffe fe was — mer finn kan Hanze=
ler — wanns Ihne geniere buht, ich brenge fe der Fra Kratz uff
dem annern Gang, die kann fe immer brauche — un morje früh
frog ich emol noch, wann ich Ihne e Bitt brenge derf. (Ab.)

Scene 2.

Mad. Hammel (allein).

Mad. Hammel. Gar ornbliche Leut, die Kohleträger. —
Gott im Himmel! Wie fieht die Kich widder aus! Beinah Effens=
zeit un noch net vom Mark zerick. — Wähs Gott! wann mer fich
nor felbft bediene kennt, mer follts wahrlich buhn. — Arower die
Fraa von eme borjerliche Gegefchreiwer kann doch, wähs Gott
net mit eme Henkelkorb immer die Gaß gehn — fo wie e Schuh=
macherfchfraa — zu dem, wo mer fo ftolze Hausbewohner hat —
un beim Licht betracht, was is es? E ungefchworner Maller, e
Holzmeffer, e Littegraf, der buht, als ob er funft e Graf wär.
— Was die fein, des finn mer längft gewest — war mein Mann
net vor Zeite Platzmäfter bei de Schitze un Vorfteher von ere
Leichekaß — zur fröhliche Abfahrt. Es is hart, wann mer
fein Ehrnämter ablege muß.

Herr Hammel (von innen). Frenz!

Mad. Hammel. Alleweil is mein Mann bei der Hand,
der werd fein Raffier=Waffer hawwe wolle. (Geht an den Herd und
fieht nach.) Kän Dreppche warme Rege (fie geht an den Wafferkeffel)
un ich gläb aach gar, der Keffel is leer? (Sie geht an den Waffer=
krug, füllt ein kleines Gefäß mit Waffer und fetzt es ans Feuer.)

Scene 3.

Mad. Hammel. Herr Hammel (in weißem Kamisölchen und Nacht=
kappe. Er bemerkt Mad. Hammel beim Feuer stehen und hält sie für Frenz, legt
den Finger auf den Mund, schleicht auf den Zehen zu ihr hin und giebt ihr einen
leichten Klapps auf die Wangen).

Hammel. Frenzemenche!

Mad. Hammel (sich rückkehrend). No, no! Frenzemenche —
Guck, guck!

Hammel. Ach mein Fraa — Wo hat ich denn mein
Age? — obber mein Brill? wollt ich sage.

Mad. Hammel. Mich hot der Herr hie net gesucht?

Hammel. Nän — awwer bo beim Feier im Negligee hab
ich Dich vor die Köchin gehalte, ha, ha, ha! nemm's mer net
iwwel, bo vorm Feier mit der Kluft siehst be aus wie's Esche=
pubbelche!

Mad. Hammel. No, no, no! Mit Spaß will der Herr sich
aus der Affaire ziehe. Ich wähs, was ich dervon ze halte hab.

Hammel. No, awwer, wo is dann die Mähb?

Mad. Hammel. Sie is — Sie is noch net vom Mark
zerick. —

Hammel. Ach so! Es is awwer aach e weiter Weeg.

Mad. Hammel (ironisch). So? — E halb Stunn, so weit
wie noch Meenz, netwohr?

Hammel. Des freilich net. — Warum muß des Mebche
aach uff den Mark — wo bo gleich e Hockin sitzt, un die
Gärtnerschweiber ähm jetzt des Gemies ins Haus bringe, ins
Haus enein schmeise, sellt mer sage.

Mad. Hammel. Do sieht mer die Männer — bene is all
äns, ob mer uff en Marktag e paar Koppstick spart obber net.

Hammel. Was ich doch gleich sage wollt? Haft be denn der Frenz gesagt — —

Mab. Hammel (ihm nachspottend). Frenz! Frenz! und als= fort Frenz! Ja, ich hab der Frenz gesagt, was se wisse soll, un damit Punktum, Sand drum.

Hammel. Es is nor wege dem heutige Mittagesse, du wähst dann doch — es is kän Klänigkeit en Herr Secretair zu tractirn. Ich hab mein Ursach, daß Alles gut ausfällt — du wähst ja, von derntwege. —

Mab. Hammel. Un ewe deswege bekimmre sich der Herr um nix. — Du hätt'st en awer aach wohl uff en annern Tag inventire kenne.

Hammel. Warum net gar! — Sunntags do prätenbirn die Leut gleich e Traktement, un zu dem, sieeh Mäusi, des mißt du ja besser wisse wie ich; den äne hot die Mähd ihrn Ausgeh= tag, un den annern host du dein Madamme=Kränzi, bo meegt ich um dausend Gulde wille net, un sieeh, wann mer sich do Mittags — wie doch net zu vermeide is, so vollpropt, bo hot mer Awends —

Mab. Hammel. Sei still — du host recht — die Haupt= sach awwer, Herr Hammel is, baß mer am Mittwoch e gut Stik Rindfläsch krigt, un mer so kän Bettelmannssupp ze mache braucht.

Hammel. Zum Glick sinn mer ja in der Lag, baß for uns jeder Tag recht sein kann, es is ja net, als wann mer bei der Hannelung wär, wo mer gleich des Mittags uffs Kontor muß. Mir Staatsmänner, mer widme uns nor Vormittags dem Staat.

Mab. Hammel. Zu was is dann aach der ganz Uhz, mit der Traktirerei?

Hammel. Des will ich der sage, Mäusi, die anner Woch bo is e Wein=Versteigerung aus dem Herrn Rohrspaß seelig seiner

Verlaſſenſchaft ſeelig, un bo wern bie Brome noch bem Erblaſſer
ſeelig ſeim eigenhänbige letzte Wille erſt zwä Tage vor ber Ver=
ſteigrung gewwe. Etzt is awwer unſer Gaſt e guter Freunb vom
Herr Vennermäſter Zopp, ber bie Wein bei Lebzeite bes Herrn
Rohrſpatz ſeelig, ſämtlich behannelt hat, un burch ſein Conexion
bo krie ich ſämtliche Brome jetzt ſchonb ins Haus, un ſtarke
Brome, un bo wolle mer heunt e biſſi browire, un ben 28te hujus
browire mer noch emol am Faß. Ha, ha, ha!

(Hammel nimmt bas Gefäß mit heißem Waſſer vom Feuer unb will ab.)

Scene 4.

Hammel. Mab. Hammel. Frenz (einen großen Marktlorb am Arm;
ſie ſetzt ihn im Eintreten auf bie Anricht nieder).

Frenz. Krie bie Krenk Offebach! Balb weer merſch ze
ſchwer worn, Mabam, — bes is e Laſt! —

Mab. Hammel (ironiſch). Sie werb ſich wahrſcheinlich bran
verhowe hawwe; — ähnfällig Geſchwätz!

Hammel (macht ſich um Frenz zu thun unb ſingt in ben Bart).
Tralera ꝛc.

Mab. Hammel. Hoſt be balb ausgeſunge? — Geh hin,
raſir bich!

(Hammel ab.)

Scene 5.

Frenz. Mad. Hammel.

Frenz. Do hot jo be Herr sein häß Wässer —

Mad. Hammel. Sie hot's wahrlich net beim Feier gehalte. — Sie hot sich heut recht gebummelt — so e Ausbleimerei is mer noch net vorkomme. — Etzt wolle mer emol die Einkaferei begucke. — Was hat se dann scheenes mitgebracht? (Sie untersucht den Korb.) Was is dann des? Kollerawe?

Frenz. Nä, Madame! s'is Zellerie.

Mad. Hammel. Was kost dann des Gewerzel?

Frenz. Es is for 9 Kreuzer, bo hab ich aach e bissi Rosekohl — e Staatsgemis for 14 Kreuzer — bo Madam — is e Raretät von Eskarol, von ere Orwerredern, den Kerwel — —

Mad. Hammel. Weis se emol des Hinkel?

Frenz. Es is e Pulatt! (Poularde.)

Mad. Hammel. Was is es? E alt Hinkel, weiter nix.

Frenz. Die Fraa wollt mersch gar for en Kapaun verkaafe!?

Mad. Hammel. Was hot se dann dervor bezahlt?

Frenz. Achtzehe Batze.

Mad. Hammel. Achtzehe Batze. — Ich hab neulich erst ähns for 45 Kreuzer kaaft, des war e anner Geschwetz. Ihr Weibsleut awwer, ihr loßt euch alles in die Händ stoppe. Na, un ich glaab aach, sie hot sich's von der Hinkelroppern zerecht mache losse? (Sie legt das Huhn auf den Tisch.)

Frenz. Ei des versteht sich! Sie mäne gewiß, wann mer so viel ze thun hett, kennt mer sich aach noch bobermit abgewe?! Awwer Madam, Sie zanke doch ewig.

Mad. Hammel. No, weiter! (Steht in den Korb.) Ach! Do is der Nachtisch — (ironisch) scheen Obst — was des wibber vor verhuzelte Eppel sinn — un die Reste — die Niß wern aach nor zum vergolbe gut sein — un da soll mer aach net emol was sage. — Was is dann in dem Babier?

Frenz. Des is der Permißionskäß for in die Supp.

Mad. Hammel. Ah, halt se des Maul, wo is dann des Permesankäß, — der is jo ganz waich — Gott, Ihr Leut, der Käß hot kän Aage, awwer mer meent, ihr hätt aach kän Aage.

Frenz. Madam, mer kanns Ihne awwer aach mein Lebtag net recht mache — gehn Se doch lieber selbst uff de Mark.

Mad. Hammel. Wann ich niz bessersch ze buhn hett, ja, bo geh ich hin. — Mein? Sei se net unnitzig — un stell se ihr Tippe bei's Feier.

Frenz (thut das Fleisch in den Topf und setzt ihn ans Feuer). For was is dann des ewig zanke?

Mad. Hammel. Ich glab, sie will aach noch was eraus hawwe?

Frenz (bei Seite). Gott, wie werd mersch!

Mad. Hammel (sich umdrehend). Noch net fertig? Ich sag ersch im Gute — duh se Ihr Arweit un loß se mich ungeschoren. (Sie geht ab und nimmt das Dessert mit.)

Scene 6.

Frenz (allein).

Gott sei's gelobt, gedankt, getrummelt un gepfiffe, sie is fort. Des Gekrammel alsfort anzehere! — Wann unser Herr, die gut Haut, net wehr — sollt's der Deiwel hole! den bedient mer mit Pläsir. Wann mer awwer mein Mutter den gute Dienst aus= mecht, den se for mich suche duht, bo bleib ich doch kän Ageblick bei dene Leut. — Heut traktirn se emol, bo will ich en emol

weise, was ich kann. — Wo bleibt awwer der Musje Peter, ich
muß jo noch zwä derre Brotwertscht zur Beilag hawwe, un Filjel
for mein Klesercher. — Ich kann en gut leide, es is e spaßiger
Mensch. — So e Art Doschjeva (Don Juan) von de Mexter.
(Sie kocht und singt während der Arbeit die Barcarole aus der Stumme.)

Scene 7.

Frenz. Peter (in elegantem Metzgercostüm, kurze Jacke, legère Halsbinde,
blendend weiße Schürze, seinen Fleischen-Narben [Arten] auf der Schulter).

Peter (den Narben niederfetzend). Gute Morje, Junfer Köchin!

Frenz. Ah, bo sein Se jo, alleweil dacht ich bei mir selbst,
wo Se bleiwe dehte? Sie komme net je früh heunt?

Peter. Ich hab schond mein ganz Tour gemacht, un hab
gedacht, (galant) des best Bissi hebst be der zuletzt uff. (Er will sie
um den Leib fassen.)

Frenz. Here Se uff je ruhe — ich hab kän Zeit zum
Babbele, ich muß mein Esse mache — Ezt allé, mache Se fort,
un gewwe Se mer Ihr Werscht.

Peter. Da sinn se — Frenzi! des sein der Ihne, Gott
verdamm mich, Werschtercher, wann mer bo enein beißt, bo
spritzt's die Brih eraus, grab wie bei unsrer neu Wasserleitung.
— Frenzi, gewwe se mer ihr Messer, ich will's Ihne e bissi
scharf mache. (Nimmt das Messer und wetzt es mit der linken Hand.)
Frenzi, merke Se dann nix, ich bin ja links, aber des mecht nix,
wann ich Ihr Mann bin, will ich Ihne schon rechts komme. —
Apripo, wo sin dann mein Daskalia?

Frenz. Hier (sie sucht ein Packet Zeitungen unter dem Wasserstein
hervor) liewer Freund; Gott, wie scheen! Ich hab gelese bis halb
zwä, bo fiele mer die Aage zu. Gott, was is der Alfonso for e

Mensch! — Nä! zu ächt! — Un der die Geschicht gemacht hot, des is e rechter Schmeicheldichter. — Der redd ähm — Mitte dorchs Herz, un widder eraus, un was mer nit versteht, des fiehlt mer, un was mer nit fiehlt, des empfind mer. O! Peter, Sie hawwe viel aus mir gemacht, seit ich Ihne kenne, dorch Ihne Ihre so delikat Lectir.

Peter. Netwohr? des Lese is e angenehm Leidenschaft?

Frenz. Deiwelmäßig angenehm!

Peter. Des häßt die Dichtung, un mit Wahrheit vermischt, so werd's jetzt allgemän verlangt. —

Frenz. Warum awwer hot mer Ihne dann gestern Awend mit käm Aag ze sehe krigt?

Peter. Ach Frenz! — Des misse se sich verzehle losse. Gestern Awend, wie ich ebe Feierawend mache wollt, dacht ich, — du schlenderst noch emol über den Nikelose=Mark; — wie ich bo geh, so begegnet mer die scheen Berschtebennern, die Junfer Steckbohn.

Frenz (verächtlich). Die bo?!

Peter. Ich grieß se dersche, natirlich, un sie dankt. Des sieht äner, der sie vielleicht aach gern kenne gemecht hätt, melirt sich enein; — bo fährt mer des Wort Nation eraus. — Vorher awwer muß ich sage, daß er sich aach gege mich Ausdrick bedient hot.

Frenz. Peter, des hette se nicht thun selle.

Peter (fortfahrend). Er hott dann gleich gesagt: „ich verbitt mir alle Anziglichkeit Herr N. N. oder wer Se sonst sein möge." — Es war e Fremder, e Preiß. — Sie denke wohl, Se seind was? Ja, dieses denke ich, sagt ich — un wie sagt ich's?! mit Anstand — Gott verdopp — Sie kenne mich darin, Frenz!

Frenz. No, un er?

Peter. Un er? Er sagte: „Was Sie seind, des sind man schon lang gewesen." Ich hatt nemlich ähnfälliger Kerl gesagt.

Frenz. Net meglich? un Sie?

Peter. Ich sagte gar nix.

Frenz. Gar nix? Peter, no, un er?

Peter. Er, er sagte aach nix.

Frenz. Aach nix? No, un Sie?

Peter. Ich? — ich hab, bei mer selbst gedacht: des sinn so growe Flegel, als wäre se (mit der Pantomime des Herauswerfens) aus dem Schublärcherkolleg enaus ballotirt worn. Aber sage — ich sagt aach nix!

Frenz. Recht so! — So Mensche treiwe sich in Eppelwein= häuser erum un hawwe kän Bildung.

Peter. O! es is noch net all — bo kimmt etzt e Kammer= biener von der Gesandtschaft und frogt ob er die Ehr hawwe kennt, die Mamsell nach Haus ze führe? — nemlich die Mamsell Steckbohn? — Ich sagt etwas spitzig — „Mamsell sind schon begleitet" und ging meiner Weg.

Frenz. Das war charmant von Ihne, Mosie Peter!

Peter. Ja, es bekam mer schlecht, denn der nemlich Kam= merbiener klotzt mich an und segt. — Ich schäme mich ordentlich es ze sage.

Frenz. No, eraus dermit!

Peter (herausplatzend). Knote sagt' er! gemäner Limmel!

Frenz. Wos sich so Mensche erausnemme! — No, dem hawwe Se wohl recht gut bedient?!

Peter. Des will ich meene! — Ich gab dem Stinkbock en Stumper, daß er in de erste beste Glaserker enein gefahre is.

Frenz. No, un was sagt er?

Peter. Entschuldige Sie, — sagt er — ich heiße Blifsky; wo ich bin, können Sie mir allemal finden, un mecht sich pleede.

Frenz. No, un die Junfer Steckbohnin?

Peter. Die geht aach pleede, dann ich glab, die hot's mit'm gehatt! — Ich dacht bei mir selbst, du host dein Thäl, mit Finne geb ich mich net ab — Apripo! Frenzche — wie is es dann dobermit?

Frenz. Wodermit?

Peter. Ich meene — No Sie wisse schonb.

Frenz. No, wie ähnfällig?

Peter. No, ich meene, wann denke Se dann, daß mer uns heurathe kennte?

Frenz. Ach Gottche! — des werd lang dauern.

Peter. Warum?

Frenz. Sie misse doch erst Ihne Ihr Wittfraa geheurath hawwe, un dernochender misse merscht erscht abwarte, un wer wähs, wie lang des dauert. · Ja, wann Se hie e Schern krie kennte, ohne Wittfraa? —

Peter. Frenzche, etzt will ich Ihne emol ebbes stecke. — Sie buhts — awer der Deiwel kennt sein Spiel dreiwe — so ähn is im Stand un lebt als elf Johr. — Ich gehn her, un wern Mexter in Butschbach — do kenne mer ehnder vom heurothe rebbe.

Frenz. Ach ja? E Herr Landmexter, is aach net bitter. — Die Wittfraa is noch frisch — un warte soll der Deiwel — Net= wohr Herr Peter, Sie sinn jo e Vorjerschsohn aus Butschbach? un des is jo doch aach e Stadt, so gut als wie Frankfort? (gärtlich) Un gucke Se, mer mache dernochender Schwartemäge un schmuckle se noch Frankfort.

Peter. Losse Se mich nor mache — Vielleicht arweit ich mich doch noch in die Profession, aach ohne Wittfraa — denn ohne Profession kän Lieb.

Frenz. Sie hawwe Recht — die Lieb is gut, sie muß awwer Brod hawwe.

Peter. Ja, un wo möglich aach Fläsch derzu. — Mir zwä gewwe awwer aach e scheen Paar. In Butschbach — obber hie, uff ähn Art muß es gehn.

Frenz (schäumt das Fleisch im Topfe). Ich kann Ihne noch kän Tass' Fläschbrih anbiete, — es kocht kaum.

Peter. Anerlä; gewwe Se mer eweil e Glas Wein, wann Se hawwe?

Frenz. Da hab ich — es is freilich nor Kochwein, awwer Sie wisse, eme geschenkte Gaul guckt mer net ins Maul.

Peter. Guckt mer net ins Maul — awwer der Wein soll mer enein gucke — bo is e Glas — bes mit dem Renftche, bo hab ich schonb mehr draus gebrunke.

Frenz (schenkt ihm das Glas halb ein).

Peter. Ganz voll — Schäßi! Mache Se kän Sache.

Frenz (schenkt das Glas voll). Eile Se sich — wann die Madam käm. —

Peter. Ach Herr Jeses — die Herrschafte sein aach alleweil gar je interessant! Un uff Morje?

Frenz. E Schweinebredche von so drei Pund.

Peter. Ich brengs vielleicht heint Awend noch?

Frenz. So is recht — bo kenne Se noch e bissi mit uns krusteliere.

Peter. Brav! — Komme aach bie annern Medercher? Die Lisbeth un bie Dorthee?

Frenz. Ja, aus'm ganze Haus. —

Peter. Do wolle mer recht fidel sein — No, Adje Frenz! Gewwe Se mer aach e Kissi. (Er will sie küssen.)

Scene 8.

Vorige. Herr Hammel.

Hammel (er ist frisirt und trägt die Wasserbouteille in der Hand). Ei, ei, ei!

Frenz (zieht sich zurück und Peter nimmt seinen Karben auf die Schulter.)

Peter (im Abgehen). Es war des Fläsch! Verzeihe Se. (Ab.)

Hammel. Des seh ich wohl, daß es hie Fläsch war.

Scene 9.

Frenz. Hammel.

Hammel. Sag emol — was buht bann der Kerl immer bei Dir? —

Frenz. Es is ja der Mexter — der so spaßig is.

Hammel. Der Mexter, un als der Mexter, als wann e Mexter — torz ich leid des net.

Frenz. Arwwer Sie wisse boch — baß der mit alle Weder= cher in der ganze Gaß scheen buht.

Hammel. Siech! Frenz, du haft's gut bei uns; arwwer nemm dich in Acht — des Gegaaler mit dene Leut, die so Sache brenge — des führt zu gar nix; mag's ezt Mexter, Becker obber Schornfteinfeger sein, nemm en in Zukunft ihr Sach ab — zahl se — un loß se gehn. Ich rathe dersch — dann siech, du bist schön un angreiflich, un wann be der so en Anhang in der Rich mechst, so führt des zu beese Häuser.

Frenz. Herr Hammel, warn Se so gut, un hawwe Se mer desjenige besorgt? —

Hammel. Ja, ich hab bein goldene Ohrring borch en gute Freund von mer, im Pandhaus auslese losse. — Ezt bleib arwwer bervon un halt bein Sach zu roth — ba, un bo leg ich noch e Schnall berzu — die geht mit drein.

Frenz. Sie sinn arwwer aach e recht guter Mann.

Hammel. Netwohr?

Frenz. Was die Auslag is, des berfe Se nor der Madam sage, die hält mersch an meim Lohn zerick.

Hammel. Gott bewahr! meiner Fraa? Do käm ich scheen an.

Frenz. No — wann des is, so leese Se mer aach dorch Ihne Ihrn gute Freund noch 10 Ehle Tuch, die ich noch drin hab, aus.

Hammel. No, no, heer, mein Fraa gibt mer als net so viel Sackgeld, daß ich des kennt; awwer den nechste Monat kannst be druff rechne. — Awwer ich rechne aach uff dich, mein Schah (schmunzelnd) uff e bissi Dankbarkeit — du wähst!

Frenz. Do is der Pandschein. (Gibt ihm ein Lotterieloos.)

Hammel (nimmt es). Herrjeche — des is jo e Vertelche in der Frankforter? — Also aach in der Lotterie spielst be? brav!?

Frenz. No, was is bann bo? mer muß bem Glick ben Weg net versperrn, un berzu, ich hab bie Nummer geträmt.

Hammel. Schon gut; sei awwer nor e bissi orbentlicher gege mein Fraa, se beschwert sich sehr. Guck, net emol Wasser in meiner Boutell! —

Frenz (lachend). Do im Zuwwer is ja genug, un hette mer die Wasserleitung, bo kennte Se sich selbst fille.

Hammel. Du host Recht! —

Mab. Hammel (von innen). Hammel! komm boch — bu werschst ja mein Lebtag net fertig anziehe.

Hammel. Ich komme gleich — ich hol mer nor Wasser.

Mab. Hammel. Alsfort in ber Kich! es is e Schann, so e Kichetreppel!

Hammel. Ich komme gleich. Es is jo so e halwer Feier-tag. (Geht noch einmal zu Frenz, im Begriff ihr in die Backen zu kneifen, ruft)

Mab. Hammel. Hammel!

Hammel (wendet sich erschrocken um). Ja! (Geht ab.)

———

Scene 10.

Frenz (allein).

Des arm Mennche! — Der muß scheen ducke, — un doch hot er den Deiwel mit scharmire. — No, mein Ohrring hab ich. — Bei dem Kichefeier werd ähm ganz schwach — ich gläb, jetzt kann ich schonb e Tass Fläschbrih drinke, e bissi Muschcatnuß druff. — (Sie füllt eine Tasse, reibt Muscatnuß darauf, stellt den Topf wieder ans Feuer und trinkt; sie hört ihre Mutter husten.) Aha! do hust jo mein Mutter, glab ich.

———

Scene 11.

Frenz. Frau Hannlapps.

Fr. Hannlapps. Gout Zeit, Frenz!

Frenz. Ei Mutter, was führt Sie dann her?

Fr. Hannlapps. Dau sullst's hiern! Gib mer en Staul, daß eich mich setze! — (setzt sich) des ose Frankfort werd su gruß, we's Sprichwort seht. — No, dou eßt Sopp? —

Frenz (ihre Bouillon trinkend). No, habt Ihr mer was aus= gemacht?

Fr. Hannlapps. Su gaut wei richtig — gaute Leit — No, am Laafe hun eich's net fehle losse. Dou willst also werklich aus beim Dienst?

Frenz. Je eher, je liewer — sie wolle mer nix zulege. —

Fr. Hannlapps. Schwierhade — do kriest de 80 Gille, des is aach mehr wei 40 — (sie lacht) we's Sprichwort seht.

Frenz. Hot Se was gesse?

Fr. Hannlapps. Beileib; eich gung zou dir, do dacht eich, dau gibst zu deiner Frenz, do wäre eich schonb en Bisse esse, we's Sprichwort seht.

Frenz. Setz Se sich do hin, — do an den Tisch — viel hab ich net, dann bei dere Herrschaft bleibt nix imwrig — es is Alles so genau. — Ich hab awwer do noch en Fliggel von ere Gans. (Sie holt einen Gansflügel aus dem Schrank.)

Fr. Hannlapps. Als her dermit. — No su genaa is se doch aach net.

Frenz. Ach, Mutter — es geht heut bei mir brunner un briwwer, mer hawwe heut Leut, ägentlich nor ähn Gast. —

Fr. Hannlapps. Gout, do komm eich gegen Owend wirrer un helf der speile.

Frenz. Desto besser — do kimmt der Peter aach — do kann Se em emol einrebbe, daß er ennlich emol seegt, ob er mich dann nemmt.

Fr. Hannlapps. Gewiß muß er dich nemme, er gibt so schunb lang genug mit dir; er muß jetzt met der Sproch eraus, do heeßts: bekennt orrer getrompt, we's Sprichwort seht. — Host be net e wing Babeir?

Frenz. Jo Mutter! (Sie gibt ihr Papier.)

Fr. Hannlapps. Sah! Host be net e bissi ze brinke? eich hunn Dorscht; eich kumm balb um vor Dorscht!

· Frenz (holt einen Krug). Do, Mutter! loßts Euch schmecke; do hab ich noch en Krug baierisch Bier vom Herrn. — No, wie is es dann sonst mit dem neue Dienst?

Fr. Hannlapps. Gout, ganz gout! — bei Kippesinn, bei Wartfraa in der Stelzegaß von der eich bes Kostkenn gehatt — bei hot en ausgemacht.

Frenz. Des is e brav Fraa, die Fraa Kippesinn.

Fr. Hannlapps. Es is beieme gruße Kaafmann; sei hunn en Labe in der Schnurgaß; bu bist do, wie der Buggel im Hanssome, we's Spridwort seht.

Frenz. Wann des so is, do sag ich meine Morje uff.

Fr. Hannlapps. Mer muß net su an der Herrschaft benke; sie henke aach net an unser ähm. Gihts ons schlecht, bekimmre se sich den Deiwel drumm. No, bu host jo dein Uhring webber.

Frenz. Der Herr hot mer se aus dem Paubhaus besorgt.

Fr. Hannlapps. Dei Herrschafte sein den Deiwel naut nuß! — Dau host jo bo e neu Halstichelche?

Frenz. Die Madam hot mersch gewwe.

Fr. Hannlapps. Net mihr wei billig. — Dou host genung meten auszestihn. —

Frenz. Eßt Mutter, steck Se des Dippche mit Schmalz in Sack, un den halwe Krug Bier nemm Se unner ihrn Scherz — bo sinn aach zwä Gutlichter. Des fällt als for die Köchin ab.

Fr. Hannlapps (steckt alles ein). Hoste net ebbes for be Mage, ei eich hun su s'Drickens?

Frenz. Ei ich kann ihr niy, als wie e Gläsi Rum gewwe.

Fr. Hannlapps. No, her dermit!

Frenz (schenkt ihr ein Gläschen Rum ein, welches sie rasch austrinkt).

Fr. Hannlapps. Ach, des is e schlechter Dienst. No, sellt werb's besser, Frenz.

Frenz (bringt Teller, Glas 2c. wieder in Ordnung; Frau Hannlapps schickt sich zum Fortgehen).

.

Scene 12.

Vorige. Mad. Hammel.

Mad. Hammel. No, Frenz, allé, werb's balb, es is jo schonb halb Eins. — Sie hat ja ihrn Spinat noch net ausgemacht?

Frenz. Nor ruhig, Madam, — wanns Effenszeit is, werd nix fehle.

Mad. Hammel. Ach! Siech emol do, bo is jo ihr Mutter? Wie sichts aus Fraa Hannlapps? Ei sie hot ja gar ze schwer, was hot se denn in dem Krug?

Fr. Hannlapps. ·Ei, eich hunn mer e wing Ihl (Oel) geholt, un bo sein eich aach emol wibber in der Stabt, un bo hab eich emol heit bei meiner Frenz eingesproche, un wollt Ihne aach mein Empfehl mache.

Frenz (stellt während des Gesprächs den Kapaun in den Bratofen).

Mad. Hammel. Recht so.

Fr. Hannlapps. No, sein Se dann aach met dem Mebche zefribbe?

Mad. Hammel. So paffabel — No, wo is e Mensch in der Welt, der sein Fehler net hot; awwer sonst is se e brav Mebche —

Fr. Hannlapps. No, des frat meich, daß Sei zefribbe sein. — Im Ageblick hunn eich erscht noch gesaht, daß wann mer e gaut Herrschaft hot, mer bleiwe muß, des Witschele is den Deiwel nix nuß — un zemol wege e paar Baße Geld.

Mad. Hammel. Ich wähs gewiß, daß ihr eurer Tochter nor zum Guthe rothe duht.

Fr. Hannlapps. Oh, Se derfe Se froge — was eich ehr alleweil gesaht hunn. — Netwohr, Frenz? sah — was hunn eich der gesaht?

Frenz. Wähs Gott un wahrhaftig, so is es Mab.. .

Fr. Hannlapps. Un wann se brav is, so is es am Enn nor doch for sich. — Dann wann se gaut baut, se werb's er gaut gihn, we's Sprichwort seht.

Mad. Hammel. Frenz, hot se dann ihrer Mutter was ze esse gewwe?

Frenz. Ach gehn Se! des beht ich mer net erlawe ohne die Madam vorher ze froge.

Fr. Hannlapps. Eich bedanke meich! — Eich brauche nix ze esse.

Mad. Hammel. Awwer, wann se — — doch, doch, Frenz, guck se emol im Kicheschank noch, es muß noch e Restche von bere Gans da sein.

Fr. Hannlapps. Ach, Sie sinn gar ze gut, Madam, eich hab awwer schun gesse. — Adies Frenz!

Frenz. Adies Mutter!

Fr. Hannlapps. Schreib dersch hinnersch Uhr, was eich der gesaht hunn, un denk, Herr un Fraa Hammel in alle Sticke zefribbe zu stelle, un bleib bei en im Dienst, so lang be kannst; — dann des Sprichwort seht: „Ehrlich währt am längste!" Adies Madam Hammel, mein Empfehl an Herrn Hammel. — Hot er dann noch immer den bise Huste?

Mad. Hammel. Net so arg mehr.

Fr. Hannlapps. No, Gottlob. — Den vorige Winter hots'en recht gehatt.

Mad. Hammel. No Adies.

Fr. Hannlapps. Adies beisamme! (Grüßt im Abgehen.)

Mad. Hammel. Adies, Adies.

Frenz (begleitet ihre Mutter und verweilt einige Augenblicke bei ihr).

Mad. Hammel. Jetzt Frenz, mach se, daß ihr Esse fertig werd. (Ab.)

———

Scene 13.

Frenz (allein).

Frenz. Mein Esse, ach Gottche! des is so gut als wie fertig. — Des Dunnerwetter, ich hab mer vergesse frisch Butter mitzebrenge — (öffnet den Schrank) un do is aach kän mehr. — No, ich lehn mer bei der Dorthée. (Ruft durch die Mittelthüre:) Dorthée! Dorthée!

Dorthee (von außen). Was soll's? Jungfer Frenz!

Frenz. Lehn Se mer doch e bissi Butter, ich muß mein Spinat schmelze. (Zurückkehrend.) Der ofig Spinat, des is e rechter Butterfresser.

Scene 14.

Dorthee. Frenz.

Dorthee (nach einer kleinen Pause die Butter auf einem Teller bringend). Hier Frenz, do bring ich er en Butterweck — nem' se sich dervon was se braucht. — No, ihr habt ja Zeit? — Sie hett mer nor e Wort sage derfe, ich bin heut ze hawwe; mein Herr ißt aus, un sie kann sich wohl einbilde, daß do die Madam — —

Frenz (geheimnißvoll). Hot se dann der gewisse Jemand abgeholt?

Dorthee. Nän, sie ißt bei ihrer Fra Dante — obber wo annerscht. — Lang bleib ich net in dem Dienst, ich kann des Gelähf net leibe.

Frenz. Mach' s'es wie ich, stell s'en den Stuhl vor die Thier·

Dorthee. So? Sie will eweck von do? werd se geschickt?

Frenz. Gott bewahr — Ich sage uff — sie wisse ewens noch nix dervon.

Dorthee (bei Seite). Gut, daß ich des wähs! unser Madam hot mer uffgesagt — wann des ging? — do hett ich net weit, blos immern Gang enimmer.

Frenz. Dorthée — awwer alles unner uns, dann sieh se, Sie is e brav Person, deswege schenk ich er mein Vertraue — Gott — un dann unser Herr is immer hinner mer, un hert der uff, so fengt die Madam an.

Dorthee. Sie hot recht, daß se geht. Apribos, wie steht se dann mit ihrem Peter? ei ich wähs gar net, sie segt mer gar nix mehr?

Frenz. Ei, no, des geht net so geschwind, wie sie mehnt, e gut Ding will Weil hawwe. (Sie sieht nach dem Rindfleisch im Topfe.)

Dorthee. Des is e scheen Stick Rindfläsch.

Mab. Hammel (tritt auf). No, Frenz, richt se dann net bald an, es is ja schon halb zwä?

Frenz. Alleweil.

Hr. Hammel (kommt unmittelbar nach seiner Frau). Du Fraa, geh doch enein, der Herr Secretär is do, un empfang en.

Mab. Hammel (im Begriff abzugehen, sieht sich noch einmal um und ruft ihrem Manne, welcher noch in der Küche verweilen will, mit barscher Stimme zu:) Hammel, allons, als mit enein!

Hammel. Ja. (Beide gehen ab.)

Frenz (richtet die Suppe an und trägt sie hinein).

Dorthee. Gott, was is des e Dorchenanner in bere Kich, was sieht des Kuppergescherr aus, es is e Schann, do käm ich meiner Madam scheen an, wann ich so e Unordnung het.

Frenz (kommt zurück und richtet das Rindfleisch an).

Dorthee. Duht se kän Petersilie dran?

Frenz. Ich hab kän, — sie kennes ohne Petersilie esse. — Dorthée, in der Zeit, wo ich des Rindfläsch ufftrag, guck se mer e bissi nach meiner Poulard un rihr se mer e bissi mein Spinat. (ab.)

———

Scene 15.

Dorthee.

Soll mer sage, so e Medche geht aus so eme Dienst! — es is doch aach kän Hund, nor zwä Persone ze bediene ze hawwe, un kän Kinner, — un owwebrein kriet se 50 Gulde, un ich krie bei meine Zeit nor 38. — Still! mir geht e Licht uff — die geht — ich muß an ihrn Platz — awwer Dorthée, nor gescheib. — Des is jo alleweil an der Tagesordnung, daß äner uff dem annern sein Platz spekulirt — des buhn jetzt die scheenste Leib; König un Ferschte — warum sollt unser ähns —

Scene 16.

Frenz.   Dorthee.

F r e n z (hereinlaufend). Ach, Heer Je! — Ich hab's doch brinn geroche, daß mein Poulard anbrennt. — Sie hot se also net gewendt un geträfelt?

D o r t h e e. Des buht nix, mer mecht, daß die verbrennt Seit unne hin kimmt.

F r e n z. Was werd die Madam sage?

D o r t h e e. A loß! sie bleibt ja doch net bei ihr.

F r e n z (nach dem Herd gehend). So ganz gewiß is es noch net. — Ach etzt guck emol! mein Spinat is aach angebrennt.

D o r t h e e. Ach, des schmeckt mer gar net.

F r e n z (thut ihn in die Schüssel). Den Deiwel aach — Sie is werklich kurios — nä — die Gemiethsruh von ihr! —

Dorthee. Des Koche ist ewe mein Sach net. — Bei uns kimmt's gar ze wenig vor.

Frenz (leichtsinnig). No, ich trag's ewens enein. — Wann se's net esse, so losse se's stehn. (Trägt den Spinat und Poulard ab.)

Dorthee (allein). Un bes war gut. — Du werscht gut an= komme, (sie horcht) ich glab, sie werd gezankt — aach recht. — Des brengt die Sach in Gang.

Mad. Hammel (von innen). Un wann ich er sag — sie is e Köchin, daß Gott erbarms. Des is ja net erlabt, so anzerichte!

Frenz (außerhalb). Awwer Madam! —

Dorthee. Alleweil komme Se!

Scene 17.

Dorthee. Mad. Hammel. Frenz (bringt den Braten zurück und hat ein Licht in der Hand).

Mad. Hammel. Ich sagen ersch, Sie mecht immer ze viel Feier.

Frenz. Awwer Madam, es war'n kaum e paar Kehlercher brinn.

Mad. Hammel. Daß du! — E Feier forn Ochs ze brote! — Was is es — mer esse desmol unsern Sallat ohne Brate — des muß ich sage — e scheen Esse, wann mer emol e Frembes hot! Do laf Se eniwwer zum Herr Lerebbe, un hol Se zwä Portione kalt Hase=Pastet.

Frenz. Madam, Ihne kann mer awwer aach nix recht mache — wie mersch aach mecht. — Wenn sie allenfalls net ze= fribbe sinn. — — No, ich will mein Schaal umhenke.

Mad. Hammel. Ach noch e Schaal! — um zwä Häuser weit je gehn?

Frenz. Warum net — mer werd wie e Nickel immer die Gäß laafe. (Geht brummend ab.)

Mad. Hammel. Infame Weibsbilder!

Scene 18.

Dorthee. Mad. Hammel.

Mad. Hammel. Sie war bo?

Dorthee. Ja, Mabam — un ich sagt ihr frei noch, Frenz, wenn' dein Brate, es is gar je viel Feier in dem Ofe.

Mad. Hammel. No Sie! — des glab ich, Sie is aach e perfect Köchin.

Dorthee. Ich muß es wohl sein. Ach so was derft mer net bassirn. Mer is net immer so glicklich, en Herr un Mabam Hammel zur Herrschaft je hawwe.

Mad. Hammel. Ich kann sage, — ich bin die Frenz satt.

Dorthee. Sie is doch sonst e gut Mebche; sie muß Feind im Haus hawwe, dann die sagen er nix gut noch.

Mad. Hammel. Bah!

Dorthee. Vielleicht, baß ihr die Fraa Baier bo gleicher Erb net gut is, un bie bes iwrig Gesinn uffgehetzt hot.

Mad. Hammel. Wähs sie dann ebbes von ihr?

Dorthee. Sehn Se, ich bin kän Zuträgern, un es kimmt mer hart an, von meim Newemensche beeses je rebbe, — un bann sinn mer gute Freund zesamme. — Sie is e bissi vergeß-lich, bes is wohr; no bo helf ich er als aus mit Allem, was se vergeßt; awwer, was wohr is, beß muß wohr sein, sie gibt alles pinktlich wibber zerick.

Mad. Hammel. Sie will er ewens nix nachsage, aach gut. — Arwwer Dorthée — was sage dann die annern Leut von er?

Dorthee. Es thut mer werklich läd, daß ich sage muß, daß mer von er seegt, sie deht sich ewe viel eraus nemme, sie deht zwar kän Kloppheller mache —

Mad. Hammel. Was? Kän Kloppheller? am Dinstag erscht hab ich se erwischt. — Hot mer des Weibsbild net vorgerechent, zwä Groschelädcher, acht Kreuzer?!

Dorthee. Wie dumm! (Fortfahrend) Arwwer sie deht als tractirn in ihrer Kich. Die Mähd aus dem Haus, den Merter; un ihr Mutter deht alle 8 Tag e Dippe mit Schmalz häm nemme. — Arwwer, ich glabs net.

Mad. Hammel (bei Seite). Do erfahr ich scheene Sache.

Dorthee. Des iwrig — will ich verschweije.

Mad. Hammel. Bosse! — als eraus dermit.

Dorthee. Es häßt aach — daß — daß — der Herr Hammel sie gar net zankt — sonnern sie — sie — sehr angenehm — aartlich — wollt ich sage, tractirn deht, un sie deht sich vor Ihrem Mann so stelle, als wann Sie se gewiß net fortzeschicke gedraute. Ich glab arwwer alles net — es is Geschwäz.

Mad. Hammel. Was? Ich gedraut mich net, se fortzeschicke — alleweil muß se fort! — Morje des Tags! — Sie is bestimmt nix nuz.

Dorthee. Des harwwe Se net nöthig Madam; ihr Mutter hat er schond en Plaz verschafft — un bo werd se Ihne ufffage.

Mad. Hammel. Aha! Sie denkt mich in Verlegenheit ze bringe! Gott wie schadd is es, daß Sie noch net frei is, Dorthée! — dann Sie scheint mer e ordentlich Weibsbild.

Frenz (kommt mit der Pastete zurück und geht in das Nebenzimmer ab).

Dorthee. Zu gut gefällt mersch aach net bei der Madam Kraz.

Mad. Hammel. Dann is ja unfer Sach uff änmol in der Reih — un wanns Ihr recht is, do is der Miethpennig, e preußischer Thaler. (Gibt ihr einen Thaler.)

Dorthee (nach einigem Sträuben). Es is mer recht angenehm, wann ich bei Ihne eintrete kann, Madam Hammel, awwer fage se um Gotteswille nix der Frenz — net eher als bis ich meiner Madam uffgefagt hab. Mer derf doch ere Herrschaft aach net grad zu — —

Mad. Hammel. Des is aach recht, Dorthée. Morje is aach noch Zeit, un zudem brauch ich die Frenz heut noch. Ich hoffe etzt net, Dorthée, daß Se mer, wie mein Frenz, wie die bei mer eingange is, mit ere nußbamerne Komob, von zwä Schreinerschgeselle getrage, angestoche kimmt. Sie werd ihr Kist hawwe.

Dorthee. Gewiß nix annerschter. Ja, Madam, Sie hawwe recht, es is gar ze arg, wie's alleweil die bienend Klaß treibt, mer sellt sich scheme, daß mer e Dienstbot is; sonst hot mer Gott gedankt, wann mer Jungfer is gehäße worn, un e katunern Kläd uff dem Leib gehatt hot. Jetzt muß es Mamsell un Merino sein.

Mad. Hammel. Sonst — muß ich fage — is die Frenz ziemlich nach dem alte Schnitt, sie is doch etzt annerbhalb Jahr bei mer, un geht immer noch mit ähm un demselbe Borsch.

Scene 19.

Frenz. Dorthee. Mad. Hammel.

Mad. Hammel. Un bann soll se doch fehn, wer hie Herr is, — ich obber mein Mann!?

Frenz (tritt von innen ein). Der Herr Hammel erwart Ihne, Madam, zum Ausgehn.

Mad. Hammel. Alles in der Ordnung, ezt geht ich. (Bei Seite) Morje krieft be dein Laafbaß. (Geht ab.)

Frenz (bei Seite). Gott sei Dank, sie geht. Fahr ab mit beiner Halbchaise! — Ezt soll's los gehn, das ganze Haus soll erbei, mer wolle lustig sein.

Dorthee (bei Seite). Arower zum letztemal — dann morje sollst be ze sehe krieje, ob die annern Dienste besser sein, als der.

Frenz (ihren Shawl ablegend). Ich hoff Dorthée, sie komme so bald net häm. Geht Sie jetzt zum Esse, Dorthée?

Dorthee. Ja, ich muß en Muffel esse. Ihr Madam hot arower kän kläne Zorn uff Sie.

Frenz. Sie hot also mit er geredt?

Dorthee. Versteht sich, ich hab er arower gesagt, was se wisse soll. — Des is e Drache, bei der mecht ich um kän Preiß diene.

Frenz. Sie hot Recht. — Lang dauert's mit uns aach net mehr. — Ah! der Musje Peter!

Scene 20.

Dorige. Peter (gepußt).

Peter. Fellmichihne allerseits. Alleweil hab ich Ihne Ihre Herrn un Madam unner der Katharine-Port begegnet — sie gehn wahrscheinlich ins Theater — dann heut fängt's früh an.

Frenz. No ja, Robert der Deiwel, der dauert bis 11 Uhr, bo sinn mer ungestört. Ich will noch e zwät Licht anstecke, in bere Küch is es um drei Uhr schon dunkel — kän Wunner, des klän Höfche. — Mer muß ze seiner Arweit doch ebbes sehn. — (Stellt die beiden Lichter auf den Tisch.)

Scene 2\.

Peter. Frenz. Lißbeth. Dorthee.

Lißbeth (öffnet leise die Thür). Nix for ungut, Frenz, ich hab geglabt du wärscht allein.

Frenz. Nor erein, des is der Musje Peter, un die Dorthée, du kennst se ja.

Lißbeth (stellt ihr Licht auf den Tisch neben die annern). Ich hab unserm Herrn die oosig dunkel Trepp enunner leuchte misse, es is e Schand — er is in Schwane.

Dorthee. Aha, ebt bist du Madam.

Lißbeth (lacht). Ich bins aach ohne dem.

Peter. Sie kann von Glick sage, bei eme Junggesell ze biene.

Lißbeth. Es is kän Junggesell, mein Herr, es is e Witt=mann. — Er hot mich oft versichert, daß so lang ich bei ihm blieb, er niemals nicht heurathe deht.

Peter (lachend). So, So! — guck emol an!

Susann (ruft außerhalb). Jungfer Frenz!

Frenz. Ach! — die Susann, was werd dann die wolle? (Sie öffnet.) Was is Susann?

Susann. Komm se eruff! — ich hab en Rest Zuckerteig — mer wolle uns Kreppele backe.

Frenz (schreit hinaus). Breng se ihrn Täg erunner, ich hab Besuch — mer backe se hunne.

Susann. Gut — ich komme enunner.

Dorthee. Frenz! Ich wähs net, was be an der Susann hast, ich kann se ber net rieche.

Frenz. Warum?

Dorthee. Ach, weil se immer alle Dreck gleich so e Fahrt hot. Sie duht jo wähs Gott, als ob kän Mensch koche kennt. — Ach! die will sich for e Gesandeköchin verkaafe, un wo hot se gedient, in ene elende Speißhaus in der Erbsegaß.

Lißbeth. Sie seegt doch, daß Se browe achtzig Gulde kriest. — Wersch glabt, wird seelig.

Dorthee. Ja, proßt die Mahlzeit, ich wähs besser wie die Gäul im Stall stehn — 36 Gulde, daß bufft, un nix hinne un nix vorne.

Peter. Do kimmt se, esse mer ihr Kreppel un halte mer des Maul.

———

Scene 22.

Vorige. Susann (ein Licht in der einen Hand, welches sie auf den Tisch zu den übrigen stellt; in der andern das Gefäß mit Teig. Sie stellt letzteres auf den Herd).

Susann (tritt zwischen Frenz und Lißbeth). Do is mein Zucker-taig. — Die Drowe hawwe Eppelkuche esse wolle — was e Einfall, alleweil Eppelkuche?! — Da sag ich awwer — ich will Kreppele. — Ich hab noch drei gute Eierdotter mehr enein gebahn, daß der Taig leichter werd.

Frenz. Bald fällt die Welt ein, daß die sich emol in Unkoste gesteckt hawwe.

Dorthee (lachend). Des kimmt net oft vor.

Susann. Heut hot awwer der bewußte Unkel mitgesse.

Dorthee. Ah, der Herr Unkel — hm, hm — Ihr Herrschaft — des sinn kuriose Heilige.

Susann. Redd se mer net bobervon — bo megt mer sich en Buckel lache iwwer so Leut, — grad so ungefähr wie Ihr — Frenz!

Frenz. Gott, es gibt ere so viel von dem Schlag. — E klän Einkommens — un dann wolle se doch buhn, als wann's noch so dick seß.

Dorthee. To werd des Geld enaus geschmiffe for Wind ze mache — un dann solls am arme Gesinn gespart wern. — Es wer viel gescheidter, sie ließe die Bosse, was en doch Niemand glabt, un legte's uns uff unsern Lohn zu.

Lißbeth. Her se emol, es hehst ja, die Ihrig beht ja die Rester selbst in Kicheschank einschließe, un die Schlüssel mitnemme.

Dorthee. Ja, wann ich net erscht immer Seit brecht, was ich bräucht. Un von Euerm Herrn häßt's, daß er selbst in Keller geht un sich sein Wein hölt.

Lißbeth. Vor mir! — Ich trink doch kän Wasser.

Peter. No, no, ihr verarweit awwer euer Herrschafte gut. — Loßt se jetzt e bissi ruhe.

(Es klingelt von außen.)

Frenz. Nor erein.

———

Scene 25.

Die Vorigen. Die Schwäbin.

Schwäbin (bleibt schüchtern vor der Thüre stehen).

Frenz. Ach! des is die Schwäbin! — Die Neu, zwä Steege hoch.

Schwäbin. Ischt's erlaubt, daß ich mein Lichtle anzinde, Ihr Jungfern?

Frenz. Nor erein. — Stell se sich net so ebsch.

Lißbeth. Ich glab die schämt sich?

Schwäbin (tritt gesenkten Kopfes ein). Wann mer Koins kennt?

Peter. Do lernt mer sich kenne. Mer sein all Kreuzfibel!

Schwäbin (steckt ihr Licht an). Mit Erlaubniß. (Verneigt sich und will gehen.)

Frenz. No! die geht schond? — Is dein Herrschaft ze Haus?

Schwäbin. Nai! awwer b'Madam hot mer Tiechle z'wäsche gäe un dann muß i au spinne.

Lißbeth. Du kannst bein Tichle morje wäsche, un jetzt kannst be mit uns Kreppele esse.

Schwäbin (lacht). Nai, nai, awwer wann bes isch — jo! so will ich mein Lichtle auslösche.

Frenz. O, Olwel! — wann be jo bes Licht net brenne leßt, bo sicht jo bein Fraa, baß be aus warscht.

Schwäbin. Sel isch nu wohr. — (Sie stellt ihr Licht neben die andern.)

Peter. No, bie is aach noch passabel ähnfällig.

Lißbeth. Sie is aach erscht nach Frankfurt komme.

Dorthee. Sie is erscht am Mittwoch eingange.

Schwäbin (lacht). Jo. —

Dorthee. Was hot se Lohn?

Schwäbin. 25 Gulbe.

Peter. O wie miserabel.

Lißbeth. Fünf und zwanzig Gulbe — niz hinne, niz vorne? Kän Kaffe?

Schwäbin. Wasser.

Frenz. Fünf un zwanzig Gulbe!? Es is wähs Gott im Himmel schändlich — so e arm Unschulbche, — bo nemmt bes Ofezeug so Orschele vom Land — mit bene meene se bann, kennte se umspringe wie se wollte.

Schwäbin. J bleib awwer nit z'lang bo. Wann i e bisle koche kann, bo gang i wiederum haim. Mei Freinbschaft hat mer g'sait, sie könnte mi bann selbst zu Bopfinge brauche.

Frenz. Des loß ich mer gefalle.

Peter. No, wer buht bann jetzt die Krepple backe?

Frenz. A, wer bann annerscht, als die Dorthée?

19

Peter. No, wißt'r was? — domit ich doch aach was duhn, so will ich die Sach beim Feier halte.

Frenz. Nemme Sie die Pann. — Die Dorthée nimmt den Taig un backt se — do is Fett in dem Kroppe.

Peter. No un Frenz! Sie singe uns was derzu.

Frenz. Erst wolle mer Kreppele esse.

Dorthee. Soll ich vielleicht e Restche kalt Pastet derzu brenge, um ze zeige, daß die Madam net Alles einschließt. (Nimmt ihr Licht und geht ab.)

Frenz. Ja. —

Lißbeth. Un ich — ich liwwer den Wein derzu, um Euch ze zeige, daß unser Herr net immer die Kellerschlissel im Sack hot.

Susann. Wollt er verleicht e Tass Kaffe nach dem Esse trinke? — ich hab en schond for Morje süß fertig — ich derf en nor erunner hole. (Ab.)

Frenz. No? un du Schwäbin?

Schwäbin (mit den Armen schlenkernd). I hab nix — b'Frau schließt alleweil Alles ein.

Peter. Ach! was e Unschuld! — Du werscht's aach noch lerne. — No, uff en annermol werd se schond noch was brenge.

Frenz. Jetzt will ich doch e bissi e Tischtuch ufflege. — No, allé! — Angegriffe! — Halt kän Maulaffe fäl, helft mer e bissi. (Sie rücken den Tisch ins Proscenium.)

Schwäbin. Wo sein dann b' Teller?

Frenz. Des will ich schon mache. Geh nor enein un hol Stihl erbei.

Schwäbin (geht nach der Seite ab und holt Stühle heraus).

Peter. Ich bin wahrhaftig heut Hahn im Korb hier, — wer Courage hätt?!

———————

Scene 24.

Frenz. Johann. Schwäbin. Peter.

Johann (ein Licht in der Hand). Guten Awend, Mamsell Frenz! — drunne hawwe se gesagt, die Lißbeth wär hier.

Peter (dreht sich um und fragt im Tone der Eifersucht). Wer is des, Mamsell Frenz?

Frenz. Ach der Kutscher von's Herr Braune, der hot sein Stall in unserm Hof.

Peter (wie oben). Kimmt er wege Ihne?

Frenz. Na — er kimmt for die Lißbeth.

Peter. Des wollt ich ewe meene!

Frenz. Nor erein Herr Schmidt. — Sie is Wein hole gange, un Sie brinke e Glas mit.

Schmidt. Ich bin derbei. Sehn Se, ich hab grad e leer Boutaille bei mer — ich wollt mer ewe bei ihr fille. (Zieht eine Flasche aus der Tasche und stellt sie auf den Tisch.)

Peter (läßt das Fett sieden).

Scene 25.

Vorige. Dorthee, Susann, Lißbeth (kommen nacheinander).

Dorthee. Hie is mein Pastet.

Lißbeth. Do is Wein.

Susann. Do is Kaffe, ich brauch en nor ze wärme. (Stellt ihn ans Feuer.)

Scene 26.

Vorige. Frau Hannlapps.

Fr. Hannlapps (außer Athem). Hoi! was Besuch — Frenz, eich hun der was ze sahe.

Frenz. Nor eraus dermit! — Ich hawwe kän Gehäimniß vor dene Leut.

Fr. Hannlapps. Eich will der nor sahn, daß der Dienst —

Frenz. No ja, daß er fest ausgemacht is?

Fr. Hannlapps. Im Gegethal. — Sie hunn e neu Köchin sitter Gestern. — Ihr Beckerschfraa hot en än recumandirt. Die Fraa Wissilier is des Deiwels brimmer. So Beckerschweiber melirn sich in Alles.

Frenz. Mer wähs aach warum, — es is ihr Vorthel e Köchin ze recumandirn. No ezt net den Kopp gehenkt, Mutter, bo brimmer, zum Glück hab ich meine noch nix gesagt.

Fr. Hannlapps. Des war gescheid! Mer muß sich net immereile, weïs Sprichwort seht.

Dorthee (bei Seite). Ich hab awwer recht gehatt mich ze eile. — Die kimmt gut an.

Frenz. Allons, vorwärts, geffe jezt! — Herr Johann, bo nebe der Lißbeth.

Lißbeth. Des is scheen von Ihne, daß Se aach komme sinn, Herr Schmidt.

Peter. No, un ich? — ich vielleicht net? Die Mamselle babbele un ich mach hie den Koch. (Alle setzen sich an den Tisch, alle Lichter, welche die Köchinnen mitgebracht haben, stehen auf demselben.)

Schwäbin (hält sich schüchtern im Hintergrund oder an der Seite.)

Frenz (zur Schwäbin). No, setz dich bo evor uff des Hackloz.

Schwäbin (setzt sich auf das am Herb stehende Hackloz).

Peter (die Krapfen austheilend). Mir leide heut kän Noth! — nor: her mit de Teller. (Gibt, nachdem er sich und den Andern die Krapfen gegeben die übrig gebliebenen sammt der Schüssel an die Schwäbin.) Da Schwäbin.

Frenz. Allons, etzt aach en Schluck Wein.

Peter. Zwä wann ich bitte derf! — No! Herr Kutscher!

Johann. Gesundheit! — No, ich mache Alles wett; wann mein Herrschaft emol verräßt is, do fahr ich Ihne allerseits emol noch Bernem.

Alle. Es is e Wort.

Dorthee. No, trinkt emol Beschäd, Fraa Hannlapps.

Fr. Hannlapps. Eich banke! wei's Sprichwort seht!

Peter. Allons, Mamsell Frenz, gewwe Se uns emol des bewußt Liebche zum Beste.

Frenz. Ach, des is ja ganz gemän! Des bloße schonb die Postilion.

Peter. Es is awwer doch scheen, un Sie singe wähs Gott, wie die Fischer.*)

Dorthee. Warum net gar wie die Sunntag?

Frenz. Awwer erscht misse Se uns was verzehle, so aus dem Theater ebbes. Sie kennes, sie lese jo all die Programmer, un kenne die Geschichte von bene Opern.

Dorthee. Verzehle Se uns vom Robert bem Deiwel, aus bere Geschicht kann doch Niemand klug wern.

Lißbeth. War denn werklich der Robert e Sohn vom Deiwel?

Peter. Guck emol an? — Der Deiwel war sein Großvatter.

Susann. Ach gehn Se! Der Deiwel hot ja gar kein Groß: vatter gehatt.

Peter. E Großmutter hat er awwer doch gehatt, dann mer segt jo, der Deiwel un sein Großmutter, un do hot er aach en Großvatter gehatt.

---

*) Frau Fischer=Achten eine damalige Sängerin auf dem Frankfurter Theater.

Frenz. Ach, Sie wisse ja nix, verzehle Se was annerscht, vom Gustav unb dem Maskebahl.

Peter. No, ich will's verzehle, uffgebaßt! — Etzt bererscht geht der Vorhang uff, un do is schon viel heller wie gewehnig= lich, da werd „ah!" gemacht, dernoch stehn all die Hoftavellier beisamme, mit ferchterliche Hoorzepp; links, do stehn ere, die schneide grimmige Gesichter, worum? des werd sich finne. Etzt kimmt der König erein, aach in eme Hoorzopp, dem leit desmol die Aubienz net uff, dann es geht em e schwebisch Gräfin im Kopp erum. Etzt kimmt e klän lieb Medche erein, die hot Hose an un singt scharmant. Dernochender singe se wibber allerlä dorchenanner. Etzt kimmt äner erein, e scheener Mann, e Jenneral, aach im e Hoorzopp, mit eme Staatsschnorrbart, un eme gewickste noch derzu. Etzt sagt der dem alte Schwebekönig ebbes ins Ohr, do glotzt der en an, als wollt ersch net glawe, dann die Ge= schworne wollenem be Garaus mache. Etzt kimmt awwer des Scheenst. Etzt is Brob von em Ballet — do kimmt der Gustav Wasa — net der, den als der Herr Becker spielt — e Annerer, un werft sich wie e fauler Schäfer vor den König hin un schläft un treimt; do kimmt der falsch Dänekönig, der dem Gustav sein Reich strenze will, un wie der en schlofe sieht, will erem e Messer ins Herz steche; do komme awwer die Schußgeister mit Fahneln un Kette, un nemmen en mit; er geht aach gutwillig, un doberzu werd gedanzt un uff schwebisch Hochzeit gehalte, Alles mit Musik. — Etzt geht der Vorhang wibber uff! —

Dorthee. Er war ja noch net hunne?

Peter. Naseweis Gefrog — do nett — awwer im Theater war er awwer doch hunne. — Etzt sein se in so eme alte Gelerch mit ere Bobemtrepp, un hinne sieht mer Schiff; do leßt sich der König verkläb als Schiffmann die gut Wahrheit sage von so ere Art Karteschlegerin, un plakleziert ähm e Roll Dukate in Sack, — des wern awwer nordßt Dantes gewese sein. Dernochender ver= steckelt er sich, un wie er wibber zum Vorschein kimmt, so singe

die Choriste: Es lebe der König, un die Kinner leckenem die
Hänn ab, als hette se Lattwerkbutterrahm un Alles geht enaus.
— Ezt geht widder der Vorhang uff.

Dorthee. Wann er erscht zu war.

Peter. Schweie Se doch. — Ezt sinn mer gar am Gallje —
hawwe Se den Hanauer Gallje schonb gesehe? — grad so äuer
steht bo! — Es is ferchterlich, es leit Schnee un is Nacht — bo
geht aach widder allerlä vor, der Ankerstrem sattelt um, un will
ben König, dem er sein guter Freund vorher geweßt is, umbrenge,
un bo berzu werd widder viel gesunge un die Choriste lache ha!
ha! ha! un kän Mensch wähs warum. — Ezt fällt der Vorhang,
wann's widder uffgeht, bo stellt's e Stub vor, die ich schonb wo
annerschter gesehe hab, in bere Stub werd widder allerlä gesunge
von dem ich nix verrothe will. Hernochender loose se, wer ben
König todtschieße soll, der mit dem Schnorrbart (der Jenneral)
zieht's, sein Fraa krigt balb die Gichter; ezt kimmt des Mebche
widder un singt sehr freunblich; bo werd ferchterlich geklatscht.
Un bo is es widder aus, un wann's widder uffgeht, bo mißt'r
gude, bo gehn Sache vor! Erschtlich emol, mehr wie 2000 Wachs=
lichter un ähnzige Colliffe un Dekeratione! — Korz e ganzer
Maskebahl, wie mern hie net ze sehe kriegt. — Ich war emol uff
ähm hinner der Roos — der war awwer Bummer! — Wie ich
in Mannem gearweit hab, bo warsch so ungefähr uff bem Fozhall
uff Faffenacht. — Hernochender banze die Bickel — bes is um
die Krenk ze krieje — un e Kallopab — wann bie angeht, bo
bleibt kän Bän ruhig, — bo sellte Se emol bes Gewitschel uff
bere Gallerie sehe! — Hernochender werd ferchterlich geklatscht. —
Ezt komme die Geschworne — bo geht's widder ernsthaft zu, bie
hawwe weise Binne uff ihre Aerm gebunne, un bischbele ganz
bebucht mit enanner. Uff ähnmol, wupp bich, geht der Ankerstrem
uff ben König los, un eh mer sich's versicht — Buff — hot er
e Kuggel im Leib un sterbt, un der Uhz hot e Enn. — Sicht,
bes is der Gustav! —

Frenz. Jetzt will ich aach was schönes singe, awwer net des, was ich Euch die Pingste im Weldche gesunge hab, des is ähnzig neu, mich hot's e musikalisch Biggeljungfer gelernt. (Singt nach der Melodie „Das Auge voll Muth":)

> Du, du, du mit dem Feierblick,
> Weis', weis', weis' du mich nicht zurück!
> Krö-, krö-, kröne mein Liebesglück,
> Schnell eh' die Rosen verblühn.
> Man, man, man sagt ein Männerherz
> Treibt, treibt, treibt mit der Liebe Scherz,
> Sein's, sein's, sein's ist wie Silber treu,
> Schlägt alle vierzehn Tage neu.

Scene 27.

Vorige. Herr und **Mad. Hammel** (öffnen die Mittelthüre und bleiben erstarrt über das, was sie erblicken, stehen).

Peter (erhebt sich sehr animirt). Jungfer Frenz, ich muß Ihne küsse!

Frenz. Ach, gehn Se weg!

Fr. Hannlapps. No, allons Frenz! er beißt dich net, weis Sprichwort seht.

Mad. Hammel (strenge). Was geht vor in meim Haus? des is so ganz scharmant! —

Alle (ergreifen ihre Lichter). Ach, die Herrschaft! (Die Frau Hannlapps ist beim Anblick der Mad. Hammel wie versteinert.)

Mad. Hammel. Wer hot mich also doch mit der Wahrheit bericht? — Des geht scheen her, wann ich net behäm bin?

Frenz. No? un was is dermehr? — Wann mer sein Arweit gethan hot, so is mer sein Herr, un kann sich uff sein Hand amisire.

Mad. Hammel. So? uff Unkoste der Herrschaft?

Frenz (vatsig). Wann Se vielleicht glawe, Madam Hammel, mer eeßte hie Ihr Sach, — do errn Se sich. Es hot e jedes sein Sach mitgebrocht.

Alle. Ja, Madam, e jedes hot sein Esse mitgebracht.

Peter. Un die, die kän Esse gebracht hawwe, hawwe ihr angenehm Gegewart gebracht.

Frenz. Un in meiner Kich, do hab ich doch was ze sage.

Hammel. Wann werklich jedes sein Esse mitgebracht hot, do kann mer doch — —

Mad. Hammel. Ich bitt dich, schwei! — ich wähs doch, was ich wähs.

Frenz. Was wolle Se domit sage, Madam?

Mad. Hammel. Weil ich mich von ihr net zwische zwä Stihl setze losse wollt, so hab ich mich vorgesehe. — Morje des Tags kann se gehn.

Fr. Hannlapps. Was? Sie wolle mein Dochter uff die Gaß brenge?

Mad. Hammel. Gott bewahre — weil se doch en Dienst hat.

Frenz (schluchzend). Wer kann Ihne so was gesagt hawwe? — Nän, Madame, wahrhaftig ich hab kän Dienst.

Mad. Hammel. Des duht mer läd, ich hab die Dorthée gebunge.

Dorthee. Sie hot mer ja doch gesagt, daß se uffsage deht; — wähs Se was, nem se mein Platz bei der Fraa Kratz.

Frenz. Ja! 25 Gulbe weniger — ich banke.

Hammel (zu seiner Frau). Arrwer Fraa, wann se bann doch kän Platz hot, so kannst be doch wahrlich net —

Mad. Hammel. Ich rothe ber, schwei! Was hab ich in Ihne Ihrm Gillet gefunne?! (Zeigt ihm Frenzens Pfandschein.) Kenne Se desjenige?

Hammel. Des is e Pandschein, weil ich ben Taxator zum Freund am Pandhaus hab, so hat mich die Frenz gebitt. —

Mad. Hammel. Sie soll ihr Potentetägern selbst sein, sie soll ihr Brief selbst trage. (Sie gibt ihr den Schein.)

Fr. Hannlapps. Madame, wann Se erlawe. — Mer muß Niemand beschimpe. Wann mein Dochter Schulde gemacht hot, su warsch um ihrer Freundschaft behilflich ze sein. — No, was sah ich? — Do der Herr Peter — se werd heurothe misse — su kanns allans sein.

Peter. No, ich wußt doch, daß ich for ebbes her- komme bin.

Fr. Hannlapps. A, freilich. —

Peter. Mein Sach — is so zimmlich in der Reih — wann's dann net annerscht is, so gehn mer morje des Tags noch Butschbach. — Mein Mutter gibt mer zwar erscht überschs Johr des Geschäft — bis dohin braucht se awwer en brav Mäd — Jungfer Frenz, ich hab an Ihne gedacht. — Korz, des kimmt druff eraus, daß mer unner ähm Dach wohne, un immerich Johr, wann unser Herr Parre copelirt, werd all ihr Verdruß verschwunne sein.

Frenz. Sehn Se Madam, daß ich doch net plott sitz. — Un da Se mer nix vorzewerfe hawwe, so bitt ich um e gut Lob. Ich bin dann so frei, Ihne als dann un wann ze besuche, mit Ihrer Erlabniß.

Hammel. No, es werd uns angenehm sein. Sprech Se emol zu, zukünftig Fraa, wie häßt der Mann? —

Peter. Kalbfläsch.

Hammel. Fraa Kalbfläsch. (Er sagt ihr etwas ins Ohr.)

Mad. Hammel. No, no, Hammel, dauert's noch lang, die hämlich Conferenz?

Hammel. Schätzi, ich komm gleich.

Mad. Hammel (nachspottend). Ich komm der gleich noch. — (Gebieterisch) Voraus!

Hammel. Awwer! — —

Mad. Hammel. Nix Anwwer! — (Stößt ihn vor sich hin.) Voraus! sag ich.

Frenz. Madam, wann Se vielleicht mein Kist wolle uffmache losse, un nochsehe losse?

Mad. Hammel (im abgehen). Dozu is morje Zeit, bei Tageslicht.

Peter (nachrufend). Un ihr Bichelche einschreiwe, wann's Ihne gefällig wär!

Scene 28.

Alle, außer Herr und Mad. Hammel.

Frenz. Sag se emol an, Dorthée, Sie is e Fuchsschwänzern.

Dorthee. Den Deiwel aach, Sie hot mer jo gesagt, sie ging.

Frenz. Dorthée, sich se, ich will's gut sein losse. Ich trag ersch net noch, was duht's? Ich bin ja versorgt. Anwwer die Alte sein fort, losse mer des gut sein un verzehre mer etzt volligst unser Sach in Ruh. Un — wißt Ihr was? Hawwe mer dann so viel heunt angestellt, so wolle mer aach noch ganz des Deiwels sein — den Kopp reise se ähm doch net erunner. Mer singe noch emol: „Ein freies Leben fihren wir, ein Leben voller Wonne!"

Alle (wiederholen den Gesang).

(Plötzlich zeigt sich Mad. und Herr Hammel an der Seitenthüre und ruft aus): Satansgezeig!

(Der Vorhang fällt.)

Anhang.

Erinnerungen aus dem Jahr 1826.

Wenn es wahr ist, was Goethe behauptet, daß die Gelegen=
heitsdichtkunst von allen die natürlichste wie die brauchbarste sei,
so wird sich der Probierstein eines guten Gelegenheitsgedichtes
zunächst darin zeigen, daß ein solches, auch wenn die Gelegenheit
seiner Entstehung vorüber ist, noch anziehend sei, ja dann erst,
nach gleichgiltig gewordener persönlicher Beziehung im reinsten
Sinne genießbar werde. Wir haben mit einem solchen an unsern
verehrten Lesern die Probe zu machen, wiewohl wir um dessen
Eindruck dießmal nicht bange sind. Das Gedicht, welches wir
mit diesen Bemerkungen bevorworten, ist durch Sprache, Geist,
Beziehungen und vor allem seine naive Gemüthlichkeit dem Besten,
was wir haben, unserem ehrenfesten, kernhaften, freistädtischen
Menschen= und Bürgersinne, unserem harmlosen, wohlbehaglichen
Humore verwandt, ja unmittelbar entstammt.

Betrachtungen eines Frankfurter Bürgers in der Neujahrsnacht.

E Johr is ewens geschwind erum!
Des hot e jeder heut im Mund
Der G'scheid grad so wie der Dumm
Unb segt's wohl zwämol in ere Stund,
Denkt äner aach's ganz Johr an sein Schäßi
Se mecht er doch heut sein Betrachtung immer des Säßi.
Ich aach, ich kanns ewens net loße
— Unb werd mersch aach verdacht —

Ze mache darimmer mein Gloße
Wie sich's gehört in der Neujahrsnacht,
Als wann net aach e Vorjerschmann
Sein Senft derft gewe, so gut er kann,
Als wann mer norst uf der Kanzel ober im Remer
Könnt Berichte mache un so Relatione,
Es laut freilich dort vornehmer,
Arwwer unser ähns Wort is doch aach net ohne;
Duht doch am End e jed Spittahl,
Die Zeitungsschreiber ohne Zahl,
Der lutherisch un der katholische Kaste
Verzehle von gehabte Mih' un Laste,
Von Gewinn und Verlust — un loße's drucke,
Derf ich mer doch aach emol des alt Johr begucke.

Im Januari warsch erschrecklich kalt
Die Schiff sinn eingefrorn im Winterhalt,
Der is grob noch vor Thorschluß fertig worn
Sunst wern se annerschter wo eingefrorn.
Die Kranke, die's gewe hot, hot käner gezählt,
Nor wähs mer, daß es an Doktorn gefehlt,
Von Auswerts hot mer e zum Helfe verschriwe.
Von unsern is gottlob k ä n e r gebliwe.
Mer hot aach gedacht an die Arme bei der Kält
Un daron hot's jo noch nie gefehlt.
Un wann ich e armer Mann mißt sein
Nerjens annerst als in Frankfort megt ich's sein.

Un wie emol war der russisch Kaiser verbliche
Do sinn im Februar die Papiere gewiche,
Des war e kalter Wind aus Rußeland
Uf die Fieberhitz vom Papierspeculant,
Soll mer dann denke, daß wann so weit äner sterbt,
In Frankfort mancher Mann verderbt? —
Un doch is es so gewese,
Wie mer noch in hunnert Johr werd lese,
So lang die Stadt steht, hot's noch net gefehlt an Geld,

Des Johr awwer, do ging's hart,
Wo's war, wähs kän Mensch in der Welt,
Genug, es war ewens fort.
Do sinn die Kaafleit in solche Nethe
Als wackere Menner zusamme getrete
Un hawwe der Welt gelegt an den Tag,
Was Berjersinn und Einigkeit vermag.
Unser Rath und Gesetzgebender Kerper,
Der Schutz des Handels un der Gewerber,
Die hawwe zu Allem geräächt die Hand
Un baldige Abhilf gebracht zu Stand,
Denn hätt' nicht die Rechenei Papier gemacht,
So het's bei uns wie in Augschborg gekracht;
Aber denke werd mancher zerick
An den erschreckliche Ageblick,
Wo's uf ähnmol gehäße hot „Ultimo"
Und wor kän Geld awwer Differenze do;
Wie bo weder Wort noch Papier gehalte wern kann
Un die Verzweiflung werd Herr iwwer de Mann,
Sein Fra und sein Kinner flenne ummen erum,
Er sieht sich noch seine Pistole um! —
Ja, wer eraus is aus dene Schwuletete
Der kann un soll täglich bete:
„Führe uns nicht in Versuchung, o Herr!
Ich will mich aach net enein führe mehr."
Der Merz un April, die hawwes wie immer gemacht
Uns viel Schnuppe un Karthar gebracht;
Die Meß, die wor net gut, aach net schlecht,
Sie mecht's ja nie e jedem recht.

Im Mai, bo hot mer die Brick ausrebrirt
Un den neue Kai vollends ufgefihrt,
Den Leut in der Fischergaß
E Aussicht verschafft und mehr Gelaß,
Die Bauleut hawwe mit ere große Schneck
Das Wasser gebumpt, aus dene Dämm eweck,
Es is awwer all geloffe widder unne enein
Do mußt's eraus — butzwitt, un sogar bei Fakelschein;

Glab käner, ich schneide uff —
1000 Daler sinn gange an Pechkränz druff,
Viel hunnert Mensche hawwe gearbeitet Tag und Nacht
Un doch hot's der Stadt net viel Keste gemacht;
Dann viele Berjer aus ägnem Vermege
Hawwe gebracht den Bau zewege.
Die Pingste im Welbge, was kann ich davor,
Is 's bießmol gewese wie alle Johr,
Kän Tisch un kän Stihl, kän Deller — awwer e Glas,
Sunst wor die Haaptplesir im grine Gras.

Im Juni un Aguft, do wor die groß Hitz,
Do hot mer sein beste Kräffte verschwitzt,
In viele Brunne hot mer kän Dreppche Waßer gemerkt,
Desto mehr hot sich der Borjer mit Wein gesterkt;
Um die Zeit, wer hot mersch doch gesagt —?
Hawwe se aach Einunfufziger gemacht,
Aach is erschiene Knall un Fall
Mamsell Sonntag die deutsche Nachtigall,
Sie kam von Paris, hot do gemacht viel Lerme,
Hie worn se druf un dran 's Theater ze sterme;
Vergeße wor Noth, Ach! un Weh,
Wer enein kam, zahlt gern doppelt Entree,
Glücklich wor der, der en Platz konnt erwische,
Die kän bekame hawwe uf der Gaß Vivat getrische;
Daß doch ebbes an der gewese sei muß
Kann mer daraus mache den Schluß,
Daß wann de Franzose emol was deutsches is recht,
Das is wähs Gott un wahrhaftig net schlecht.
Im Baurhall bei Musik un Illumnation
Wor Awends Frankforts ganz Population,
Boh Mlond, un käns, imme grimmige Gewihl
In bene heiße Tag, dann bo warsch kihl,
Kän Mensch dacht bei dem lustige Lewe,
Daß der Kerchhof is gleich derneve,
Wer megt aach do rebbe vom Sterwe
Un be Leut so ihr'n Spas verderwe.

Im September kame viel Leut aus be Bäber retour,
Theils hottese gebraucht, theils gemacht die Kur,
Aach hot uns geschenkt der Ferscht Metternich die Ehr,
Er kam von seinem Johannesberg her,
Er hot emol do sein Wein versucht
Unb bei der Gelegenheit aach uns besucht.
Se sagte, es geb e Art von Kongreß,
Es warn awwer nor biplomatische Speß.

En gute Wein hot uns der October gebracht,
Aach hawwe, wie gewehnlich, alle Flinte gekracht,
Von Unglück schwiege den Herbst alle Berichter,
Nor Zwä hawwe sich verbrennt die Gesichter.
Unser Waisehaus for unser Menschlichkeit zu klein,
Dann die viele Kinner gienge net all enein,
Hot mer se erweitern beschlosse,
Es aach gleich ins Werk trete losse,
Un im November hawwe Pfleger un Rath
Ausgestreut e gebeihliche Saat,
Indem se be Grundstän zu eme neue gelegt,
Worin unser Kinner wern besser verpflegt.

Im December hot mersch noch bohin gebracht,
Daß mer im Theater hot alle Löcher vermacht;
Sonst saße die Leut brinn in Mentel und Bels,
Kome eraus mit Huste un beese Hels,
Jetzt awwer werd ordentlich brinn eingehitzt
So baß mer ganz scheen im Warme sitzt,
Do kann mer boch aach e Schauspiel genieße,
Un was wern bei der Werm erst die Drehne fließe,
Wann gespielt werd Kabale und Liebe von Schiller
Obber die Sängerinne schlage rührende Triller.

Es war aach e Elephant im Prozeß
Seit der letzt verwichene Meß,
Der Kerl hot sich der Zeit gefresse fest,
Bekam von der Bollezei Hausarrest,

Des wer em dann Waſſer uf ſein Mihl,
Weil's em in Frankfurt gar ſehr gefiel;
Und gefeßt's dann net jedwebbem hie
Worum net dem a l l e r g r e ß t e Vieh,
Un a w e r m a l s hawe die Vorjer geblecht
Un em verſchafft ſein Vorjerrecht,
Sein Behauſung werd ſein binner der Rooß,
Do kann en begukte klä un groß.

Jeßt awer — nä es vergeht mer alle Luſt,
Brengt d e r Monat ebbes, — es erdrückt mer die Bruſt;
Ich muß berichte en braurige Fall,
Der uns gewiß bekümmert un ſchmerzet All.
Frankfort hot e n Mann verlohrn,
Wo hie ſo bald werd käner net gebohrn,
En Mann, der Kopf und Herz hott uf'm rechte Fleck,
Den hot uns genumme der Toht eweck.
En Rather un Helfer vor's Allgemeine,
En Richter un Schlichter vor Groß un Kleine,
En Vatter der Arme, en Beſchißer der Talente,
Willig war er, un thätig an alle Ecke und Ende:
Den Bedrengte e Tröſter im Schmerz,
Noch mehr e Weltmann mit eme gute Herz;
Der immer war bei der Hand,
Sei's geweſe mit Geld obber Verſtand,
Der die Stadt vertrete hot mit Muth,
Ufs Spiel geſeßt for ſe Gut un Blut;
Der Mann, der uns ſo theuer wor im Lewe,
Den hawe mer heut der Erd übergewe,
Ihr Berjer, die ihr ſein Sarg mit Drehne beneßt,
Glabt ihr, daß e B e t h m a n n werd je erſeßt?

———

Rede

eines 74jährigen Frankfurters, gehalten bei dem Fest-
mahle am Tage der Enthüllung des Goethe-Denkmales
(22. October 1844.)

Vorgetragen von Herrn Haffel.

Meine Herren!

Ich muß die Ehr' hawwe Ihne ze fage:
Ich glab, daß ich es heut kann wage,
Als e Mann von 74 Johr, ebbes vorzetrage,
Der in feiner Jugend den Gethee hat gekennt
Un fchon in feim zwölfte Johr ins Theater is gerennt.
Aach immer Alles, was damals dermehr*) war,
Kann Auskunft gewwe uff e Hoor.
Ich bin kän Literatus, aach fonft net renomirt,
Sogar feit zehn Johr aus dem Remer emeritirt,
Un doch wag' ich's am heutige festliche Dag
Nach fo gute Redner ze fpende mein Sach.
Hot äner Uffsehn gemacht in der Weld,
So is es unfer verftorwener Dichterheld.
Es hot fich Alles erftaunt, die Große,**) wie die Unnerthane
Immer fein Lieder, fein Schaufpiel un fein Romane.
Was wolle dann Die? die en anklage —
Un jetzt nach fufzig Johr fage,.
Er wär kän Mann for's Volk net gewefe,
Un fuche, un fuche, nach all feine Bleeße.
Awwer for die Nation, wie merfch damals hat gehäße,
(Dann mer hatte ja unfer Nationaltheater befetze)
For die Nation hat er viel und Großes gewerkt,
Mer hot's nor net gleich uff ähnmol gemerkt.
Die eitle Kerle awwer, die dorch Ihn finn alles worn,

---

*) Gang und gebe. — **) Fürften.

Sinn davon ganz still, dann des is im Aag e Dorn.
Wos wisse dann Die? sie kenne sich in die alte Zeite net denke,
Ich geb nix uff ihr Geschmus*) und thu en ihr Weisheit schenke.
Er hot net uff's Volk gewerkt, der Gethee?
Pfui, schemt Euch ze führn solche Rede!
Kann ich doch beschwern, daß Leut, die vordem nor be Gellert
un knapps**) den Wieland gekennt,
Hawwe immer Werther's Leiden gräulich geflennt.
Vom Wilhelm Meister wor Alt un Jung angesteckt,
Der hot awwer aach die Komediautesträch uffgedeckt.
Dann, der Herr Gethee warn e Schlippche***) in ihrer Jugend,
Erst speter macht' er sich ebbes aus der Dugend.
Wo mer hinguckt, war e Liebhabertheater,
In jeder Werkstadt schlug e poetisch Ader.
Den Harfner, die Mignon hatt' mer in Zucker un in Brentebäg,†)
Un der Herr Werther aus Wetzlar stimmt alle Herze wäch.
Gott! selwigmol, was for gele Hose un blaue Freck!
Der war net for's Volk? Oh, geht mer e weck!††)
Mir denkt's, ich war e Kerlche von achtzeh Johr,
Wo die ganz Stadt in Ufruhr war,
Da kam der Getz von Berlichinge heraus,
Den er verfertigt allhier in seiner Eltern Haus.
Herr Je! was war da im Theater for e Gedrick,
Wer ennin kam konnt' sage von Glick.
Uff dem Theater sich ze ergetze an Heldethabe
Un dann des Awends beim Sallat und Brate
Recht dapfer, edel, un patriotisch ze sei'n,
Das war damals ganz allgemein.
Unser Frankfort hot er wahrlich net vergesse,
In seine Schrifte widmet er'm manche Seit;
Mit dem Moos, womit er uns gemesse,
Wolle mer'm vergelte heut.
Es is aach kän Gässi, noch so klän,
Des er der Vergessenheit net entrisse hat,
Sogar die Ache†††) uff dem Män

---

*) Eitles Geschwätz. — **) Kaum. — ***) Lustiger Gesell. — †) Geröster
Talg. — ††) Weg, hinweg. — †††) Rachen.

Beschreibt er mit Lieb zur Vaterstadt.
Un mecht's dann Frankfort vielleicht kän Ehr?
Daß Gethee's Geist gedrunge is bis immersch Meer?
Daß sein Schrifte wern gelese in Süd un in Nord,
Daß den Werther und den Faust kennt jeder englische Lord,
Daß dorch ihn be Franzose is uffgange e Licht,
So daß ihr Dichtkunst hat kriegt e anner Gesicht?
Ja, die stolze Engelenner, die so sehr sin uff Hannel un Commerz
Kenne be Frankforter Gethee besser, als die Frankforter Schwerz.*)
Daß er Minister war un Geheimerath,
Daß er sich ferschtliche Persone gern genaht,
Korz, daß er war kän Demokrat,
Des werd em aach noch zum Vorworf gemacht.
Ei! loßt doch, ich bitt' Euch, e Jedem sein Spaß,
Der än' gefällt gern bei Hof, der anner uff der Gaß.
Des is ja nor Newesach, un schabb nix dem Meister,
Daran awwer halte sich die kläne Geister.
Ihr seht's an Ihm, was es is mit dem Abel,
Mer wisse's ja All, in seim Stammbuch is e Nabel;
Verderbt em des ebbes an seim Herrn von,
Is er do weniger Deutschlands großer Sohn?
Sein Schrifte gehn net so uff Stelze einher,
Deshalb meent jeder, so schreiwe wär net schwer.
Er zeichent die Mensche net besser als se sinn,
Er seegt en die Wahrheit dick un dinn;
Fällt er aach net mit der Thir in's Haus,
So kann doch Jedes, Fersch un Volk, was lerne draus.
Den Mensche un's Menschlich sicht er klar an,
Sein Helde sinn Mensche, darin lag ewens sein Kraft,
So hot er den Egmont, den Göz, den Weislinge erschafft.
— — So klare Poete, die sinn e Rezept
For Kopphängerei, Paffeuhz,**) un was sonst noch dran klebt.
Ach! mißt er noch sehn, was jetzt Jedermann sicht, ich glab,
Er dreht sich erum zu Weimar im Grab.
Guckt hin! auf sein Denkmal; mir hawwes heut feierlich geweiht,

---

*) Frankfurter Schwarz, ein unter diesem Namen allgemein bekanntes Frankfurter Fabrikat, welches sogar nach England verführt wird. **) Pfaffentrug.

Un wie mer hie fiße, Vorjer un Dwrigkeit:
Wer wähs ob net noch fufzig Johr,
Wanns fort so geht, dem droht Gefahr —
Des warte mer ab, — ha! ha! Dem Mann sein Glanz, der is
	zu ächt!
Vergreife die Dunkle aach sich an unserm Monument
Sein Geist weicht käm stermende Element;
Der lebt fort von Geschlecht zu Geschlecht!

Hampelmann in Paris,

eingelegt in

Hampelmann's galante Abenteuer.

Frankfurter Localposse von Hallenstein.

Hampelmann (tritt auf). No wos is dermehr? bin ich doch
emol in Paris gewese. E Mann wie ich muß des an sich wenne,
zemal e Wittmann. Geht ja jeder Schneider un jeder Barricke=
macher alle Johr emol nach Paris, um ze gucke, was Trump is.
Des Geld derzu hab' ich, franzeesch kenn ich aach — ja, vom
Franzeesch zu redde — Sie hawwe mich généralement for en
Franzoos gehalte, von wege meiner Ausschprach, des glab' ich,
accent d'Orleans! unb doch hatt' ich in meiner Jugend kähn Con=
versationsstund, Alles Uhs! Ich lob mer mein alte Meidinger.

Des Paris is awwer e merkwerdig Stadt, denn wer Paris
gesehn hot, der hot ganz Frankreich gesehn, unb des alte Hand=
werksborschelied: „Frankreich in Paris, wo ich mein Stiefel ließ,"
is wahrlich net ohne. Ha, ha, ha! Kost mich awwer e schoen
Geld der Uffenthalt. Wer nor e bißl en gute Appetit hot, der
kann e merkwerdig Geld verfresse; es geht da Alles à la Carte,
sogar der König muß Alles nach der Kart' fresse; die Minister
wolle als net à la Carte, worum? dorum; do kenne se awwer

gleich ihr'n Bündel schnüre. Ter Teiwel hol's, alle vier Woche hawwe se annere, es is e' merkwerdig Gewitschel grab wie bei uns die Mähd, verzehntägig Uffinbigung.

Frau Thebrüh. No, is Ihne dann net etwas Unange= nehmes uf der Mähs bassirt? Denn ganz ohne läft's bei Ihne net ab.

Hampelmann. Ta hab ich Ihne e merkwerdig Geschicht zu verzehle. Ich wär Ihne beinah in en scheene Schlimmassel mit der Bariser Bolezei gerothe. Ich bin der Ihne nemlich emol mit mehre Teutsche zesamme komme, es wor in eine Caffeehaus, aach Frankforter warn derbei, es ware Herrn Flichtlinge. Was will ich mache? es ware denn doch Landsleut, der ähn war aus der Borngaß, der anner aus der Hellgaß, ich hatt' denn aach grab mein Spendirhose an, un was thut mer net Alles aus Patriotismus? — Korz, ich loß e poor Botelle Champagner knalle, Buzzi oder Lombri primiere qualität. Wie dann die Köpp e bissi angeraacht worn, so hawwe se net geruht, ich mußt des Beckerisch Rheinlied nach der best von dene 38 Melobiee vortrage, sie hetten's noch nicht von einem gute Sänger in der Original= ausgab gehört. Mein Gesang hat die Leutercher merkwerdig elektrisirt. Wer A sagt, muß B sage; bo is dann ganz ferchter= lich commerschirt worn, unner uns gesagt, auf eine äußerst revolutionäre Art. No! ich war denn dervor bekannt, daß ich seiner Zeit einiger entfernte Versuche von Bekanntschaft mit Krawaller angeschuldigt war, — überhaupt ein scharf ausgeprägte politische Meinung — und des Maul uff dem rechten Fleck — wie's denn so geht, ich hott Ihne e bissi im Kopp und bracht' Ihne einige bösartige Toaste aus: „ou peut on être mieux," — „à bas les tyrans," — „die freie Bresse" u. s. w., was dann stark nach Umsturz roch. Das End vom Lied wor dann, daß sie mich in eine geheime Gesellschaft funfilirten, was mich, beiläufig gesagt, inmer cinquante Francs, ohne den Champagner, gekost hat. E paar Tag druff — bumms! knallt's — werd widder emol uf den König geschosse, da war dann die ganz Bollezei uff be Strümp, un eh ich mich's versah, kloppt's an meiner Thür, un ich krie e „Citation vorn Prefect de police, correctionelle, individuelle, constitutionelle, oder so ebbes dergleiche." Ich mach mich dann gleich uff die Socke, un wie ich hinkomme, steht bo e

kläner Stepsel mit eme große Schnorbart und sägt zu mir:
Monsieur! denn in Baries ist Alles Monsieur; — Monsieur Lump,
Monsieur Spitzbub, Monsieur Tagdieb, Monsieur! also sägt er:
vous etes accusé — société prohibée, sureté de l'état, personne
du roi, passeport, Legitimation und bergleiche verfängliche
Rebbensarte mehr. Monsieur, lui repondis-je, je suis de Franc-
fort et un certain Hampelmann, qui est content avec tout et
toujours le dollmetsch des sentiments u. s. w., qui se plait
beaucoup à Paris, der keine Zwecke hat, als Paris mit seinen
Freuden und seine aimable Pariserinnen kenne zu lerne. Suis-je
coupable, d. h. bin ich strafbar, sor die paar Botelle Champagner
und die louage indiscrete à la santé de l'émeute, so will ich
gern die Straf zahle. Ich zog mein Börsch — dann dobermit
bin ich immerall dorchkomme. Was kost's? Cumbien? Wie ich
Ihne des *Cumbien* sag', stiert mich der Kerl an, meßt mich von
owwe bis unne, fängt an zu lache und sägt: Monsieur Chose,
allez mit Gott, vous n'étes pas coupable, vous imbecile. —
Seh'n Se, des is doch heeflich von dem Mann gewese. Die
Franzose hawwe in Allem e Art, so en avec — hie zu Land hett
so e Bollezei=Schlingel gesagt: Geh'n Se zum Deiwel, Sie Aen=
faltsbensel obber sonst was.

———————— ◆◆◆ ————————

Druck von Aug. Weisbrod, Frankfurt a. M.